U0133376

彩图玲珑本　下册／雅颂

詩經

译注

程俊英　译注

［日］细井徇　等　绘

二 雅

小 雅

大 雅

颂

周 颂

鲁 颂

商 颂

二雅

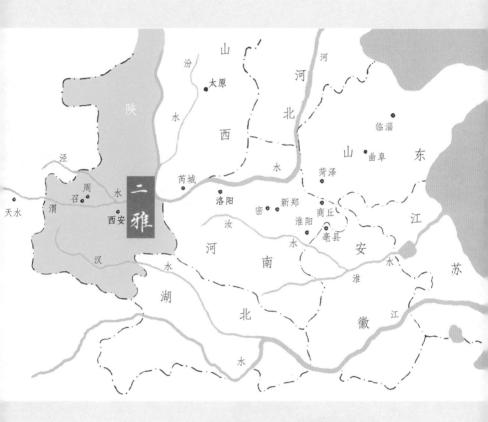

二雅

　　雅有《小雅》、《大雅》，合称“二雅”。其中《小雅》七十四篇（另有六篇“笙诗”有目无辞），《大雅》三十一篇，共计一百零五篇。“二雅”以十篇为一组，以这一组的第一篇诗命名，如《小雅》从《鹿鸣》到《南陔》十篇，称为《鹿鸣》之什。零数的诗，便包含在最后的“什”内，如《大雅·荡之什》就有十一篇。

　　雅和风一样，是一种乐歌名，是秦地的乐调。周、秦同地，秦在今陕西省，周的都城在今陕西省西安西南，古代叫做“镐京”，这地方的乐调，被称为中原正声。“雅”字《说文》作“鸦”，鸦和乌古同声，乌乌是秦调的特殊声音，所以称周首都的乐调为“雅”。雅乐又有“大雅”、“小雅”的分别，朱熹《诗集传》说：“正小雅，燕飨之乐也；正大雅，会朝之乐，受厘陈戒之辞也。”惠周惕《诗说》：“大、小二雅，当以音乐别之，不以政之大小论也，如律有大、小吕。”余冠英《诗经选》：“可能原来只有一种雅乐，无所谓大小，后来有新的雅乐产生，便叫旧的为大雅，新的为小雅。”以上三说，都没有什么确证，所以到现在为止，关于大小雅的区别，还没有得到圆满可信的解释。

　　《大雅》的大部分诗作于西周前期，其中最早的是《文王》，《吕氏春秋》曾引这首诗，以为是周公旦所作（约公元前 1100 年左右）。最晚的诗，可能是《瞻卬》和《召旻》，是幽王时候的作品。《小雅》各篇产生的时间很长，从西周到东周都有，以厉、宣、幽西周末年的诗为最多，最晚的诗如《节南山》提到"尹氏"，《正月》提到"褒姒"，约当平王初年，即公元前 770 年左右。

除了《小雅》中有少数民歌，如《大东》、《采薇》、《何草不黄》等之外，"二雅"多半是周王朝士大夫上层人物的作品。其中有反映统治阶级内部矛盾的政治讽喻诗，如《节南山》、《巧言》、《何人斯》、《正月》、《十月之交》、《小弁》、《巷伯》、《北山》、《桑柔》、《板》、《瞻卬》等；有反映种族战争的诗，如《出车》、《六月》、《采芑》、《江汉》、《常武》等；有周族的史诗《生民》、《公刘》、《绵》、《皇矣》、《大明》；还有其他一些诗篇，如《鱼丽》、《宾之初筵》描绘了贵族的宴饮生活；《鹿鸣》、《伐木》、《常棣》歌唱了朋友、兄弟之间的感情，等等。"二雅"中诗篇虽有别于《国风》中富于人民性的民歌，但仍不乏有一定深度的优秀作品。

小雅

鹿 鸣

【题解】

这是贵族宴会宾客的诗。诗的写作年代，过去有的说是周成王时，有的说是康王时，均无确据。也有人认为不是产生在成、康的盛世，而是"周衰之作"，即东周以前的作品。《鲁诗》的一派还说这首诗刺"在位之人不仁"，但从诗的内容看来，似无美或刺之意，只是反映当时贵族宴会宾客的一般情况而已。

鹿

鹿　　哺乳纲鹿科动物的通称。四肢细长，尾巴短，通常雄性头上有角，个别种类雌性也有角，也有雌雄均无角的。毛多是褐色，有的有花斑或条纹，听觉和嗅觉都很灵敏。

呦呦鹿鸣[1]	食野之苹[2]	鹿儿呦呦叫不停	唤来同伴吃野苹
我有嘉宾	鼓瑟吹笙	我有满座好宾客	席上弹瑟又吹笙
吹笙鼓簧[3]	承筐是将[4]	吹笙按簧声和声	捧上礼物竹筐盛
人之好我[5]	示我周行[6]	诸位宾朋喜爱我	教我道理最欢迎

呦呦鹿鸣	食野之蒿[7]	鹿儿呦呦叫不停	呼吃青蒿结伴行
我有嘉宾	德音孔昭[8]	我有满座好宾客	品德高尚有美名
视民不恌[9] tiāo	君子是则是效[10]	待人宽厚不刻薄	君子学习好典型

1　呦呦：鹿叫的声音。

2　苹：藾蒿。陆玑："藾蒿，叶青色，茎似箸而轻脆，始生香，可生食。"

3　簧：笙中的舌片。　鼓簧：用手按簧，吹出笙的各种节奏音调。笙亦称簧，见《王风·君子阳阳》。

4　承：奉上。　筐：盛币帛的竹器，亦名筐。《毛传》："筐，筥属，所以行币帛也。"　将：送。

5　人：指客人。　好：爱。

6　示：告。　周行：大道。引申为大道理。

7　蒿：菊科植物名，亦名青蒿、香蒿。

8　德音：好品德。　孔：甚。　昭：明。

9　视：《郑笺》："视，古示字也。"三家诗亦作"示"。　恌：同"佻"，偷薄、刻薄的意思。

10　君子：指一般统治者。　则：法则。　效：仿效。

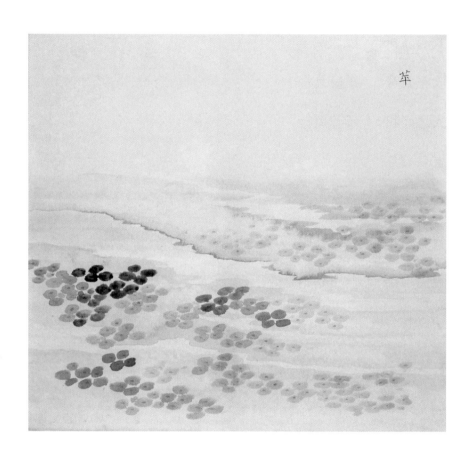

苹　　《毛传》训苹为萍。据《尔雅》，萍是"水草"。鹿不食水中浮萍，毛训"萍"是错误的。本图所绘
　　　为浮萍，生于静止浅水里，常见于水池或稻田中。根状茎匍匐泥中，细长而柔软，叶片由四片
　　　倒三角形的小叶组成，呈十字形。

我有旨酒　　嘉宾式燕以敖¹¹　　我有美酒敬一杯　　宾客欢宴喜盈盈

呦呦鹿鸣　　食野之芩^{qín}¹²　　鹿儿呦呦叫不停　　唤来同伴吃野芩

我有嘉宾　　鼓瑟鼓琴　　　　我有满座好宾客　　席上弹瑟又奏琴

鼓瑟鼓琴　　和乐且湛^{zhàn}¹³　　琴瑟齐奏声和鸣　　酒酣耳热座生春

我有旨酒　　以燕乐嘉宾之心　我有美酒敬一杯　　借此娱乐诸贵宾

11　式：语助词，无义。　燕：通"宴"，宴会。　敖：舒畅快乐。

12　芩：蒿一类的植物。陆德明《经典释文》引《说文》云："芩，蒿也。"

13　湛：媅的借字。《毛传》："湛，乐之久。"即酒酣，尽兴的意思。

蒿　　即青蒿，一年生草本。植株有香气。
　　　　从中提取的青蒿素对治疗疟疾有奇效。

芩　　蒿一类的植物。陆德明《经典释文》引
　　　《说文》云："芩，蒿也。"朱熹《诗集
　　　传》："芩，草名，茎如钗股，叶如竹，
　　　蔓生。"

四 牡

【题解】

这是出使的官吏思归的诗。周在厉王、幽王时代，社会动荡，民生凋敝，官吏尚不能安居，人民的痛苦可想而知。诗用"岂不怀归"的设问句，表达了他因"王事靡盬"不能回家安居奉养父母的苦闷心情。

雏　　　今称鹈鸪，羽毛黑褐色。天将雨时其鸣甚急，故俗称水鹈鸪。

四牡^{fēi fēi}騑騑¹　周道倭迟^{2 yí}　　　四匹公马跑得累　　大路遥远又纡回

岂不怀归　王事靡盬^{3 gǔ}　　　难道不想把家回　王家差事做不完

我心伤悲　　　　　　　　　使我心里太伤悲

四牡^{fēi fēi}騑騑　嘽嘽骆马^{4 tān tān}　四匹公马不停蹄　累得骆马直喘气

岂不怀归　王事靡盬^{gǔ}　　　难道不想回家里　王家差事做不完

不遑启处⁵　　　　　　　哪有时间去休息

翩翩者雏^{6 zhuī}　载飞载下　　翩翩鹁鸪飞又鸣　飞上飞下多高兴

集于苞栩^{7 xǔ}　王事靡盬^{gǔ}　　落在丛丛柞树顶　王家差事做不完

不遑将父⁸　　　　　　　要养老父也不行

1　騑騑：马不停地走现出疲劳的样子。《广雅》："騑騑，疲也。行不止，则必疲。"

2　周道：大路。　倭迟：亦作"倭夷"、"威夷"、"逶迤"，道路纡回遥远貌。

3　靡：无。　盬：止息。

4　嘽嘽：喘息。　骆：身白尾黑的马。

5　遑：暇。不遑，没有闲暇。　启：小跪。　处：居，坐。启处，犹言在家安息。方玉润《诗经原始》："古者……跪即起身，居即坐也。"

6　雏：鸟名，今称鹁鸪。

7　苞：茂盛。　栩：柞树。

8　将：养。

翩翩者雊^{zhuī}　　载飞载止　　　　翩翩鹌鸪任飞翔　　飞飞停停多舒畅

集于苞杞^{qǐ} ⁹　　王事靡盬^{gǔ}　　　歇在一片杞树上　　王家差事做不完

不遑将母　　　　　　　　　　　没空回家养老娘

驾彼四骆　　载骤骎骎^{qīn qīn} ¹⁰　四马驾车成一行　　车儿急驰马蹄忙

岂不怀归　　是用作歌　　　　难道不想回家乡　　唱支歌儿诉衷肠

将母来谂^{shěn} ¹¹　　　　　　　　日夜思念我亲娘

9　杞：枸杞。

10　载：语首助词，这里含有勉力的意思。　骎骎：马飞跑的样子。

11　来：句中语助词，含有"是"意。　谂：古"谂"和"念"是同音假借字，所以
　　《毛传》训"谂"为"念"，即想念的意思。

皇皇者华

【题解】

这是一个使者出外调查民间情况的诗。旧说是送征夫之词，并非诗的本意。所以会有这个误解，是因为《鹿鸣》、《四牡》、《皇皇者华》这三首诗，后来被周统治者谱了乐调在宴会上弹奏，劳使臣时演奏《四牡》，遣使臣时演奏《皇皇者华》，其实和诗的内容并不相合。

皇皇者华[1]	于彼原隰[2]	花儿朵朵开烂漫	高原低地都开遍
駪駪征夫[3]	每怀靡及[4]	急急忙忙我出差	纵有考虑不周全
我马维驹[5]	六辔如濡[6]	驾起马儿真高骏	六条缰绳多滑润
载驰载驱	周爰咨诹[7]	赶着车儿快快跑	广泛访问城和村

1　皇皇：色彩鲜明的样子。

2　原：高的平原。　隰：低湿的地。

3　駪駪：《鲁诗》作"侁侁"，《韩诗》作"莘莘"，三字古通用，急急忙忙的意思。
　　征夫：行人，出使者。

4　每：虽。《广雅》："每，虽，词也。"马瑞辰《通释》："《常棣》诗'每有良朋'，与'虽有兄弟'，词异而义同。"

5　驹：小马。《释文》："驹本作骄。"《说文》："马高六尺为骄。"引诗"我马维骄"。按骄古读如驹，可能是后人据音以改字。

6　如：和"而"通用。　濡：润泽。

7　周：普遍，广泛。　爰：于，在。　咨：问。　诹：聚集讨论。《说文》："诹，聚谋也。"咨诹，访问的意思。

我马维骐⁸　　六辔如丝⁹　　　　驾起马儿黑带青　六条缰绳称手匀

载驰载驱　　周爰咨谋¹⁰　　　　赶着车儿快快跑　到处访问老百姓

我马维骆　　六辔沃若¹¹　　　　雪白马儿黑尾巴　缰绳光润手中拿

载驰载驱　　周爰咨度¹²（duó）　赶着车儿快快跑　到处访问细调查

我马维骃¹³　　六辔既均¹⁴　　　　马儿浅黑毛斑驳　缰绳均匀手中握

载驰载驱　　周爰咨询¹⁵　　　　赶着车儿快快跑　细心察访勤探索

8　骐：青色而有黑纹的马。

9　如丝：形容四马六辔的调匀。《淮南子·修务训》高诱注："《诗·小雅·皇皇者
　　华》之篇，六辔四马如丝，言调匀也。"

10　谋：计谋。

11　沃：柔润。　若：同然。

12　度：酌量。

13　骃：浅黑色间有白色毛的马。

14　均：均平，整齐。

15　询：询问。

常 棣

【题解】

这是一首宴请兄弟的诗。诗的作者旧有两说：《国语》记为成王时周公所作，《左传》记为厉王时召穆公虎作。据考，以《左传》说较可靠。诗以死丧祸乱与和平安宁对比，朋友妻子与兄弟关系对比，突出"凡今之人，莫如兄弟"的主题。

常棣　即郁李。落叶小灌木。叶卵形至披针状卵形。春季开花。果实小球形，暗红色，可食。种子称郁李仁，可入药。

常棣之华[1]　鄂不铧铧[2]（wěi wěi）　　棠棣花开照眼明　花萼花蒂同根生

凡今之人　　莫如兄弟　　　　　　试看如今世上人　没人能比兄弟情

死丧之威[3]　兄弟孔怀[4]　　　　　　死亡威胁最可怕　只有兄弟最关心

原隰裒矣[5]（xí póu）　兄弟求矣　　　假如地震山川变　只有兄弟来相寻

脊令在原[6]　兄弟急难　　　　　　　鹡鸰流落在高原　兄弟着急来救难

每有良朋[7]　况也永叹[8]　　　　　　平时虽是好朋友　看你遭难只长叹

兄弟阋于墙[9]（xì）　外御其务[10]　　兄弟在家虽争吵　却能同心抗强暴

每有良朋　　烝也无戎[11]　　　　　　平时虽有好朋友　事到临头难依靠

1　常棣：即郁李。
2　鄂：同"萼"，花萼。《说文》引《诗》作"萼"。　不：花蒂。王引之《经传释词》训"不"为语词，亦通。　铧铧：鲜明的样子。
3　威：畏。方玉润《诗经原始》："上言死丧，乃人事之变；下言原隰，乃山川之变。总以见势当变乱，始觉兄弟情深，起下急难、外侮。"
4　孔怀：很关心。
5　裒：聚集之意，也有减少之意，这里引申为自然界的变化。方玉润《诗经原始》："原隰者，陵谷也。'裒'为损少，即变迁之意。"
6　脊令：即鹡鸰，亦名雝渠。《郑笺》："雝渠，水鸟。而今在原，失其常处，则飞则鸣求其类，天性也。犹兄弟之于急难。"　原：平原。
7　每：虽。
8　况：增加的意思。　永：长。
9　阋：争斗。
10　务：通"侮"。《国语》、《左传》引《诗》皆作"外御其侮"。
11　烝：与"陈"通，久。朱熹："烝，发语词。"亦通。　戎：帮助。《尔雅·释言》："戎，相助也。"

脊令

脊令　　即鹡鸰，鸟类的一属。常见的为身体小，头顶黑色，前额纯白色，嘴细长，尾和翅膀都很长，
　　　　黑色，有白斑，腹部白色。吃昆虫和小鱼等。因为鹡鸰成群而飞，所以诗中用以比喻兄弟。

丧乱既平　　既安且宁　　　　死丧祸乱既平靖　一家生活也安宁

虽有兄弟　　不如友生¹²　　　那时虽有亲兄弟　反觉不如朋友亲

傧尔笾豆¹³　饮酒之饫¹⁴　　大碗小碗摆上来　又是喝酒又吃菜
biān　　　　　yù

兄弟既具¹⁵　和乐且孺¹⁶　　兄弟已经都来齐　家宴和乐又亲爱

妻子好合　　如鼓瑟琴　　　　情投意合妻子好　弹琴奏瑟同到老

兄弟既翕¹⁷　和乐且湛¹⁸　　兄弟感情既融洽　和睦相处乐陶陶
xì　　　　　dān

宜尔室家¹⁹　乐尔妻帑²⁰　　妥善安排你家庭　妻子儿女喜盈盈

是究是图²¹　亶其然乎²²　　认真考虑细思量　此理是否很分明
　　　　　　dǎn

12　友生：即朋友。生，语助词。马瑞辰《通释》："唐人诗'太瘦生'……之类，
　　皆以'生'为语助词。实此诗及《伐木》诗'友生'倡之也。"
13　傧：陈列。　笾：古祭祀燕享盛水果、干肉等用的竹制器具。　豆：古盛肉
　　器，用木制成，有盖，黑漆，中朱。
14　之：犹是。　饫：吃饱喝足。
15　具：通"俱"。既具，已经都来齐。
16　孺：相亲。
17　翕：合，和睦的意思。
18　湛：又作"耽"，尽兴的意思。《释文》："耽，乐之甚也。"
19　宜：安。　尔：指兄弟。
20　帑：通"孥"，儿子。
21　究：深思。　图：考虑。
22　亶：确实。　其：指"宜室家、乐妻帑"。　然：这样。

伐 木

【题解】

　　这是一首宴享亲友故旧的诗歌，此诗可能出自民间，后为贵族所修改、采用，也可能是贵族文人仿民歌的作品。从诗的语言技巧和表现手法看来，它可能是西周后期的作品。旧说是文王所作，是没有根据的。

伐木丁丁[1] zhēng zhēng	鸟鸣嘤嘤[2]	砍起树木铮铮响	林中小鸟嘤嘤唱
出自幽谷[3]	迁于乔木[4]	小鸟本从深谷出	飞来住到大树上
嘤其鸣矣[5]	求其友声	鸟儿嘤嘤啼不住	呼伴引类声欢畅
相彼鸟矣[6]	犹求友声	看那小鸟是飞禽	尚且求友不断唱
矧伊人矣[7] shěn	不求友生[8]	何况我们是人类	不和朋友相来往
神之听之[9]	终和且平	天神听说人相爱	也会把那和平降

1　丁丁：刀斧砍树的声音。

2　嘤嘤：鸟和鸣声。

3　幽谷：深谷。

4　乔木：指高处。

5　嘤其：即嘤嘤。《鲁诗》认为"嘤"是莺的借字，黄鹂。

6　相：视，看。

7　矧：何况。　伊人：是人，这人。

8　友生：朋友。

9　神之听之：一般释为"神明听之"。马瑞辰释神为慎，警诫的意思；释听为从，听从的意思(《毛诗传笺通释》)。可备一说。

伐木许许 ¹⁰（hǔ hǔ）　釃酒有莤 ¹¹（shī xù）　　呼起号子砍树忙　筛出美酒喷喷香

既有肥羜 ¹²（zhù）　以速诸父 ¹³　　　　备好肥嫩小羔羊　请我伯叔来尝尝

宁适不来 ¹⁴　微我弗顾 ¹⁵　　　　　　宁可凑巧他不来　非我把他撇一旁

於粲洒扫 ¹⁶（wū）　陈馈八簋 ¹⁷（guǐ）　　屋里扫得真清爽　八盘好菜都摆上

既有肥牡 ¹⁸　以速诸舅 ¹⁹　　　　　　备好肥嫩小公羊　请我长辈来尝尝

宁适不来　微我有咎 ²⁰　　　　　　　宁可凑巧他不来　免叫他人说短长

10 许许：又作浒浒、所所，伐木时共同用力的呼声，类似今天的劳动号子。朱熹："许许，众人共力之声。《淮南子》曰：举大木者，呼邪许。"

11 釃：酒，滤酒。下一章的"酾"是斟的意思。　有莤：莤莤，形容酒味美。《玉篇》："莤，酒之美也。"

12 羜：出生五个月的小羊。

13 速：召，邀请。　诸父：对同姓长辈的尊称。

14 宁：宁可。　适：凑巧。

15 微：非。　顾：念。

16 於：叹美词。　粲：鲜明干净。

17 陈：陈列，摆设。　馈：食物。　簋：盛食品的器具。

18 牡：指雄性的小羊。

19 诸舅：指异姓的长辈。

20 咎：过错。

伐木于阪[21]　醺酒有衍　　小山坡上来砍树　酒已满杯还要注

biān
笾豆有践[22]　兄弟无远[23]　　盘儿碗儿排整齐　兄弟之间别相疏

民之失德[24]　干糇以愆[25]　　人们为啥失友情　饭菜不周致交恶

　　　　xǔ
有酒湑我[26]　无酒酤我[27]　　家里有酒筛出来　没酒店里买一壶

　　　　　　cún cún
坎坎鼓我[28]　蹲蹲舞我[29]　　敲起鼓儿咚咚响　扬起长袖翩翩舞

　　　　　　　xǔ
迨我暇矣[30]　饮此湑矣　　趁着今朝有空闲　把这清酒喝下肚

21　阪：山坡。　衍：本义是水溢出来。　有衍：即衍衍，形容酒多而美的样子。

22　笾豆有践：菜肴摆整齐。笾、豆都是古人宴会或祭祀用的食器。

23　兄弟：指同辈的亲友。　无远：不要疏远见外。

24　失德：指失去朋友的交谊。

25　干糇：本义是干粮。《说文》："糇，干食也。"这里用它泛指粗薄的点心。朱熹
　　《诗集传》："干糇，食之薄者也。"　愆：过错。

26　湑：和"醺"同义，滤。末句的"湑"指滤过的酒。按这句与下句都是倒文。

27　酤：同"沽"，买酒。一说"酤"为未经过滤有滓的酒，如今酒酿。　我：主人
　　自称。有人说，"我"是语尾助词，如啊，亦通。

28　坎坎：击鼓声。

29　蹲蹲：本作"墫"，形容跳舞合乐的姿态。以上两句也是倒文。

30　迨：及，趁。

天 保

【题解】

这是一首臣子祝颂君主的诗，反映了当时统治阶级"敬天保民"的思想。

天保定尔¹　　亦孔之固²　　　　上天保佑庇护　使您政权巩固

俾尔单厚³　　何福不除⁴　　　　使您国家强大　赐您一切幸福

俾尔多益⁵　　以莫不庶⁶　　　　让您物产丰盈　叫您国家富庶

天保定尔　　俾尔戬穀⁷　　　　上天保佑庇护　使您安乐幸福

罄无不宜⁸　　受天百禄⁹　　　　万事无不如意　享受众多福禄

1　保定：使安定。　尔：您，指君主。陈奂："通篇十'尔'字，皆指君上也。"

2　亦：语助词。　孔：甚。　固：巩固。

3　俾：使。　单厚：亦作"亶厚"，强大。马瑞辰《通释》："单、厚同义，皆为大也。"

4　除：赐予。

5　多益：二字同义，众多的意思，指物产众多丰富。

6　以：发声词，无义。　庶：富庶。

7　戬穀：福禄，幸福。《毛传》："戬，福。穀，禄。"二字同义。

8　罄：尽，所有的意思。

9　百禄：许多的幸福。百是虚数，许多的意思。

降尔遐福[10]　维日不足[11]　　福祉降临您身　唯恐一天不足

天保定尔　　以莫不兴[12]　　上天保您吉祥　生产蒸蒸日上

如山如阜[13]　如冈如陵[14]　　恰如巍巍丘陵　又如高高山岗

如川之方至　以莫不增　　　如水滚滚而来　永远不断增长

吉蠲为饎[15]　是用孝享[16]　　饭菜清清爽爽　拿来祭祀祖上
juān

禴祠烝尝[17]　于公先王[18]　　春夏秋冬四季　祭我先公先王
yuè

10　遐福：远福。

11　维：同"惟"，只。　维日不足：惟恐每天享福不够。

12　兴：盛。指物产兴盛。

13　阜：土山。

14　陵：大阜为陵。

15　吉蠲：二字同义，都是清洁的意思。《毛传》训吉为"善"，指吉日良辰，亦通。　饎：酒食。

16　是：这，指酒食。是用：即用是。　享：祭献。王先谦："祭先人故曰孝享。"

17　禴：夏祭。　祠：春祭。　烝：冬祭。　尝：秋祭。

18　公：先公。朱熹："谓后稷以下至公叔祖类也。"公叔祖类是古公亶父的父亲。　先王：指太王以下。太王即古公亶父，周文王的祖父。

君曰卜尔¹⁹　万寿无疆　　　　祖宗开口说话　赐您万寿无疆

神之吊矣²⁰　诒尔多福²¹　　　祖宗已经来临　赐您幸福如锦

民之质矣²²　日用饮食　　　　人民淳朴老实　每天吃饱就行

群黎百姓²³　遍为尔德²⁴　　　不管是官是民　个个感您恩情

如月之恒²⁵　如日之升　　　　您像新月渐盈　您像旭日东升

如南山之寿　不骞不崩²⁶　　　您像南山高寿　永不亏损塌崩

如松柏之茂　无不尔或承²⁷　　您像松柏常青　子孙永远继承

19　君：先公先王的神灵。古代祭祀用活人扮神，叫做尸（神主）。主祭者向祖先
　　祭祀时，尸传达神的话，即"君曰"。　卜：予，赐给。

20　吊：至，指神灵、祖考的降临。

21　诒：通"贻"，送给。

22　质：朴实无华。

23　群黎：众民。　百姓：百官。《尧典》："平章百姓。"《传》："百姓，百官。"

24　为：音义同"讹"，感化。马瑞辰《通释》："为，当读如'式讹尔心'之讹。
　　讹，化也。"

25　恒：陈奂《诗毛氏传疏》释为"月上弦之貌"。

26　骞：亏损。　崩：崩坏。

27　或：有。　承：继承。

采 薇

【题解】

　　这是一位守边兵士在归途中赋的诗。旧说是文王时遣送守边兵士出征的乐歌，但从诗的语言艺术和风格看来，很像《国风》中的民歌，不像周初的作品。《汉书·匈奴传》记载周懿王时戎狄交侵，暴虐中国，诗人疾而歌之曰："靡室靡家，猃允之故。"可见诗作于周懿王时（约在公元前934年以后）。末章以柳代春，以雪代冬，借景表情，感时伤事，富于形象性和感染力，是千古传诵的名句。

鱼　　指像鱼类的水栖动物。朱熹《诗集传》："鱼，兽名，似猪，东海有之，其皮背上斑文，腹下纯青，可为弓鞬矢服也。"

采薇采薇[1]　薇亦作止[2]　　采薇采薇一把把　薇菜新芽已长大

曰归曰归　岁亦莫止[3]　　说回家呀道回家　眼看一年又完啦

靡室靡家[4]　^{xiǎn yǔn}狁之故[5]　　有家等于没有家　为跟狁狁去厮杀

不遑启居[6]　^{xiǎn yǔn}狁之故　　没有空闲来坐下　为跟狁狁来厮杀

采薇采薇　薇亦柔止[7]　　采薇采薇一把把　薇菜柔嫩初发芽

曰归曰归　心亦忧止　　说回家呀道回家　心里忧闷多牵挂

忧心烈烈[8]　载饥载渴[9]　　满腔愁绪火辣辣　又饥又渴真苦煞

我戍未定[10]　靡使归聘[11]　　防地调动难定下　书信托谁捎回家

1　薇：今名野豌豆苗，冬天发芽，春天二三月长大。图见《小雅·四月》。

2　亦：助词，含有"又"的意思。　作：生出。　止：语气词，无义。

3　莫：古"暮"字。

4　靡：无。　室、家：指妻子。诗人终年远戍，和妻子久离，有家等于无家。

5　狁狁：亦作猃狁，古指西北少数民族。春秋时称戎、狄，秦汉时称匈奴、胡，隋唐称突厥。散居在今甘肃、陕西北部及内蒙西部。

6　不遑：没有闲暇。　启：跪。　居：坐。古人席地而坐，跪则两膝着席，腰部伸直；坐则臀部和脚跟相触。

7　柔：肥嫩。

8　忧心烈烈：忧心如焚。

9　载：又。

10　戍：守。这里指防守的地点。　未定：不固定。

11　使：使者。　聘：探问。

采薇采薇	薇亦刚止 [12]	采薇采薇一把把	薇菜已老发杈桠
曰归曰归	岁亦阳止 [13]	说回家呀道回家	转眼十月又到啦
王事靡盬 [14]	不遑启处 [15]	王室差事没个罢	想要休息没闲暇
忧心孔疚 [16]	我行不来 [17]	满怀忧愁太痛苦	生怕从此不回家

彼尔维何 [18]	维常之华 [19]	什么花儿开得盛	棠棣花开密层层
彼路斯何 [20]	君子之车 [21]	什么车儿高又大	高大战车将军乘
戎车既驾 [22]	四牡业业 [23]	驾起兵车要出战	四匹壮马齐奔腾
岂敢定居	一月三捷	边地怎敢图安居	一月要争几回胜

12 刚：坚硬，指薇菜茎叶渐老变硬。

13 阳：周代自农历四月到十月，称为阳月。有人训阳为"温暖"，亦通。

14 靡盬：没有止息。

15 启处：与上文"启居"同义。

16 疚：病痛。

17 来：《郑笺》："来，犹返也。"方玉润："虽生离犹死别也。"或训来为劳来之来，不来，指无人慰问。说亦可通。

18 尔：三家诗作"苶"，花盛开的样子。 维：是。 维何：是什么。

19 常：通"棠"，棠梨树。

20 路：车子。

21 君子：指将帅。

22 戎车：兵车。

23 业业：强壮而高大的样子。

驾彼四牡	四牡骙骙 [24]	驾起四匹大公马	马儿雄骏高又大
君子所依 [25]	小人所腓 [26]	将军威武倚车立	兵士掩护也靠它
四牡翼翼 [27]	象弭鱼服 [28]	四匹马儿多齐整	鱼皮箭袋雕弓挂
岂不日戒 [29]	猃狁孔棘 [30]	哪有一天不戒备	军情紧急不卸甲

昔我往矣	杨柳依依 [31]	回想当初出征时	杨柳依依随风吹
今我来思 [32]	雨雪霏霏 [33]	如今回来路途中	大雪纷纷满天飞
行道迟迟 [34]	载渴载饥	道路泥泞难行走	又渴又饥真劳累
我心伤悲	莫知我哀	满心伤感满腔悲	我的哀痛谁体会

24 骙骙：马强壮的样子。

25 依：依靠。陈奂："依，倚也。"依靠在车厢上。

26 小人：指兵士。　腓：覆庇，隐蔽。

27 翼翼：行列整齐的样子。

28 象弭：用象牙镶饰的弓。　弭：本是弓的两头缚弦的地方，所以有时亦名弓为弭。
鱼服：即鱼箙，用像鱼类的水栖动物的皮做的箭袋。

29 戒：戒备。

30 棘：同"亟"，紧急。

31 依依：柳条柔弱随风飘拂的样子。

32 思：语末助词。

33 雨雪：下雪。　霏霏：雪盛多的样子。

34 迟迟：缓慢。

出 车

【题解】

这是一位出征的武士凯旋后赋的诗。旧说是慰劳南仲还师之作，不确。诗大约作于周宣王时，约当公元前800年左右。诗中反映了当时民族矛盾的尖锐化，歌颂了周宣王平定四夷的功绩。从中也可看出贵族文人向民歌吸取营养，丰富提高自己的创作这一明显的事实。

仓庚　即黄莺。也称黄鹂、黄鸟、黄鹂留等，属鸟纲黄鹂科。通体金黄色，背部稍沾辉绿色。鸣声圆润嘹亮，低昂有致，富有韵律，非常清脆，可以饲养为观赏鸟。

我出我车	于彼牧矣[1]	推出战车马套上	驾到远郊养马场
自天子所[2]	谓我来矣[3]	有人从王那里来	派我出征到北方
召彼仆夫[4]	谓之载矣	唤来马夫驾起车	赶快送我到边防
"王事多难[5]	维其棘矣"[6]	"国王政事多外患	事儿紧急保家邦"

我出我车	于彼郊矣	推出战车马套上	驾到郊外养马场
设此旐矣[7] zhào	建彼旄矣[8]	车上插起龟蛇旗	树起干旄随风扬
彼旟旐斯[9] yú zhào	胡不旆旆[10] pèi pèi	旗上鹰隼气昂昂	怎不展翅高飞翔
忧心悄悄[11]	仆夫况瘁[12]	我为战事心不安	马夫憔悴驾驭忙

1　于：往。　牧：郊外。《尔雅》："邑外谓之郊，郊外谓之牧。"

2　所：处所，地方。

3　谓：使。马瑞辰《毛诗传笺通释》："《广雅》：'谓，使也。'谓我来，即使我来。下文'谓之载'，即使之载也。"

4　仆夫：即御夫，驾车的人。

5　难：指外患。

6　维：发声词。陈奂《诗毛氏传疏》："维，发声。凡言'维其'，其也。"　棘：同"急"，紧急。

7　设：陈列。　旐：画着龟蛇的旗。

8　建：立。　旄：干旄，一种饰有旄牛尾的曲柄旗。

9　旟：画着鹰隼的旗。　斯：语尾助词。

10　旆旆：飞扬的样子。

11　悄悄：忧愁的样子。

12　况：怳之假借字。况瘁，憔悴的意思。陈奂《诗毛氏传疏》："《楚辞·九叹》云'顾仆夫之憔悴'，又云'仆夫慌悴'，并与诗'况瘁'同。"

王命南仲¹³	往城于方¹⁴	王命南仲大将军	筑城防敌到北方
出车彭彭¹⁵	旂旐央央¹⁶ qí zhào	驾车四马多壮健	旌旗鲜明亮晃晃
天子命我	城彼朔方	天子下令我执行	去到北方筑城墙
赫赫南仲¹⁷	狁于襄¹⁸ xiǎn yǔn	威名赫赫南仲子	扫除狁上战场

王命南仲¹³　往城于方¹⁴　　王命南仲大将军　筑城防敌到北方
出车彭彭¹⁵　旂旐央央¹⁶　　驾车四马多壮健　旌旗鲜明亮晃晃
天子命我　　城彼朔方　　天子下令我执行　去到北方筑城墙
赫赫南仲¹⁷　狁于襄¹⁸　威名赫赫南仲子　扫除狁上战场

昔我往矣　　黍稷方华¹⁹　当初北征离家乡　黍稷茂盛庄稼香
今我来思　　雨雪载涂²⁰　现在回来打西戎　大雪满路化泥浆
王事多难　　不遑启居　　国王政事多外患　无法安居整天忙
岂不怀归　　畏此简书²¹　难道不想回家乡　邻邦盟约不敢忘

13　南仲：周宣王时的大臣，亦作南中。
14　城：筑城。　方：指朔方，北方。
15　彭彭：马强盛的样子。
16　旂：画蛟龙的旗。　央央：鲜明的样子。
17　赫赫：威名显盛的样子。
18　襄：通"攘"，扫除。
19　华：茂盛。朱熹《诗集传》："华，盛也。"方华：正是茂盛的时候。指北方的
　　六月。
20　载：充满。　涂：泥浆。《毛传》："涂，冻释也。"
21　简书：盟书。疑在这次战役前，宣王有和邻近的诸侯盟誓，写成简书的事。

喓喓草虫 [22]	趯趯阜螽 [23]	蝈蝈喓喓不住唱	蚱蜢蹦蹦跳场上
未见君子	忧心忡忡 [24]	未曾看见南仲面	忧心忡忡虑国防
既见君子	我心则降 [25]	如今见了南仲面	石头落地心舒畅
赫赫南仲	薄伐西戎 [26]	声名赫赫南仲子	征伐西戎威名扬

春日迟迟 [27]	卉木萋萋 [28]	春天日子渐渐长	草木茂盛叶苍苍
仓庚喈喈 [29]	采蘩祁祁 [30]	黄莺吱喳枝头唱	采蘩姑娘闹洋洋
执讯获丑 [31]	薄言还归	捉来间谍杀敌寇	胜利归来到家乡
赫赫南仲	猃狁于夷 [32]	威名赫赫南仲子	平定猃狁国增光

22 喓喓：虫鸣声。　草虫：蝈蝈。

23 趯趯：跳跃貌。　阜螽：蚱蜢。

24 忡忡：忧虑不安的样子。

25 降：下，指心放下了。

26 薄：语首助词，含有勉力的意思。　西戎：西北种族名。《国语》韦昭注："犬
戎，西戎之别名，在荒服。"按其地在今陕西凤翔的北部。

27 迟迟：日长的样子。

28 卉：草。　萋萋：茂盛的样子。

29 仓庚：黄莺。　喈喈：鸟鸣声。

30 蘩：白蒿。祁祁：众多的样子。

31 讯：间谍。　获：馘（guó）的假借字，割耳朵。古人杀俘虏必割其左耳，以上
报计数，这里作动词"杀"用。　丑：对敌人的蔑称。

32 夷：平定。

杕 杜

【题解】

这是一位民间妇女思念久役的丈夫的诗。后来，统治阶级采了这首民歌，配合雅乐，作为慰劳戍役归来的将士时弹奏的乐章。编辑《诗经》的人，就把它列入《小雅》一类了。

有杕之杜¹ (dì)	有睆其实² (huǎn)	一株棠梨生路旁	果实累累挂树上
王事靡盬³ (gǔ)	继嗣我日⁴	国王差事无休止	服役期限又延长
日月阳止⁵	女心伤止	日子已到十月头	满心忧伤想我郎
征夫遑止		征人有空应回乡	
有杕之杜	其叶萋萋	一株棠梨生路旁	叶儿繁茂真盛旺
王事靡盬 (gǔ)	我心伤悲	国王差事无休止	遥想征人我心伤
卉木萋止	女心悲止	草木青青春又到	心儿忧碎愁断肠
征夫归止		征人哪天能还乡	

1　杕杜：特立孤生的棠梨树。

2　睆：颜色鲜明或果实浑圆的样子。

3　靡：没有。　盬：止息。

4　继嗣：继续，含有延长的意思。古代行役规定春行秋返，秋行春返。诗人丈夫约在春天参加行役，到杕杜结实，已过秋时，尚未回来。

5　阳：指农历十月。参见《采薇》"岁亦阳止"注。　止：语气词。

陟彼北山[6] 言采其杞[7]　　登上北山我彷徨 手采枸杞心想郎

王事靡盬（gǔ） 忧我父母　　国王差事无休止 谁来奉养爹和娘

檀车幝幝（chǎnchǎn）[8] 四牡痯痯（guǎnguǎn）[9]　　檀木车子已破烂 四马疲劳步踉跄

征夫不远　　征夫归期该不长

匪载匪来[10] 忧心孔疚[11]　　人不回来车不装 忧心忡忡苦怀想

期逝不至[12] 而多为恤[13]　　服役期过不回来 最是忧愁最惆怅

卜筮偕止[14] 会言近止[15]　　占卜卦辞说吉祥 聚会之期不太长

征夫迩止[16]　　征人很快就回乡

6　陟：登。

7　杞：枸杞。

8　檀车：役车。檀木坚，古人用它制轮，所以称檀车。　幝幝：车破旧的样子。

9　痯痯：疲病的样子。

10　匪：通"非"。　载：装。

11　疚：病，苦恼。

12　期：服役的限期。　逝：过去。　期逝：即逾期的意思。

13　多：最。　恤：忧愁。

14　卜筮：占卜算卦。　偕：与"嘉"通，吉利（从马瑞辰《通释》说）。

15　会：聚会。　言：助词，含有"且"意。有人训会为"合"，会言，指卜筮合言，说亦可通。

16　迩：近。

鱼 丽

【题解】

　　这是写贵族宴飨宾客的诗。诗中描写了贵族所用的鱼和酒，不但又美又多，而且常有不缺，反映了当时贵族生活的豪华。《仪礼》中的乡饮酒和燕礼都唱这首诗，可见它后来成为燕飨通用的乐歌。

鲿　　今名黄颡鱼。体延长，前部平扁，后部侧扁，长十余厘米。青黄色，大多有不规则褐色斑纹。
　　　生活于江湖底层。

鱼丽于罶[1]　鲿鲨[2]　　　　鱼儿篓里历录跳　小鲨黄颊下锅烧

君子有酒　旨且多[3]　　　　老爷有酒藏得好　满坛满罐清香飘

鱼丽于罶　鲂鳢[4]　　　　鱼儿篓里历录跳　鳊鱼黑鱼有味道

君子有酒　多且旨　　　　老爷有酒藏得好　满桶满缸清香飘

鱼丽于罶　鰋鲤[5]　　　　鱼儿篓里历录跳　鲶鱼鲤鱼好菜肴

君子有酒　旨且有[6]　　　　老爷有酒藏得好　满樽满杯清香飘

物其多矣　维其嘉矣[7]　　　　酒菜丰盛花色多　味道实在好不过

1　丽：历录，鱼历历录录地跳着的样子。陈奂《诗毛氏传疏》："丽与录一声之转，鱼丽历在罶，录录历历然也。"罶：捕鱼的竹笼。

2　鲿：今名黄颊鱼，形状很像黄鱼。　鲨：体圆而有黑点文。

3　旨：味美。

4　鲂：鳊鱼。　鳢：黑鱼。

5　鰋：今名鲶鱼。

6　有：也是多的意思。朱熹《诗集传》："有，犹多也。"

7　嘉：善。

鲨　　　又名鮀。生活在溪涧的小鱼。徐珂《清稗类钞·动物·鲨》："鲨，小鱼也，产溪涧中，长五寸许，黄白色，有黑斑，鳍大，尾圆，腹鳍能吸附于他物。口广鳃大，常张口吹沙，故又名吹沙鱼，俗称沙鱼为鲨鱼，盖将'沙鱼'二字误合为一字也。"

物其旨矣　　维其偕矣[8]　　　　样样酒菜都精美　客人尝了对口味

物其有矣　　维其时矣[9]　　　　吃的喝的堆满仓　时鲜货色不断档

8　偕：与"嘉"同义。王引之《经传述闻》："《广雅》:'皆，嘉也。''皆'与'偕'古字通。"

9　时：及时。苏辙《诗经传》训嘉为"好"，训偕为"齐全"，训时为"时鲜"，可备一说。

鳢　　俗称黑鱼、乌鳢，亦名鮦。体延长，亚圆筒形。头扁，口大，牙尖，咽头上方有一宽大鳃上腔，
　　　能呼吸空气。青褐色，有三纵行黑色斑块，眼后至鳃孔有两条黑色纵带。背鳍、腹鳍、尾鳍均
　　　延长。性凶猛。肉肥美，供食用。

鳀　　即鲇鱼。身体表面多黏液，无鳞，背部苍黑色，腹部白色；体长，前端平扁，后部侧扁，头扁口阔，上下颌有四根须，尾圆而短，不分叉，背鳍小，臀鳍与尾鳍相连。生活在河湖池沼等处，白昼潜伏水底泥中，夜晚出来活动，吃小鱼、贝类、蛙等。

南有嘉鱼

【题解】

　　这也是一首描写贵族宴会宾客的诗。它和《鱼丽》性质略同,《鱼丽》多写招待宾客的酒菜之美,这首诗则兼写宾主宴饮之情。

嘉鱼　　好鱼。一说为鱼名。晋左思《蜀都赋》:"嘉鱼出于丙穴,良木攒于褒谷。"宋宋祁《益部方物略记·嘉鱼》:"丙穴在兴州,有大丙小丙山,鱼出石穴中,今雅州亦有之,蜀人甚珍其味,左思所谓嘉鱼出于丙穴中。"

南有嘉鱼¹　烝然罩罩²　　南方有好鱼　群群游水中

君子有酒　嘉宾式燕以乐³　　主人有好酒　宴会宾客乐融融

南有嘉鱼　烝然汕汕⁴　　南方有好鱼　群群游水里

君子有酒　嘉宾式燕以衎⁵　　主人有好酒　宴会宾客乐无比

南有樛木⁶　甘瓠累之⁷　　南方曲树弯　葫芦缠树上

君子有酒　嘉宾式燕绥之⁸　　主人有好酒　宴会宾客真欢畅

翩翩者雒⁹　烝然来思¹⁰　　鹁鸪轻飞翔　成群落树上

君子有酒　嘉宾式燕又思¹¹　　主人有好酒　宴会宾客敬一觞

1　南：指南方江汉一带。　嘉鱼：好鱼。
2　烝：众多。　罩罩：鱼群游的样子。戴震《毛郑诗考正》："罩罩，盖鱼游水之貌。"
3　式：语气词。　燕：宴会饮酒。　以：同"而"。
4　汕汕：鱼游水的样子。
5　衎：《毛传》："衎，乐也。"
6　樛木：弯曲的树。
7　瓠：葫芦。　累：缠绕。
8　绥：安乐。
9　雒：鹁鸪。
10　思：语气词。
11　又：与"侑"通用，指劝酒。马瑞辰《通释》："又，即今之右字，古右与侑、宥并通用。"

南山有台

【题解】

这是祝祷周王得贤人的诗。诗人采用民歌习语作为每章的发端，增强了诗的音乐性。

台　　又名莎草。一名夫须，莎草科多年生草本，多生长在潮湿处或沼泽地。可以制作蓑衣、蓑笠。

南山有台¹　北山有莱²　　南山莎草绿萋萋　北山遍地长野藜

乐只君子³　邦家之基　　得到君子多快乐　国家靠你做根基

乐只君子　万寿无期　　得到君子多快乐　祝你万寿无穷期

南山有桑　北山有杨　　南山遍地有嫩桑　北山到处长白杨

乐只君子　邦家之光⁴　得到君子多快乐　国家有你增荣光

乐只君子　万寿无疆　　得到君子多快乐　祝你万寿永无疆

南山有杞⁵　北山有李　　南山杞木株连株　北山岗上长李树

乐只君子　民之父母　　得到君子多快乐　民众尊你是父母

乐只君子　德音不已⁶　得到君子多快乐　你的美名永记住

1　台：通"苔"，草名。又名莎草，可做蓑衣。

2　莱：亦作"藜"，草名。嫩叶可食。

3　乐：指周王乐得君子。　只：语助词，含有"是"意。《郑笺》："只之言'是'也。"　君子：指贤者。

4　光：光荣。

5　杞：南方的枸骨树，和北方的枸杞不同。《释文》引《义疏》云："杞，其树如樗，一名狗骨。"

6　德音：好名誉。　不已：不止。

莱

莱　　　即藜，一年生草本。嫩叶可食，老茎可为杖。

南山有栲⁷　　北山有杻⁸　　　　南山栲树绿油油　　北山檍树满山丘

乐只君子　　遐不眉寿⁹　　　　得到君子多快乐　　怎不盼你享长寿

乐只君子　　德音是茂¹⁰　　　　得到君子多快乐　　你的美名传九州

南山有枸¹¹　　北山有楰¹²　　　　南山枸树到处有　　北山遍地是苦楸

乐只君子　　遐不黄耇¹³　　　　得到君子多快乐　　怎不愿你永长寿

乐只君子　　保艾尔后¹⁴　　　　得到君子多快乐　　保养子孙传千秋

7　栲：一种常绿高大乔木，木质坚密，皮可提制栲胶或染鱼网。

8　杻：檍树。

9　遐：通"何"。　眉寿：长寿。

10　茂：美盛。

11　枸：即枳椇，实如鸡爪，味甜可食。

12　楰：亦名苦楸。

13　黄耇：老寿。黄，指老人头发白后发黄。耇，老。

14　艾：养育。　尔：你。　后：指子孙后代。

杞　　枸骨树，因木质白如狗骨，又名狗骨，常绿乔木，通常呈灌木状。树皮灰白色，平滑。单叶互生，硬革质，有五刺，如猫形，也称猫儿刺。花白色，核果椭圆形，鲜红色。

枸　　　即枳椇，落叶乔木。叶广卵形，边缘有锯齿。夏季开绿白色小花，果实形似鸡爪，味甘，可食。
　　　　又称拐枣、金钩子、木珊瑚、鸡距子。

蓼 萧

【题解】

这是诸侯在宴会中祝颂周王的诗。

蓼彼萧斯¹　零露湑兮²　　　艾蒿高又长　露水闪闪亮

既见君子³　我心写兮⁴　　　见到周天子　我心真舒畅

燕笑语兮⁵　是以有誉处兮⁶　宴饮又谈笑　大家喜洋洋

蓼彼萧斯　零露瀼瀼⁷　　　艾蒿高又长　露水晶晶亮

既见君子　为龙为光⁸　　　见到周天子　得宠沾荣光

1　蓼：长大的样子。　萧：艾蒿，菊科植物，有香气。图见《王风·中谷有蓷》。　斯：语气词。

2　零：落。　湑：露水盛美的样子。

3　君子：这里指周王。

4　写：输写，舒畅。

5　燕：宴饮。

6　誉处：安乐。朱熹《诗集传》引苏辙《诗经传》曰："誉、豫通。凡诗之誉，皆言乐也。"　处：安。

7　瀼瀼：露盛的样子。

8　为：被。　龙：古"宠"字。《毛传》："龙，宠也。"

其德不爽 [9]　寿考不忘　　　皇恩真浩荡　万寿永无疆

蓼彼萧斯 [lù]　零露泥泥 [10]　　艾蒿长又高　露珠纷纷掉

既见君子　孔燕岂弟 [11]　　见到周天子　盛宴乐陶陶

宜兄宜弟 [12]　令德寿岂 [13]　　兄弟情融洽　德美又寿考

蓼彼萧斯 [lù]　零露浓浓　　　艾蒿密成丛　叶上露珠浓

既见君子　鞗革冲冲 [tiáo][14]　见到周天子　马辔镶黄铜

和鸾雝雝 [15]　万福攸同 [16]　　鸾铃响丁东　万福归圣躬

9　其德：指周王对诸侯的恩德。　爽：差。

10　泥泥：露湿的样子。

11　孔燕：盛宴。　岂弟：同"恺悌"，和易近人。

12　宜：感情融洽的意思。

13　令德：美德。　寿岂：长寿快乐。

14　鞗：亦作"鋚"，铜制马勒的装饰。　革：勒的借字，即马络头。　冲冲：形容马勒装饰的鋚下垂的样子。

15　和鸾：都是车铃。挂在轼上的铃叫作和，挂在车衡上的铃叫作鸾。　雝雝：铃声谐和。

16　攸：所。　同：聚。

湛 露

【题解】

这是周王宴饮诸侯的诗。

湛湛露斯[1]	匪阳不晞[2]	早晨露水重又浓	不晒太阳它不干
厌厌夜饮[3]	不醉无归	夜间宴饮安又闲	酒不喝醉莫回还
湛湛露斯	在彼丰草	浓浓露水闪亮光	沾在茂盛野草上
厌厌夜饮	在宗载考[4]	夜间宴饮多舒畅	宗庙燕享乐钟响
湛湛露斯	在彼杞棘[5]	浓浓露水闪亮光	沾在枸杞酸枣上
显允君子[6]	莫不令德[7]	尊贵忠诚众来宾	品德美好有名望

1 湛湛：露水浓重的样子。

2 晞：干。

3 厌厌：《说文》作"悘悘"，《韩诗》作"愔愔"，安闲的样子。

4 宗：宗庙。 载：同"再"。 考：击，敲。姚际恒《诗经通论》："再考钟，所谓金奏《肆夏》也。入门、客出及燕之时皆用之。"

5 杞棘：枸杞和酸枣树。

6 显：显赫高贵。 允：诚信。 君子：指宾客。

7 令德：好品德。

其桐其椅⁸　其实离离⁹　　桐树椅树到深秋　果实累累满枝头

岂弟君子¹⁰　莫不令仪¹¹　　贵客和气又平易　彬彬有礼不酗酒

8　桐：油桐树。　椅：山桐子树。

9　离离：繁茂众多的样子。

10　岂弟：和易近人。

11　令仪：美好的举止礼节。

彤弓

【题解】

这是周王举行宴会赏赐有功诸侯时君臣合唱的诗。据《左传》记载，周王曾多次将弓矢等物赐有功诸侯，这可能是周代的一种制度。

彤弓弨兮¹	受言藏之	弦儿松松红漆弓	诸侯受赐藏家中
我有嘉宾²	中心贶之³	我有如此好宾客	诚心赠物表恩宠
钟鼓既设	一朝飨之⁴	钟鼓乐器齐备好	从早摆宴到日中

彤弓弨兮 (chāo)　受言藏之　　弦儿松松红漆弓　诸侯受赐藏家中
我有嘉宾　中心贶之 (kuàng)　我有如此好宾客　诚心赠物表恩宠
钟鼓既设　一朝飨之　　钟鼓乐器齐备好　从早摆宴到日中

彤弓弨兮 (chāo)　受言载之⁵　弦儿松松红漆弓　诸侯受赐带家中
我有嘉宾　中心喜之　　我有如此好宾客　心里欢喜现笑容
钟鼓既设　一朝右之⁶　钟鼓乐器齐备好　从早饮酒到日中

1　彤：红色。《荀子·大略》："天子雕弓，诸侯彤弓，大夫黑弓，礼也。" 弨：放松弓弦。

2　我：天子自称。　嘉宾：指诸侯。

3　贶：赠送。

4　一朝：一个上午。　飨：当时盛大宴会的名称。

5　载：一般训为用车载。马瑞辰《毛诗传笺通释》说："载，亦藏也。"说亦可通。

6　右：通"侑"，劝酒。

彤弓弨兮　受言櫜之⁷　　弦儿松松红漆弓　诸侯受赐插袋中

我有嘉宾　中心好之　　　我有如此好宾客　无限宠爱喜气浓

钟鼓既设　一朝醻之⁸　　钟鼓乐器齐备好　从早敬酒到日中

7　櫜：弓袋。

8　醻：亦作"酬"，宾主彼此敬酒的意思。

菁菁者莪

【题解】

这是写学士乐见君子的诗，说的是关于教育人才的事。所以后来人提到教育，常用它作典故。

莪　　即莪蒿，多年生草本植物。叶子像针，花黄绿色，生在水边，嫩的茎叶可作蔬菜。也叫萝、萝蒿、廪蒿，《本草纲目》称之为抱娘蒿。

菁菁者莪¹　　在彼中阿²　　　　萝蒿一片密又多　　长在向阳南山坡

既见君子³　　乐且有仪⁴　　　　有幸见到好老师　　心里快乐有楷模

菁菁者莪　　　在彼中沚⁵　　　　萝蒿一片蓬勃长　　长在河心小洲上

既见君子　　　我心则喜　　　　　有幸见到好老师　　心里欢喜又舒畅

菁菁者莪　　　在彼中陵⁶　　　　萝蒿一片真茂盛　　高高丘陵连根生

既见君子　　　锡我百朋⁷　　　　有幸见到好老师　　胜过赏我百千文

汎汎杨舟⁸　　　载沉载浮　　　　水中飘着杨木船　　半沉半浮没人管

既见君子　　　我心则休⁹　　　　有幸见到好老师　　学有榜样心喜欢

1　菁菁：茂盛的样子。　莪：莪蒿。

2　中阿：即阿中。　阿：大丘陵。

3　君子：这里可能指保氏，即掌管教育的官吏。

4　仪：仪表。　有仪：有榜样。

5　沚：水中小沙洲。

6　陵：大土山。

7　锡：赐。　朋：古人用贝壳作货币，五贝为一串，两串为一朋。

8　杨舟：杨木制的船。

9　休：《广雅》称为"喜也"。

六 月

【题解】

这是叙述、赞美宣王时代尹吉甫北伐猃狁获得胜利的诗。《汉书·匈奴传》："宣王兴师，命将以征伐之，诗人美大其功。"《汉书·韦玄成传》："周室既衰，四夷并侵，猃狁最强。至宣王而伐之。诗人美而颂之曰：'薄伐猃狁，至于太原。'"讲的就是这首诗。周自厉王时起，政治腐败，国势衰弱，四周异族多乘机入侵，其中以北方猃狁的威胁最大。宣王即位以后，发动了讨伐猃狁的战役，一面命令南仲驻兵朔方，加强防守力量；一面派尹吉甫军深入敌地，取得很大的胜利，保证了周邦的安定，号称"中兴"。这首诗从一个侧面反映了"宣王中兴"的事实。

鳖　爬行动物类，即甲鱼，俗称团鱼。形态与龟略同，体扁圆，背部隆起。背甲有软皮，外沿有肉质软边。生活在淡水河川湖泊中。肉鲜美，营养丰富，血及甲可入药。

六月栖栖（xī xī）[1]　戎车既饬（chì）[2]　　六月出兵好紧张　整理兵车备战忙

四牡骙骙（kuí kuí）[3]　载是常服[4]　　四匹公马肥又壮　士兵军服装载上

狁孔炽（xiǎnyǔn）[5]　我是用急[6]　　可恨狁太猖狂　我军急行守边防

王于出征[7]　以匡王国[8]　　周王命令我出征　保我邦国保我王

比物四骊[9]　闲之维则[10]　　四匹黑马选得壮　驾马技术练习忙

维此六月[11]　既成我服[12]　　就在盛夏六月里　军服制成好穿上

1 六月：古代兵法惯例，夏天不出兵，但因狁入侵，边事紧急，所以在六月出兵抵抗。　栖栖：忙碌紧张的样子。

2 戎车：兵车。　饬：整治。

3 骙骙：马强壮的样子。

4 载：装载。　常服：兵士作战时穿的军服。据《周礼》，帽和上衣是用兽皮制的，下裳和鞋都是白色的。

5 狁：我国古代西北边区少数民族族名。　孔：很。　炽：盛。

6 是用：是以，为此。　急：指急行。

7 王：指周宣王，厉王之子，名静。　于：同"曰"，语助词。

8 匡：救助的意思。周宣王继厉王衰微之后，内修国政，外命秦仲攻西戎，尹吉甫伐狁，方叔征荆蛮，召虎平淮夷。史称周室中兴。

9 比：比较选择。　物：指马。　骊：黑马。

10 闲：练，练习。　则：法则。

11 维：发语词。

12 服：戎服，军衣。

我服既成　　于三十里[13]　　　新制军服穿上身　　日行卅里赴边疆

王于出征　　以佐天子　　　　周王命令我出征　　帮助天子战强梁

四牡修广[14]　　其大有颙^{yóng}[15]　　四匹公马高又壮　　大头大脑气昂昂

薄伐狁^{xiǎn yǔn}　　以奏肤公[16]　　同心勉力讨狁　　建立大功安周邦

有严有翼[17]　　共武之服[18]　　　将帅威武又谨严　　共管战事守国防

共武之服　　以定王国　　　　共同管好国防事　　卫我国家安我王

狁匪茹^{xiǎn yǔn}[19]　　整居焦穫[20]　　狁不弱非窝囊　　驻兵焦穫战线长

13　于：往。朱熹《诗集传》："古者吉行日五十里，师行日三十里。"

14　修广：又高又大。

15　有颙：即颙颙，大头大脑的样子。

16　奏：成。　肤：大。　公：通"功"。

17　有严：即严严，威武严肃的样子。　有翼：即翼翼，恭敬谨慎的样子。

18　共：共同。　武：武事，指战争。　服：事。

19　匪：非。　茹：柔弱。有人训茹为"度"，不自量力的意思，亦通。

20　整：整队。　居：处，占据。　焦、穫：皆地名，在今陕西泾阳西北。

侵镐及方²¹

hào

侵镐及方²¹ 至于泾阳²² 　　侵略宁夏和朔方　深入甘肃到泾阳

织文鸟章²³ 白旆央央²⁴

pèi yīng yīng

织文鸟章²³ 白旆央央²⁴ 　我军挂徽竖鹰旗　旗端飘带白又亮

元戎十乘²⁵ 以先启行²⁶ 　大型战车有十乘　冲开敌垒勇难挡

戎车既安²⁷ 如轻如轩²⁸ 　战车安然奏凯还　俯仰自如无损伤

四牡既佶²⁹ 既佶且闲 　四匹公马真雄壮　说它雄壮却驯良

薄伐狁³⁰ 至于大原³⁰

xiǎn yǔn

薄伐狁 至于大原³⁰ 　同心勉力讨狁　深入大原敌胆丧

21 镐：地名，在今宁夏灵武及其附近地方。不是周都镐京。　方：朔方。

22 泾阳：地名，在今甘肃平凉西。

23 织：徽记。当时士卒衣服背后缝有红布的徽记。　鸟章：指将帅的旗帜，旗上面画有鸟隼。文、章：均指花纹。

24 旆：旗端状如燕尾的飘带。　央央：鲜明的样子。

25 元戎：大的战车。

26 启：开，这里指冲开。　行：行列，指敌人军队的行列。

27 安：指胜利平安归来。

28 轻：车向下俯。　轩：车向上仰。写兵车的高低俯仰自如，并未因战争而损坏。

29 佶：健壮的样子。

30 大原：在今甘肃固原。

文武吉甫³¹ 万邦为宪³²　　　能文能武尹吉甫　四方诸侯好榜样

吉甫燕喜³³ 既多受祉³⁴　　　宴请吉甫庆喜事　接受赏赐多吉祥

"来归自镐 我行永久"　　　"我从固原班师归　路上行军日子长"

饮御诸友³⁵ 炰鳖脍鲤³⁶　　　邀请战友作陪客　蒸鳖脍鲤佳肴香

侯谁在矣³⁷ 张仲孝友³⁸　　　宴会座中还有谁　孝友张仲有名望

---

31 文武：能文能武。　吉甫：尹吉甫，这次出征的大将。王先谦《诗三家义集疏》："《汉书·人表》，尹吉甫列上下第三等，次周宣王世。"

32 万邦：指众多的诸侯国。　宪：法，榜样。

33 燕：宴会。　喜：喜事。

34 祉：福。指受周王赏赐之福。

35 御：作陪。《郑笺》："御，侍也。"

36 炰：同"炮"，蒸煮。　脍：细切鱼或肉。

37 侯：维，发语词。

38 张仲，吉甫的朋友，《汉书·古今人表》有张中，可能就是他。　孝友：朱熹《诗集传》："善父母曰孝，善兄弟曰友。"

采 芑

【题解】

　　这是描写方叔南征荆蛮（即楚）的诗。它和《六月》一样，是反映宣王时代周族与他族战争的诗篇之一。

芑

芑　　一种像苦菜的野菜。陆玑《毛诗草木鸟兽虫鱼疏》："芑，菜，似苦菜也。茎青白色，摘其叶，白汁出，肥可生食，亦可蒸为茹。"

薄言采芑¹	于彼新田²	急急忙忙采苦菜	在那郊外新田间
于此菑亩³	方叔涖止⁴	又到这块初垦田	方叔亲临来检验
其车三千	师干之试⁵	战车排开整三千	战士持盾勤操练
方叔率止⁶	乘其四骐⁷	方叔领兵上前线	乘上战车驰在先
四骐翼翼⁸	路车有奭⁹	四匹青鬃肩并肩	朱漆战车红艳艳
簟茀鱼服¹⁰	钩膺鞗革¹¹	鱼皮箭袋细竹帘	马鞅马勒光耀眼

薄言采芑	于彼新田	急急忙忙采苦菜	在那郊外新田间

1　芑：一种像苦菜的野菜。

2　于：在。　新田：新开垦的田。《尔雅·释地》："田一岁曰菑，二岁曰新田，三岁曰畬。"

3　菑：见上注。

4　方叔：周宣王的大臣，出征荆蛮的主帅。　涖：同"莅"，来临。

5　师：众，指兵士。　干：盾，指武器。　之：是。　试：用、练习。

6　率：带领。　止：语气词。

7　骐：有青黑花纹的马。

8　翼翼：整齐的样子。

9　路车：大车，贵族坐的车。　奭：即赩。有奭，赫赫，鲜红的样子。

10　簟茀：竹席制的车帘。　鱼服：鱼兽皮制的箭袋。

11　钩膺：有青铜钩装饰的马鞅，套在马脖子上用以垫轭。　鞗革：皮制铜饰的马勒，今名马笼头。

于此中乡[12]　方叔涖止　　　又到这块初垦田　方叔亲临挂帅印

其车三千　旐旟央央[13]　　战车威武有三千　军旗招展多光鲜

方叔率止　约轵错衡[14]　　方叔领兵去出征　皮饰车毂雕花辕

八鸾玱玱[15]　服其命服[16]　车铃叮当走得欢　王赐官服身上穿

朱芾斯皇[17]　有玱葱珩[18]　鲜红蔽膝亮闪闪　玉佩铿锵响声传

鴥彼飞隼[19]　其飞戾天[20]　　鸇鹰疾飞快如箭　忽然高飞上九天

亦集爰止[21]　方叔涖止　　　忽然停息落地面　方叔亲临来检验

其车三千　师干之试　　　战车排开整三千　战士持盾勤操练

12 中乡：中田，即田中。

13 旐：画有蛟龙的旗。　旟：画有龟蛇的旗。　央央：鲜明的样子。

14 约：束，缠。　轵：车毂。　错：花纹。　衡：车辕前端的横木。

15 鸾：车铃。　玱玱：铃声。

16 服：穿。　命服：指周宣王赐给方叔穿的礼服。

17 芾：通"韍"，蔽膝。　皇：辉煌。　斯皇：皇皇。

18 有玱：玱玱。　葱：绿色。　珩：亦作"衡"，佩玉上的横梁。　葱珩：是爵位高
的人用的饰物。

19 鴥：鸟疾飞的样子。　隼：鸇鹰一类的鸟。

20 戾：至。

21 爰：于。

方叔率止	钲人伐鼓[22]	方叔带兵去出征	钲人击鼓声喧阗
陈师鞠旅[23]	显允方叔[24]	列队誓师好庄严	方叔军纪明又信
伐鼓渊渊[25]	振旅阗阗[26]	击鼓咚咚号令传	士兵动作应鼓点
	tiántián		

蠢尔蛮荆[27]	大邦为雠[28]	荆州蛮子太愚蠢	敢同周朝做仇人
方叔元老	克壮其犹[29]	方叔乃是元老臣	雄才大略兵如神
方叔率止	执讯获丑[30]	方叔领兵去出征	打得敌人束手擒

22 钲：铎一类的铃，有柄。在练习作战时，摇它表示停止。《毛传》："钲以静之，鼓以动之。" 伐：击，敲。

23 陈：列队。 师：二千五百人为一师。 鞠：告，即誓师的意思。 旅：五百人为一旅。这里师和旅都是泛指兵士。

24 显：明。 允：信。指号令明而赏罚信。

25 渊渊：鼓声。

26 振旅：指战前训练士兵。 阗阗：鼓声。

27 蛮荆：古书引《诗》多作"荆蛮"，这可能是《毛诗》写倒。 荆蛮：即荆州之蛮。周成王时，封熊绎于荆蛮为楚子。其地在今湖北宜昌一带地方。

28 大邦：指周朝。

29 克：能。 犹：同"猷"，计谋。

30 执讯获丑：捕得俘虏。马瑞辰《通释》："《左传》'郑子家使执讯而与之书'杜注：'执讯，通讯问之言。'则讯为军中通讯问之人，盖谍者之类。"

戎车^{tān tān}啴啴³¹　啴啴焞焞³²　　　战车隆隆起烟尘　排山倒海军容振

如霆如雷³³　显允方叔　　　势如雷霆动乾坤　方叔军纪明又信

征伐狁^{xiǎnyǔn}狁　蛮荆来威³⁴　　曾经北伐克狁狁　荆蛮闻风已惊心

31　啴啴：车行声。

32　焞焞：盛大的样子。

33　霆：暴雷。

34　来：作用略同于"是"。　威：畏。

车 攻

【题解】

这是一首写周宣王会同诸侯举行田猎的诗。据前人分析，宣王会猎诸侯含有示威慑服的意义。

我车既攻¹　　我马既同²　　　　　　猎车修理已完工　马儿整齐速度同

四牡庞庞³　　驾言徂东⁴　　　　　　四匹公马多强壮　驾着猎车驶向东
（lónglóng）

田车既好⁵　　四牡孔阜⁶　　　　　　猎车修得很完好　四匹公马大又高

东有甫草⁷　　驾言行狩⁸　　　　　　东都甫田有草原　驾车打猎走一遭

1　攻：通"工"，石鼓文作"我车既工"，治理、修缮的意思。

2　同：齐。

3　庞庞：厚实强壮的样子。

4　言：助词，含有"而"的作用。　徂：往。　东：东都，亦称王城。在今河南洛阳西郊。

5　田：通"畋"，打猎。　田车：猎车。

6　阜：肥壮。

7　甫草：广大丰茂的草地。甫，亦作圃，《郑笺》释为"甫田之草"，以甫田为地名，在今河南开封中牟县西北。

8　狩：通常指冬天打猎，这里特指为放火烧田打猎。《尔雅》："火田为狩。"郭注："放火烧草猎亦为狩。"

之子于苗⁹ 　选徒嚣嚣¹⁰（suàn）　　国王夏猎有排场　　清点随员闹洋洋

建旐设旄¹¹（zhào）　薄狩于敖¹²　　树起旗子插上旄　　前往敖山狩猎场

驾彼四牡　　四牡奕奕¹³　　诸侯驾着四马来　　四马从容又轻快

赤芾金舄¹⁴（fú xì）　会同有绎¹⁵　　大红蔽膝金头鞋　　共同会猎好气派

决拾既佽¹⁶（cì）　弓矢既调¹⁷　　扳指臂韝都齐备　　强弓利矢两相配

射夫既同¹⁸　　助我举柴¹⁹（zì）　猎罢射手都集中　　助拣猎物抬又背

9　之子：指宣王。　于：往。　苗：夏猎称苗。

10　选：通"算"，清点的意思。　嚣嚣：形容声音嘈杂。

11　旐：画着龟蛇的旗。　旄：顶端饰旄牛尾的旗。

12　薄：语助词。　敖：山名，今河南省开封荥泽西北有敖山。按"薄狩"，有的版本作"搏兽"。

13　奕奕：马从容闲习的样子。

14　赤芾：即朱芾，红色蔽膝。诸侯之服。　金：黄赤色。　金舄：即赤舄，黄红色的金头鞋，鞋底特厚，当时诸侯所穿。

15　会同：是古代诸侯朝会天子的专称。这里指诸侯参加打猎的会合。　有绎：绎绎，形容参加的人多，络绎不绝。

16　决：射箭拉弦时所用的扳指，用象牙或兽骨制成，用时套在右手大拇指上。拾：又名臂韝，用皮制成，套在左臂上护臂。　佽：齐备。

17　调：指弓和矢配得很合适。

18　射夫：弓箭手。　同：聚齐。

19　柴：胔的假借字，指兽的积尸。

四黄既驾 [20]	两骖不猗 [21]	四匹黄马已驾上	两旁骖马不偏向
不失其驰 [22]	舍矢如破 [23]	往来驰驱有章法	一箭射出就杀伤
萧萧马鸣 [24]	悠悠旆旌 [25]	耳听马鸣声萧萧	眼望旌旗悠悠飘
徒御不惊 [26]	大庖不盈 [27]	驭手机警又严肃	野味满厨充佳肴
之子于征 [28]	有闻无声 [29]	国王猎罢归京城	人马整肃寂无声
允矣君子 [30]	展也大成 [31]	真是圣明好天子	会猎胜利大有成

20 四黄:四匹黄色的马。

21 两骖:古用四匹马驾车,两边的两匹叫作骖马。 猗:应作倚,偏斜的意思。

22 驰:这里指驾车时一定的法则。

23 舍矢:放箭。 如:而。 破:指禽兽被射中。

24 萧萧:马鸣声。

25 悠悠:旗帜飘动的样子。

26 徒御:驭手。 不:岂不。 惊:应作警,指严肃警卫着。《孔疏》:"岂不警戒乎? 言以相警戒也。"一说不惊为不吵闹,亦通。

27 大庖:指宣王的厨房。 盈:充满。《郑笺》:"不警,警也。不盈,盈也。反其言,美之也。"一说不盈,不满,表示分禽的大公无私。

28 征:行,指狩猎归来。

29 有闻:指听见队伍归来。 声:指人夫喧哗吵闹的声音。

30 允:真是。 君子:指宣王。

31 展:诚,与"允"同义。 大成:很成功。

吉 日

【题解】

这是一首写周王田猎的诗。

兕 古代兽名。皮厚，可以制甲。明李时珍《本草纲目》认为兕就是雌犀。

吉日维戊[1]　既伯既祷[2]　时逢戊辰日子好　祭了马祖又祈祷

田车既好　四牡孔阜　猎车坚固更灵巧　四匹公马满身膘

升彼大阜　从其群丑[3]　驾车登上大土坡　追逐群兽飞快跑

吉日庚午[4]　既差我马[5]　庚午吉日时辰巧　猎马已经选择好

兽之所同　麀鹿麌麌[6]　查看群兽聚集地　鹿儿来往真不少
　　　　　　yōu　yǔ yǔ

漆沮之从[7]　天子之所　驱逐漆沮岸旁兽　赶向周王打猎道

瞻彼中原[8]　其祁孔有[9]　放眼远望原野头　地方广大物富有

1　戊：古人以天干、地支相配计日，这里指戊辰日。古人认为戊日是祭马祖的好日子，所以在这日祷告。

2　伯：祃的假借字，祭祀马神。《尔雅·释天》："既伯既祷，马祭也。"郭注："伯，祭马祖也。"　祷：祈祷。

3　从：追逐。　群丑：指兽群。

4　庚午：在戊辰日祈祷后的第三天。古人迷信，认为"午"也是个好日子。

5　差：选择。

6　麀：雌鹿。　麌麌：鹿众多的样子。

7　漆沮：都是水名，在陕西境内。

8　中原：原中，原野里。

9　祁：大，指原野的广大。　孔有：很富有。

儦儦俟俟¹⁰ 或群或友¹¹　　或跑或走野兽多　三五成群结队游

悉率左右¹² 以燕天子¹³　　把它统统赶出来　等待周王显身手

既张我弓　既挟我矢¹⁴　　按好我的弓上弦　拔出箭儿拿在手

发彼小豝¹⁵ 殪此大兕¹⁶　　一箭射中小野猪　再发射死大野牛

以御宾客¹⁷ 且以酌醴¹⁸　　烹调野味宴宾客　做成佳肴好下酒

10 儦儦：《韩诗》作"駓駓"，《说文》作"伾伾"，兽跑的样子。　俟俟：《韩诗》作"骏骏"，兽走的样子。

11 群、友：《毛传》："兽三曰群，二曰友。"

12 率：驱逐。胡承珙《毛诗后笺》："率有驱义，六朝人每以驱率连文，《梁武帝纪》：'驱率貔豾，抑扬霆电。'"

13 燕：本义是安乐，这里作动词"等待"用。

14 挟：持，拿。

15 发：射箭。　小豝：小猪。

16 殪：死。　大兕：大野牛。

17 御：进飨，招待。

18 酌：饮酒。　醴：甜酒。

鸿 雁

【题解】

这是写周王派遣使臣救济难民的诗。周厉王的时候，万民离散，不安其居。宣王中兴，派使臣四出招抚难民，叫他们回到故土，鳏寡都各得其所。诗中以鸿雁于飞比使臣奔走于野。后世以"哀鸿"一词作为流民的代称，就是从这首诗的诗题引申出来的。

雁　　候鸟。形状略似鹅，颈和翼较长，足和尾较短，羽毛淡紫褐色。善于游泳和飞行。

鸿雁于飞[1]　　肃肃其羽[2]　　大雁远飞翔　　翅膀沙沙响

之子于征[3]　　劬劳于野[4]　　使臣走远路　　辛劳奔波忙

爰及矜人[5]　　哀此鳏寡[6]　　救济贫苦人　　鳏寡可怜相

鸿雁于飞　　　集于中泽[7]　　大雁远飞翔　　落在湖中央

之子于垣[8]　　百堵皆作[9]　　使臣巡工地　　筑起百堵墙

虽则劬劳　　　其究安宅[10]　　虽然很辛苦　　穷人有住房

鸿雁于飞　　　哀鸣嗷嗷[11]　　大雁远飞翔　　哀鸣声凄凉

维此哲人[12]　　谓我劬劳　　只有明白人　　说我辛苦忙

维彼愚人　　　谓我宣骄[13]　　那些愚昧者　　说我讲排场

1　鸿：大雁。　于：语助词。

2　肃肃：鸟拍翅膀的声音。

3　之子：指周王派出救济难民的使臣。　于：往。　征：远行。

4　劬劳：辛苦劳累。

5　爰：乃。　矜人：穷苦的人。

6　哀：怜悯。　鳏：老而无妻。　寡：寡妇。这里用以代指一般无家可归的难民。

7　集：停息。　中泽：泽中。

8　垣：墙。

9　百：泛指，言其多。　堵：指墙。　作：建筑起来。

10　究：穷，指穷困的人。　安宅：安居。

11　嗷嗷：鸟哀鸣的声音。

12　哲人：智者，明白人。

13　宣骄：骄奢，摆阔。

庭　燎

【题解】

这是写周王早起将要视朝的诗。从诗的内容看，好像是出于周王自述。

夜如何其^{jī}¹　夜未央²　　　　现在夜里啥时光　长夜漫漫天未亮

庭燎之光³　君子至止⁴　　　是那火炬烧得旺　诸侯朝见快来到

鸾声将将^{qiāng qiāng}⁵　　　　　远处车铃叮当响

夜如何其　夜未艾⁶　　　　现在夜里啥时光　夜色濛濛天未亮

庭燎晣晣^{zhì zhì}⁷　君子至止　　　是那火炬明晃晃　诸侯朝见快来到

鸾声哕哕^{huì huì}⁸　　　　　铃声渐近响叮当

1　夜：指夜色。　如何：什么时候的意思。　其：表疑问的语气词。

2　央：尽。

3　庭燎：宫廷中用麻秸等易燃物扎成的火炬，用以照明。

4　君子：指朝见周王的诸侯。　止：语气词。

5　鸾：亦作"銮"，车铃。　将将：即锵锵。

6　艾：止，尽，和"央"同义。

7　晣晣：亦作"哲哲"，明亮的样子。

8　哕哕：有节奏的铃声。

夜如何其　　夜乡晨[9]　　　　　现在夜里啥时光　长夜将尽天快亮

庭燎有辉[10]　君子至止　　　　　火炬渐熄烟气香　诸侯朝见已来到

言观其旂[11]　　　　　　　　　　只见旌旗随风扬

9　乡：今作"向"。向晨，近晓。

10　辉：形容烟火缭绕的样子。

11　言：语首助词。

沔 水

【题解】

这是一首忧乱畏谗而戒友的诗。旧说是规劝宣王的，已被后人指出并无根据。

^{miǎn}
沔彼流水¹　　朝宗于海²　　　流水盈盈向东方　　百川归海成汪洋

^{yù}
鴥彼飞隼³　　载飞载止⁴　　　天空隼鸟任疾飞　　飞飞停停不慌忙

嗟我兄弟⁵　　邦人诸友⁶　　　可叹同姓诸兄弟　　可叹朋友和同乡

莫肯念乱⁷　　谁无父母　　　无人考虑国事乱　　你们难道没爹娘

^{miǎn}
沔彼流水　　其流汤汤⁸　　　流水盈盈向东方　　浩浩荡荡入海洋

^{yù}
鴥彼飞隼　　载飞载扬⁹　　　天空隼鸟任疾飞　　扇动翅膀高翱翔

1　沔：水流满的样子。

2　朝宗：诸侯朝见天子。《周礼·春官·大宗伯》："春见曰朝，夏见曰宗。"借指
　　百川入海，犹诸侯朝见天子。

3　鴥：鸟疾飞的样子。　隼：鹰属。

4　载：又。

5　兄弟：指同姓族人。

6　邦人：国人，指异姓朋友。

7　念：考虑。　乱：动乱，战乱。

8　汤汤：同"荡荡"，水大流急的样子。

9　扬：高飞的样子。

念彼不迹¹⁰　载起载行　　　上边做事没准则　坐立不安我彷徨

心之忧矣　　不可弭忘¹¹　　心忧国事这模样　终日焦虑不能忘

鴥彼飞隼　　率彼中陵¹²　　天空隼鸟任疾飞　沿着山陵高翱翔

民之讹言¹³　宁莫之惩¹⁴　　民间谣言纷纷起　不去制止真荒唐

我友敬矣¹⁵　谗言其兴¹⁶　　告我友朋须警惕　谗言蜂起要提防

10　不迹：不循轨道，不遵循法则办事。

11　弭忘：消除，忘记。

12　率：循，沿。　中陵：即陵中。按这章可能脱简，少了两句。朱熹《诗集传》：
　　"疑当作三章，章八句。卒章脱前两句耳。"

13　讹言：即谣言、谗言之意。

14　宁：胡，为什么。　惩：止。

15　敬：同"儆"、"警"，警惕的意思。

16　其兴：将要兴起。

鹤 鸣

【题解】

　　这是一首通篇用借喻的手法，抒发招致人才为国所用的主张的诗，亦可称为"招隐诗"。

鹤　　鸟纲鹤科各种类的统称。明李时珍《本草纲目》："鹤大于鹄。长三尺，高三尺余，喙长四寸，丹顶赤目，赤颊青脚，修颈凋尾，粗膝纤指，白羽黑翎。亦有灰色，苍色者。尝以夜半鸣，声唳云霄。"

鹤鸣于九皋¹　　声闻于野　　　沼泽曲折白鹤叫　鸣声嘹亮传四郊

鱼潜在渊²　　或在于渚³　　　鱼儿潜在深水里　有时游出近小岛

乐彼之园⁴　　爰有树檀⁵　　　美丽花园逗人爱　园里檀树大又高

其下维蘀⁶
　　 tuò　　　　　　　　　　树下落叶已枯焦

它山之石⁷　　可以为错⁸　　　它乡山上有宝石　同样可做雕玉刀

鹤鸣于九皋　　声闻于天　　　沼泽曲折白鹤叫　鸣声嘹亮传九霄

鱼在于渚　　或潜在渊　　　　鱼儿游在沙洲边　潜入深渊也逍遥

乐彼之园　　爰有树檀　　　　美丽花园逗人爱　园里檀树大又高

1　鹤：诗中以鹤比隐居的贤人。　皋：沼泽。九是虚数，言沼泽极其曲折。按古书引此句，都作"鹤鸣九皋"，没有"于"字。

2　诗人以鱼在渊在渚，比贤人隐居或出仕。

3　渚：河中小洲，这里与"渊"相对而言，指小洲旁的浅水。

4　园：花园。隐喻国家。

5　爰：语助词。　树檀：檀树，比贤人。

6　蘀：枯落的枝叶，比小人。

7　它山之石：指别国的贤人。

8　错：厝的假借字，《说文》及《淮南子》引诗均作"厝"。雕刻玉的工具，用宝石制成。

其下维榖⁹ 下有楮树矮又小

它山之石　可以攻玉¹⁰ 它乡山上有宝石　同样可把玉器雕

9　榖：楮树，树皮可制纸。《毛传》："榖，恶木也。"喻小人。

10　攻：加工，雕刻。

祈 父

【题解】

　　这是一位王都卫士斥责司马的诗。原来卫士是保卫都城王宫，现在让他出征抵抗戎人，所以怨愤而作此诗。

祈父¹　予王之爪牙²	大司马呀大司马　你是国王的爪牙
胡转予于恤³　靡所止居⁴	为啥调我到战场　害得我背井离家
祈父　予王之爪士⁵	大司马呀大司马　你是卫士的领班
胡转予于恤　靡可厎止⁶	为啥调我到战场　害得我有家难还
祈父　亶不聪⁷	大司马呀大司马　你真不了解情况
胡转予于恤　有母，之尸饔⁸	为啥调我到战场　去时娘在，回来哭灵堂

1　祈：亦作"畿"，即邦畿。祈父，指掌管都城禁卫的长官，亦称司马，相当于后世的卫戍司令。

2　予：为，是。　爪牙：武将。这里指祈父。

3　胡：为什么。　转：移，调动。　予：我。　恤：忧，指可忧的战地。

4　靡：无。　所：住所。　止居：居住。

5　爪士：虎士（王都卫士）的意思，司马是虎士的头领，所以用爪士借称祈父。《周官》："虎贲氏属有虎士八百人。"

6　厎止：和上"止居"同义。

7　亶：诚，确实是。　不聪：不闻，不了解下情。

8　之：则，表示语气转折。　尸：陈列。　饔：亦作"雍"，熟食，包括饭和菜而言。尸饔，指陈列饭菜祭祀。

白 驹

【题解】

这是一首别友思贤的诗。可能是厉王、幽王时代的作品。旧有"刺宣王"之说，恐不可从。

皎皎白驹[1]　食我场苗[2]	浑身皎洁小白马　请来吃我园中苗
絷之维之[3]　以永今朝[4]	绊住它脚拴住它　让那光阴慢些跑
所谓伊人[5]　於焉逍遥[6]	想起我那好朋友　你在何处独逍遥

皎皎白驹　食我场藿[7]	浑身皎洁小白马　来我园中吃豆叶
絷之维之　以永今夕	绊住它脚拴住它　留下你再过一夜
所谓伊人　於焉嘉客	想起我那好朋友　谁家做客主宾谐

1　皎皎：洁白。

2　场：圃，菜园。　苗：据下文藿，此处当指豆苗。

3　絷：用绳绊住马脚。　维：拴住马缰绳。

4　永：延长。永今朝，延长到今天。留客多住一天之意。

5　伊人：这人，指他的朋友。

6　於：古乌字，何处。於焉，在何处。

7　藿：豆叶。

皎皎白驹　　贲^{bēn}然来思⁸　　　浑身皎洁小白马　　快把车儿往回拉

尔公尔侯⁹　　逸豫无期¹⁰　　　你是公爷还是侯　　日夜优游不回家

慎尔优游¹¹　　勉尔遁思¹²　　　安闲游乐莫过分　　切勿避世图闲暇

皎皎白驹　　在彼空谷　　　浑身皎洁小白马　　在那山谷自在跑

生刍一束¹³　　其人如玉¹⁴　　　青草一捆作饲料　　等待如玉友人到

毋金玉尔音¹⁵　　而有遐心¹⁶　　　别后音书莫吝惜　　心存疏远非知交

8　贲：通"奔"。贲然，马快跑的样子。　思：语助词。

9　尔：你。　公、侯：爵位名。

10　逸豫：安逸享乐。

11　慎：谨慎。　优游：悠闲自得。

12　勉：劝。　遁：遁世，逃避现实的生活。

13　生刍：青草，喂马吃的草料。

14　如玉：形容友人的品德像玉一样纯洁。

15　金玉：作动词用，贵重吝惜的意思。　音：音讯。

16　遐：远。遐心，疏远我的心。

黄 鸟

【题解】

这是一个流亡到周都镐京的人思归的诗。

榖 　　楮树。落叶乔木。新生枝密披灰色粗毛，具乳汁。叶阔卵形至长圆状卵形，先端渐尖，全缘或
　　　缺裂。初夏开淡绿色小花，雌雄异株。果实圆球形，成熟时鲜红色。皮可制桑皮纸。

黄鸟黄鸟[1]　　无集于穀[2]　　　黄鸟黄鸟听我讲　不要停在楮树上

无啄我粟[3]　　　　　　　　　　　不要吃我小米粮

此邦之人　　不我肯穀[4]　　　这个国家的人们　对我实在不善良

言旋言归[5]　　复我邦族[6]　　　回去回去快回去　回到本国我家乡

黄鸟黄鸟　　无集于桑　　　　黄鸟黄鸟听我讲　不要停在桑树上

无啄我粱　　　　　　　　　　　不要吃我红高粱

此邦之人　　莫可与明[7]　　　这个国家的人们　不守信用真荒唐
　　　　　　　　 méng

言旋言归　　复我诸兄[8]　　　回去回去快回去　回到故土见兄长

1　黄鸟：黄雀。

2　穀：楮树。

3　粟：小米。

4　穀：善良。

5　第一个言字训"我"，第二个言字训"曰"，语助词，无义（从陈奂《诗毛氏传
　　疏》说）。

6　复：返。

7　明：音义同"盟"，信任。

8　诸兄：同族兄弟。

栩　　柞树。常绿灌木或小乔木。生棘刺。叶卵形或长椭圆状卵形，边缘有锯齿。初秋开花，花小，
　　　　黄白色。木质坚硬，供制家具等用，树皮及叶可入药。

黄鸟黄鸟　无集于栩⁹　　　黄鸟黄鸟听我讲　不要停在柞树上

无啄我黍　　　　　　　　不要吃我玉米粮

此邦之人　不可与处¹⁰　　这个国家的人们　没法共处相来往

言旋言归　复我诸父¹¹　　回去回去快回去　去和伯叔细商量

9　栩：柞树。

10　处：相处。

11　诸父：同族叔伯。

我行其野

【题解】

这是一首弃妇诗。

樗

樗　　即臭椿，落叶乔木。抗旱性较强，耐烟尘，生长快。其材粗硬，不耐水湿。可供建筑、造纸用，
　　　　根皮可入药。

我行其野	蔽芾其樗¹ (fèi)(chū)	我在郊外独行路	臭椿枝叶长满树
昏姻之故²	言就尔居³	因为结婚成姻缘	才来和你一块住
尔不我畜⁴	复我邦家	你却无情不爱我	只好回去当弃妇

我行其野　　言采其蓫⁵（zhú）　　我在郊外独行路　　采棵臭蓫情难诉

昏姻之故　　言就尔宿　　因为结婚成姻缘　　夜夜才和你同宿

尔不我畜　　言归斯复⁶　　你却无情不爱我　　只好回到娘家住

我行其野　　言采其葍⁷（fú）　　我在郊外独行路　　摘株葍草心凄楚

不思旧姻　　求尔新特⁸　　不念旧妻太狠心　　追求新配真可恶

成不以富⁹　　亦祗以异¹⁰　　并非她家比我富　　是你异心相辜负

1　蔽芾：草木茂盛的样子。　樗：臭椿。
2　昏姻：即婚姻。
3　言：乃。　就：相从。
4　畜：喜爱。《孟子》："畜君者，好君也。"《毛传》训畜为"养"，亦通。这句是倒文，即尔不畜我。
5　蓫：草名。亦作蓨，又名羊蹄菜。
6　归：指大归；即妇女被休归母家。　斯：语助词。
7　葍：一种多年生蔓草，地下茎可蒸食。
8　特：匹，配偶。
9　成：诚的假借字。《论语》引作"诚不以富"。　诚：确实。
10　祗：只，仅仅。　异：异心。

蓫　　又叫羊蹄菜。似萝卜，茎赤，多吃令人下痢。

葍　　又名"小旋花"、"面根藤儿"，多年生的蔓草。生于田野间，地下茎可蒸食，有甘味。

斯 干

【题解】

这是歌颂周王宫室落成的诗。诗的最后两章，反映了西周封建社会男尊女卑的意识形态。

羣

翚　　羽毛彩色的山雉。见前"雉"图。

秩秩斯干[1]　幽幽南山[2]　　流水清清水溪涧　林木幽幽终南山

如竹苞矣[3]　如松茂矣　　　绿竹苍翠好形胜　青松茂密满山峦

兄及弟矣　式相好矣[4]　　　兄弟同住多和睦　相亲相爱心相关

无相犹矣[5]　　　　　　　　胸襟坦白不欺瞒

似续妣祖[6]　筑室百堵[7]　　继承祖先的遗愿　盖起宫室千百间

西南其户[8]　爰居爰处[9]　　厢列东西门朝南　兄弟一家同居住

爰笑爰语　　　　　　　　　亲人团聚笑语欢

约之阁阁[10]　椓之橐橐[11]　捆紧木框筑泥墙　用力夯土通通响

1　秩秩：形容水清而流动的样子。　斯：此，这。　干：通"涧"。

2　幽幽：深远的样子。　南山：终南山，主峰在陕西省西安南。

3　如：有的意思。　苞：草木丛生。

4　式：发语词。

5　犹：通"猷"，欺诈。马瑞辰《通释》："犹、猷古通用。《方言》：'猷，诈也。'《广雅》：'犹，欺也。'"

6　似：通"嗣"。似续，继承。　妣：古时称已死的母亲为妣。

7　堵：一面墙为一堵。百堵言房屋之多。

8　西：指宫室的左右房，其边门朝西。诗人不说东，是为句式所限制，说西也就包括了东。　南：指宫室的中堂，其正门朝南。　户：门。

9　爰：于是。

10　约：捆束。　阁阁：象声词。此句指紧紧捆扎筑墙用的木框架，捆时咯咯作声。

11　椓：敲打，槌筑。　橐橐：夯土声。

莞　　俗名水葱、席子草，多年生草本。常生长在沼泽地、沟渠、池畔、湖畔浅水中。其茎秆可用作
　　　造纸或编织草席、草包材料，也可作插花线条材料。

风雨攸除[12]　鸟鼠攸去　　　从此不怕风和雨　麻雀老鼠都赶光

君子攸芋[13]　　　　　　　　君子住得多舒畅

如跂斯翼[14]　如矢斯棘[15]　端正有如人企立　齐整有如利箭急

如鸟斯革[16]　如翚^{huī}斯飞[17]　宽广好似鸟展翼　华丽赛过锦毛鸡

君子攸跻[18]　　　　　　　　君子登堂心欢喜

殖殖其庭[19]　有觉其楹[20]　庭院宽阔平而正　屋柱笔直高又挺

哕哕^{kuài kuài}其正[21]　哕哕^{huì huì}其冥[22]　白天光线多明亮　夜晚昏暗真幽静

君子攸宁　　　　　　　　　君子住着心安定

12　攸：语助词。　除：去。

13　芋：宇的借字，居住的意思。

14　跂：通"企"，踮起脚跟。　斯：语助词。　翼：端正的样子。

15　棘：通"急"。发箭急矢出如直线。此用以比喻房屋的正直整齐。

16　革：翅膀。陈奂："革，古文翱。……《释文》引《韩诗》正作翱，云'翅也'。
　　《说文》：'翱，翅也。'"

17　翚：雉，野鸡。

18　跻：升，登上。

19　殖殖：平正的样子。

20　有觉：觉觉，高大而直的样子。　楹：柱子。

21　哕哕：房间宽敞明亮的样子。　正：指白天。

22　哕哕：深暗的样子。　冥：指夜晚。

虺　　爬行动物类，古称蝮蛇一类的毒蛇。通常指土虺蛇，色如泥土，所以也常借用"虺"来表示土
　　　灰色。

下莞上簟 ²³　乃安斯寝　　上铺竹席下铺草　高枕无忧没烦恼

乃寝乃兴 ²⁴　乃占我梦 ²⁵　睡得早来起得早　昨夜梦境好不好

吉梦维何 ²⁶　维熊维罴 ²⁷　好梦梦见啥东西　是熊是罴显吉兆

维虺维蛇 ²⁸　　　　　有虺有蛇好运道

大人占之 ²⁹　　　　　太卜占梦细细讲

"维熊维罴　男子之祥 ³⁰　"梦见熊罴有名堂　象征生男有力量

维虺维蛇　女子之祥" ³¹　梦见长蛇梦见虺　那是象征生姑娘"

乃生男子　载寝之床 ³²　如若生个男孩子　给他睡张小眠床

23　莞：草编的席。　簟：竹苇制的席。古人席地而坐，宫室落成之后，即下铺莞，上铺簟。

24　兴：起来。

25　占：占卜。

26　维：是。下二句同。维何，是什么。

27　罴：熊类，比熊大。

28　虺：毒蛇。

29　大人：疑是对占卜官吏的敬称。古人迷信，设有"太卜"之官，掌管占卜的事。

30　古人迷信，认为熊罴凶猛有力，是阳物，是生男子的吉兆。

31　古人认为虺蛇穴处，柔弱隐伏，是阴物，是生女子的吉兆。

32　载：则，就。　床：《郑笺》："男子生而卧于床，尊之也。"古人坐卧都在地上，因重视男孩，故特为设床。

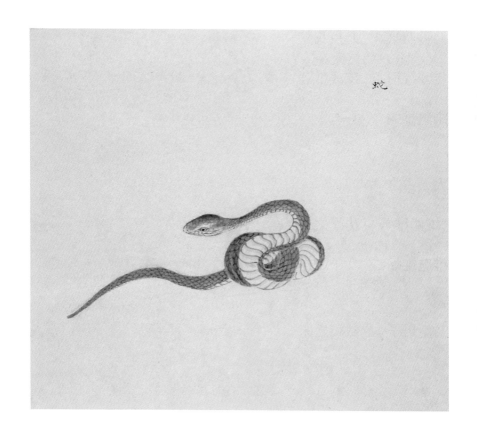

蛇　　爬行动物类。体圆而细长，有鳞，无四肢。种类很多，有的有毒，有的无毒。捕食蛙、鼠等小
　　　动物，大蛇也能吞食大的兽类。

载衣之裳³³	载弄之璋³⁴	给他穿衣又穿裳	给他玩玩白玉璋

载衣之裳³³　载弄之璋³⁴　　给他穿衣又穿裳　给他玩玩白玉璋

其泣喤喤³⁵　朱芾^{fú}斯皇³⁶　　娃儿哭声真洪亮　将来盛服定辉煌

室家君王³⁷　　　　　　　　不是国君便是王

乃生女子　载寝之地³⁸　　如若生个小姑娘　给她铺席睡地板

载衣之裼^{tì}³⁹　载弄之瓦⁴⁰　　一条小被包身上　纺线瓦锤给她玩

无非无仪⁴¹　唯酒食是议⁴²　　慎勿多言要柔顺　料理家务烧烧饭

无父母诒^{lí}罹⁴³　　　　　　别给父母添麻烦

33　衣：穿。

34　弄：玩。　璋：玉制的长条板状礼器。

35　喤喤：小儿洪亮的哭声。

36　朱芾：红色的蔽膝，天子诸侯的服饰，代指礼服。　斯皇：即皇皇，辉煌。

37　室家：指一家里面的人。　君王：指周王生的儿子，将来不是当诸侯的君，就是当天下的王。

38　地：《郑笺》：“卧于地，卑之也。”

39　裼：即褓，包小儿的被。

40　瓦：古代纺线用的陶质纺锤。

41　非：违背，无非，即不要违背长辈和丈夫的意见。　仪：与“议”通。无仪，即不要议论是非。全句意为妇女应少言顺从。

42　酒食：指饮食等家务事。　议：考虑。

43　诒：通“贻”，留给的意思。　罹：忧。

无 羊

【题解】

这是一首写奴隶主贵族畜牧生产情况的诗。

羊　　　哺乳动物类。反刍类。有绵羊、山羊、羚羊、黄羊等种。

谁谓尔无羊　　三百维群[1]　　　谁说你家没有羊　三百成群遍山丘

谁谓尔无牛　　九十其犉[2]　　　谁说你家没有牛　黄牛就有九十头

尔羊来思[3]　　其角濈濈[4]　　　羊群牧罢归来时　一片犄角满山沟

尔牛来思　　　其耳湿湿[5]　　　牛群牧罢归来时　摇摇耳朵慢悠悠

或降于阿[6]　　或饮于池　　　　有的牛羊下山坡　有的饮水在湖泊

或寝或讹[7]　　尔牧来思[8]　　　有的蹦跳有的卧　牧童归来时已暮

何蓑何笠[9]　　或负其糇[10]　　　戴着笠帽披着蓑　也有背着干馍馍

三十维物[11]　　尔牲则具[12]　　　牲口毛色几十样　品种齐备祭牲多

1　三百：是虚数，言其多。　维：为。

2　犉：黄色黑唇的大牛。《说文》："犉，黄牛黑唇也。"

3　思：语尾助词，下同。

4　濈濈：亦作"戢戢"，众多聚集的样子。

5　湿湿：牛反刍时耳动的样子。

6　阿：小山坡。

7　讹：通"吪"，动。

8　牧：指牧童。

9　何：通"荷"，披戴。　蓑：蓑衣。

10　糇：干粮。

11　物：指牛羊的毛色。

12　牲：供祭祀及食用的家畜。　具：具备。

牛

牛　　　　反刍偶蹄类哺乳动物，头部有角一对，体大力强，善于负重。

尔牧来思	以薪以蒸 [13]	牧童归来已不早	拣回一捆柴和草
以雌以雄	尔羊来思	公畜母畜交配好	羊群牧罢归来时
矜矜兢兢 [14]	不骞不崩 [15]	跟着头羊小心跑	不掉队儿不乱套
麾之以肱 [16] gōng	毕来既升 [17]	牧童胳膊挥一挥	全部进圈跑不掉
牧人乃梦 [18]	众维鱼矣 [19]	牧官夜里做个梦	梦见蝗虫变成鱼
旐维旟矣 [20] zhào yú	大人占之 [21]	龟蛇旗变鹰隼旗	太卜占梦说仔细
"众维鱼矣	实维丰年	"梦见蝗虫变成鱼	预兆丰年真可喜
旐维旟矣 [20] zhào yú	室家溱溱" [22]	龟蛇旗变鹰隼旗	人丁兴旺更吉利"

13 薪：粗柴枝。 蒸：细柴枝。

14 矜矜：坚强。 兢兢：小心翼翼。

15 骞：亏损，指畜群稍有走失。 崩：溃散，完全失群。

16 麾：同"挥"。 肱：手臂。

17 既：尽，完全。 升：指进入羊圈。

18 牧人：据《周礼》，是当时掌管畜牧的官吏，和上章的牧（牧童）不同。

19 众：借为螽，蝗虫。 维：乃，含有变的意思。

20 旐：画龟蛇的旗。 旟：画鹰隼的旗。

21 大人：占卜的官。 占之：占卜这梦的吉凶。

22 溱溱：亦作"蓁蓁"，茂盛貌。借以形容家庭人口兴旺。

节南山

【题解】

这是讽刺太师尹氏的诗。作者家父，《鲁诗》和《齐诗》都作"嘉父"。旧说此诗作于西周幽王时代，比较可信。

节彼南山¹	维石岩岩²	终南山，山峻峭	崖石层层高又高

节彼南山¹　维石岩岩²　　终南山，山峻峭　崖石层层高又高

赫赫师尹³　民具尔瞻⁴　　赫赫有名尹太师　人人对他侧目瞧

忧心如惔⁵　不敢戏谈　　满心忧念像火烧　不敢谈论发牢骚
（tán）

国既卒斩⁶　何用不监⁷　　国运已经快断绝　为何还不觉察到

节彼南山　有实其猗⁸　　终南山，高又长　一片山坡多宽广

1　节：山高峻的样子。　南山：终南山。

2　岩岩：山石堆积的样子。

3　赫赫：显贵盛大的样子。　师：太师，三公的兼职，位最高。　尹：尹氏，周王朝的贵族，祖先尹佚在武王、宣王时有功，子孙沿其姓作官。

4　具：通"俱"。　瞻：瞧着。

5　惔：炎的借字，火烧。

6　卒：尽，完全。　斩：断绝。

7　何用：何以。　监：察。

8　有实：即实实，广大的样子。　猗：通"阿"，山坡。

赫赫师尹	不平谓何 [9]	赫赫有名尹太师	为何办事太荒唐
天方荐瘥 [10]	丧乱弘多 [11]	上天正在降灾荒	国家动乱人死亡
民言无嘉 [12]	憯莫惩嗟 [13]	民怨沸腾没好话	还不认真想一想

（cuó 注 天方荐瘥）
（cǎn 注 憯莫惩嗟）

尹氏大师 [14]	维周之氐 [15]	尹太师啊尹太师	你是国家的基石
秉国之均 [16]	四方是维 [17]	朝廷大权手中握	天下靠你来维持
天子是毗 [18]	俾民不迷	君王靠你当助手	百姓靠你把路指
不吊昊天 [19]	不宜空我师 [20]	可恨老天没长眼	让他刮尽民膏脂

9　谓何：为何。

10　荐：进，加的意思。　瘥：疾病瘟疫。

11　弘多：很多。

12　嘉：善。

13　憯：犹曾、乃。　惩：儆戒。　嗟：语尾助词。

14　大：通"太"。

15　氐：根本。

16　秉：掌握。　均：通"钧"，制陶器模子下面的圆盘。尹氏执政，如陶工之掌圆盘以制器，故云秉国之钧。

17　维：维持。

18　毗：辅助。

19　不吊：不淑，不好。　昊天：上天。

20　空：穷困。　师：指众民。

弗躬弗亲[21]	庶民弗信	国事从不亲主宰	百姓对你不信赖
弗问弗仕	勿罔君子[22]	人才不问又不用	欺骗好人太不该
式夷式已[23]	无小人殆[24]	赶快铲除害人虫	不要因此惹祸灾
琐琐姻亚[25]	则无膴仕[26]	亲戚既然无才能	乌纱帽儿摘下来
昊天不傭[27]	降此鞠讻[28]	老天爷啊心太坏	降下浩劫把人害
昊天不惠[29]	降此大戾[30]	老天爷呀太不仁	降下灾难活不成
君子如届[31]	俾民心阕[32]	好人如果能执政	民愤可以平一平

21　躬、亲：指亲身管理国家大事。

22　罔：欺骗。

23　式：语首助词。　夷：平，平除。　已：止，废止。

24　殆：危险。

25　琐琐：卑微渺小的样子。　姻亚：这儿指亲戚。

26　无：同"毋"。　膴：厚。膴仕，高官厚禄。

27　傭：均，公平的意思。

28　鞠：极。　讻：同"凶"。

29　惠：仁惠。

30　大戾：大恶。

31　届：至。

32　阕：止息。

君子如夷　　恶怒是违 ³³　　　好人如果排除掉　人民反抗怒火烧

不吊昊天　　乱靡有定　　　　可恨老天没眼睛　乱子从来不曾停

式月斯生 ³⁴　俾民不宁　　　生灵涂炭命难存　百姓生活不安宁

忧心如酲 ^{chéng}³⁵　谁秉国成 ³⁶　　忧愁搅得心如醉　究竟让谁掌权柄

不自为政　　卒劳百姓 ³⁷　　　君王不管天下事　结果苦了老百姓

驾彼四牡　　四牡项领 ³⁸　　　驾起四匹大公马　马儿肥壮粗脖颈

我瞻四方　　蹙蹙靡所骋 ³⁹　　东南西北望一望　天地太窄难驰骋

33　违：反抗。

34　月：捋之省借，折断，扼杀。　生：生灵，指人民。

35　酲：喝醉酒。

36　国成：国家政治的成规。据《周礼·天官·小宰》，列举官府八事，作为治国的根据，叫作八成。

37　卒：终于，结果。有人训卒为"瘁"，亦通。

38　项：肥大。　领：脖颈。

39　蹙蹙：局促的样子。　骋：驰骋。

方茂尔恶⁴⁰	相尔矛矣⁴¹	看你作恶真不少	就像一柄杀人矛
既夷既怿⁴²	如相酬矣⁴³	铲除恶人开心日	举酒相庆乐陶陶

昊天不平　我王不宁　老天多么不公平　害得我王不安宁

不惩其心　复怨其正⁴⁴　君王不惩尹氏恶　反而怨恨谏劝臣

家父作诵⁴⁵　以究王讻⁴⁶　家父作诗自长吟　追究王朝祸乱根

式讹尔心⁴⁷　以畜万邦⁴⁸　但愿君王心意转　治理天下享太平

40　茂：盛。　尔：指尹氏。

41　相：视。

42　夷：指平除小人。　怿：喜悦。

43　酬：敬酒。

44　复：反。　正：劝谏的正言。

45　家父：周大夫，幽王时人。　诵：诗歌。

46　究：穷究，追究。　王讻：指周王朝凶乱的根源。

47　式：助词。　讹：感化，改变。　尔：指周王。

48　畜：养。　万邦：各诸侯国。

正 月

【题解】

　　这是一位失意官吏忧国哀民、愤世疾邪的诗，大约产生于西周末年幽王时期。作者用愤慨的笔触写出了当时政治的黑暗、贫富的对立和统治阶级内部的矛盾。

蜴　　即蜥蜴。爬行动物。又名石龙子，通称四脚蛇。古人以喻人格卑鄙的小人。

正月繁霜[1]　我心忧伤　　六月下霜不正常　这使我心很忧伤

民之讹言[2]　亦孔之将[3]　　民间已经有谣言　沸沸扬扬传得广

念我独兮[4]　忧心京京[5]　　想我一身多孤单　愁思萦绕常怅怅

哀我小心[6]　癙忧以痒[7]　　胆小怕事真可哀　又怕又闷病一场

父母生我　胡俾我瘉[8]　　爹娘既然生了我　为啥使我受创伤

不自我先　不自我后　　我生不早又不晚　乱世灾祸偏碰上

好言自口　莠言自口[9]　　好话凭他嘴里说　坏话凭他去宣扬

忧心愈愈[10]　是以有侮[11]　　反复无常真可怕　受人欺侮更悒丧

1　正月：指周历六月，夏历四月；古人称这月为"正阳纯乾之月"，简称正月（据陈奂考证）。　繁：多。

2　讹言：谣言。

3　亦和之都是助词。　孔：很。　将：大。

4　独：孤独；指独以国事为忧。

5　京京：忧愁无法解除的样子。

6　小心：指胆小怕事。

7　癙：忧闷。　以：而。　痒：病。

8　胡：何。　俾：使。　瘉：病，痛苦。

9　莠言：坏话。

10　愈愈：忧惧的样子。

11　是以：因此。　有侮：受人欺侮。

忧心惸惸^{qióngqióng}¹² 念我无禄¹³　　没人了解满腹愁　　想我命苦泪暗流

民之无辜¹⁴　　并其臣仆¹⁵　　平民百姓有何罪　　国亡都成阶下囚

哀我人斯¹⁶　　于何从禄¹⁷　　可怜我们这些人　　爵位俸禄何处求

瞻乌爰止¹⁸　　于谁之屋　　　看那乌鸦往下飞　　停在谁家屋脊头

瞻彼中林¹⁹　　侯薪侯蒸²⁰　　看那树林密层层　　粗干细枝交错生

民今方殆²¹　　视天梦梦²²　　人民处境正危险　　老天糊涂太昏昏

既克有定²³　　靡人弗胜²⁴　　世上一切你主宰　　没人能够违天命

12 惸惸：亦作"茕"，忧愁而无人了解的样子。

13 无禄：不幸。

14 辜：罪。

15 并：皆。　臣仆：俘虏，奴隶。

16 我人：指统治阶层中的部分人，和上句的民指劳动人民不同。　斯：语气词。

17 于：在。　禄：指爵位、官职、土地等而言。

18 瞻：看。　爰：语助词，有"之"的作用。　止：停落。

19 中林：林中。

20 侯：维。　薪：粗柴枝。　蒸：细柴枝。这句以林中有柴枝无大材比喻朝中小人充斥、贤臣斥逐。

21 殆：危险。

22 梦梦：昏暗不明的样子。

23 克：能。　定：决定。

24 靡：无。　弗：不。

有皇上帝²⁵　伊谁云憎²⁶　　　皇皇上帝我问你　究竟你恨什么人

谓山盖卑²⁷　为冈为陵²⁸　　　人说山矮像土冢　却是高冈耸半空

民之讹言　宁莫之惩²⁹　　　民间谣言既发生　怎不警惕采行动

召彼故老³⁰　讯之占梦³¹　　　召来元老仔细问　再请占梦卜吉凶

具曰"予圣"³²　谁知乌之雌雄　都说自己最高明　不辨乌鸦雌和雄

谓天盖高　不敢不局³³　　　是谁说那天很高　走路不敢不弯腰

谓地盖厚　不敢不蹐³⁴　　　是谁说那地很厚　走路不敢不蹑脚

25　有皇：即皇皇，光明伟大。

26　伊：发语词。　云：语助词。　憎：憎恨。谁憎，即憎谁。

27　谓：说。　盖：通"盍"，何，怎么。

28　冈：山冈。　陵：山岭。

29　宁：乃。　之：指讹言。　惩：制止。

30　故老：老臣。

31　讯：问。　占梦：官名，掌占梦的吉凶及灾异之事。

32　具：同"俱"。具曰，指故老和占梦都说。　予圣：自己是圣人，所见最高明。

33　局：弯曲。指弯着腰。

34　蹐：小步走，轻轻地走路。

维号斯言³⁵　有伦有脊³⁶　　　人们喊出这些话　确有道理说得好

哀今之人　胡为虺蜴³⁷　　　可恨如今世上人　为何像蛇将人咬

瞻彼阪田³⁸　有菀其特³⁹　　　看那山坡坡上田　一片茂密长禾苗

天之扤我⁴⁰　如不我克⁴¹　　　老天拼命折磨我　好像非把我压倒

彼求我则⁴²　如不我得　　　当初朝廷需要我　找我惟恐得不到

执我仇仇⁴³　亦不我力⁴⁴　　　邀去却又撂一边　不让我把重担挑

心之忧矣　如或结之⁴⁵　　　心里忧愁没办法　就像绳子结疙瘩

35　维：发语词。　号：叫喊。　斯言：指上面的四句话。

36　伦：道。　脊：理。

37　虺：毒蛇。　蜴：四脚蛇。

38　阪：山坡。

39　有菀：即菀菀，茂盛的样子。　特：特出，指禾苗壮盛。

40　扤：借为"抈"，摧残折磨。

41　克：战胜。

42　彼：指周王。　则：语尾助词（从马瑞辰说。俞樾认为这句连下句是八字句，林义光认为是上三下五句）。

43　执：用手拿东西。　仇仇：缓慢不用力的样子。

44　不我力：不重用我。

45　或：有人。　结：结疙瘩。

今兹之正⁴⁶　胡然厉矣⁴⁷　　试看今日朝中政　为啥暴虐乱如麻

燎之方扬⁴⁸　宁或灭之⁴⁹　　野火蓬蓬正燃起　有谁能够浇熄它

赫赫宗周⁵⁰　褒姒威之^{xuè 51}　　赫赫镐京正兴旺　褒姒一笑灭亡它

终其永怀⁵²　又窘阴雨⁵³　　心中已经常忧伤　又逢阴雨更凄凉

其车既载　乃弃尔辅⁵⁴　　车子已经装满货　却把栏板全抽光

载输尔载⁵⁵　"将伯助予"^{qiāng 56}　　等到货物遍地撒　才叫"大哥帮帮忙"

46　正：通"政"。

47　厉：暴虐。

48　燎：野火。　扬：旺盛。

49　宁：乃。　灭：熄。

50　赫赫：兴盛的样子。　宗周：指周的王都镐京。宗：主。周为天下所宗，故王都所在曰宗周。

51　褒姒：西周末年周幽王的宠妃。据《国语》及《史记》记载，周幽王为博褒姒一笑而烽火戏诸侯，遂致灭亡。　威：灭亡。

52　终：既。　永怀：深忧。

53　窘：困。

54　辅：大车两旁的栏板。诗人以车喻国，以载物喻治国，以辅喻贤臣。

55　载：前载字是语助词。后载字指所载的货物。　输：堕，掉下来。

56　将：请。　伯：对男子的敬称，如今"大哥"。

无弃尔辅　员^{yùn}于尔辐⁵⁷　　请勿丢掉车栏板　还要加粗车轮辐

屡顾尔仆　不输尔载　　经常照顾你车夫　莫使失落车上物

终逾绝险⁵⁸　曾是不意⁵⁹　　这样才能渡险境　你却总是不在乎

鱼在于沼　亦匪克乐⁶⁰　　鱼儿虽在池里游　并不能够乐逍遥

潜虽伏矣⁶¹　亦孔之炤⁶²　　虽然潜在深水中　水清仍旧躲不掉

忧心惨惨⁶³　念国之为虐　　心中不安常忧虑　想想朝政太残暴

彼有旨酒⁶⁴　又有嘉殽⁶⁵　　他有美酒喷喷香　鱼肉好菜供品尝

57　员：益，加大。　辐：亦作輹，车箱下面钩住车轴的木头，亦称"伏兔"。

58　逾：越过。

59　是：代词，指上面的几件措施。　不意：不在意。

60　匪：通"非"。

61　潜：深。这句是"虽潜伏矣"的倒文。

62　炤：同"昭"，明。

63　惨惨：忧虑不安的样子。

64　旨酒：美酒。

65　嘉殽：好菜。殽同"肴"。

洽比其邻⁶⁶　昏姻孔云⁶⁷　　　狐群狗党相勾结　　亲朋好友周旋忙

念我独兮　忧心殷殷⁶⁸　　　想我孤零无依靠　　忧心如捣痛断肠

cǐ cǐ
佌佌彼有屋⁶⁹　sù sù蓛蓛方有谷⁷⁰　　卑劣小人住好屋　　鄙陋家伙有五谷

民今之无禄　zhuó天夭是椓⁷¹　　如今人民最不幸　　天降灾祸命真苦

gě哿矣富人⁷²　qióng哀此惸独⁷³　　富人享福哈哈笑　　可怜穷人太孤独

66　洽：融洽。　比：亲近。　邻：意见相投而亲近的人。

67　昏姻：亲戚。　云：同"员"，周旋。

68　殷殷：心痛的样子。

69　佌佌：细小的样子。

70　蓛蓛：鄙陋的样子。二句指卑下的小官。

71　天夭：自然灾害。　椓：打击。

72　哿：嘉，快乐。

73　惸独：孤独无依靠的人。

十月之交

【题解】

这一首诗讽刺幽王无道，以致灾异频生，人民受难，并慨叹自己无辜遭到迫害。作者可能是属于统治阶级内部的人物，但职卑官微，参加皇父建都于向的劳役，所以诗中充满了对皇父的憎恨，对劳苦人民的同情。本诗反映了西周末年的政治情况与自然灾异，可作中国古代史与天文学史的资料来读。清代学者阮元说："古代天文学，梁虞劚、隋张胄元、唐傅仁均、一行、元郭守敬，并推定以日食在周幽王六年，十月建酉，辛卯朔，日入食限，载在史志。"（《揅经室集》）马瑞辰说："梁虞劚、唐傅仁均及一行，并算幽王六年，乙丑岁建酉之月，辛卯朔辰时日食。《国语》：'幽王二年，西周三川皆震。'又曰：'是岁，三川竭，岐山崩。'与此诗'百川沸腾，山冢崒崩'正合。"现代天文学家陈遵妫在《从十二月十四日日环食谈起》（1955年，《光明日报》）一文中，也认为这首诗是中国关于日食最早最可靠的记载。据此可以确定诗作于周幽王六年，即公元前776年。

十月之交 [1] 朔日辛卯 [2]	九月刚过十月到 初一早上辰时交
日有食之 [3] 亦孔之丑 [4]	忽然太阳又蚀了 这种天象是凶兆
彼月而微 [5] 此日而微 [6]	不久之前方月蚀 今又日蚀更糟糕

1 交：开始进入。

2 朔日：初一日，这天是辛卯日。据天文学家推算：这次日食在周幽王六年十月初一（周历），即公元前776年9月6日七至九时（辛卯日辰时）。

3 有：通"又"。 食：通"蚀"。

4 丑：恶。古人迷信，认为日蚀预兆不祥。"亦"和"之"都是助词。

5 彼：指从前。 微：昏暗不明。指月食。

6 此：指现在。

今此下民	亦孔之哀	如今天下老百姓	大难临头真堪悼
日月告凶[7]	不用其行[8] ^{háng}	日月显示灾难兆	不再遵循常轨道
四国无政[9]	不用其良	到处没有好政治	贤臣良才全不要
彼月而食	则维其常[10]	上次月亮被吞食	还算平常屡见到
此日而食	于何不臧[11]	太阳遭蚀了不得	坏事临头怎么好
烨烨震电[12] ^{yè yè}	不宁不令[13]	电光闪闪雷轰鸣	政治黑暗民不宁
百川沸腾	山冢崒崩[14]	大小江河齐沸腾	山峰倒塌乱石崩
高岸为谷[15]	深谷为陵	高山刹那变深谷	深谷顿时变丘陵

7 告凶：显示凶兆。

8 行：道，轨道。

9 四国：即四方，指天下。　无政：指无善政。

10 维：是。　常：正常。

11 于何：奈何，怎么办的意思。　不臧：不善，不吉利。

12 烨烨：闪电发光的样子。　震：雷。　电：闪电。

13 宁：安。　令：善。

14 山冢：山顶。　崒：碎的假借字。

15 岸：山崖。

哀今之人　胡憯莫惩 [16]　　　可恨如今掌权人　何曾引以为教训

皇父卿士 [17]　番维司徒 [18]　　六卿之首是皇父　樊氏当上大司徒

家伯维宰 [19]　仲允膳夫 [20]　　朝廷典籍家伯掌　仲允管的是御厨

棸子内史 [21]　蹶维趣马 [22]　　棸子充当内史官　蹶父养马管放牧

楀维师氏 [23]　艳妻煽方处 [24]　还有楀氏算监察　都同褒姒很热乎

抑此皇父 [25]　岂曰不时 [26]　　提起皇父叫人气　硬说他没违农时

16　憯：曾。　惩：警戒。

17　皇父：陈奂据《国语·郑语》，疑皇父即周幽王所宠之大臣虢石父。　卿士：六卿之长，总管王朝政事，类似后代之宰相。

18　番：即樊。《广韵》："周宣王封仲山甫于樊，后因氏焉。" 司徒：掌握人口、土地的长官。

19　家伯：人名。　宰：即冢宰，掌国家典籍的长官。

20　仲允：人名。　膳夫：掌管周王饮食的长官。

21　棸：姓。　内史：担任人事、司法的长官。

22　蹶：姓。　趣马：给周王管马的长官。

23　楀：姓。　师氏：担任监察的长官。

24　艳妻：指褒姒。或以为指幽王的别的宠妾。　煽：炽盛。　方：并。方处，指艳妻和上七人都是红人，并处高位。

25　抑：同"噫"，感叹词。

26　不时：指不顾农时。岂曰不时，言皇父役使百姓不自以为不时。

胡为我作²⁷　不即我谋²⁸　　为啥派我服劳役　也不商量就通知

彻我墙屋²⁹　田卒污莱³⁰　　我家墙屋被拆毁　我家田地全荒弛

曰："予不戕³¹　礼则然矣"　　还说："不是我害你　照章办理该如此"

皇父孔圣³²　作都于向³³　　这位皇父太高明　要在向邑建都城

择三有事³⁴　亶侯多藏³⁵　　选中大官有三个　钱财多得数不清

不慭遗一老³⁶　俾守我王³⁷　　不肯留下一老臣　让他保王卫宫廷

择有车马³⁸　以居徂向³⁹　　看中富家有车马　迁往向邑结伴行

27　作：指服役劳作。

28　即：就，到。　谋：商量。

29　彻：通"撤"，拆毁。

30　卒：尽，完全。　污：停积不流的水。　莱：田中长了野草。

31　戕：残害。

32　圣：圣明，高明。这句是诗人讽刺皇父的话。

33　向：邑名。在今河南济源南。

34　有事：即有司。三有司为司徒、司马、司空。

35　亶：诚，确实。　侯：维，是。　多藏：指有很多钱财。

36　慭：愿，肯。　遗：留。　老：旧臣，疑指作者自己。

37　俾：使。　守：保卫。

38　有车马：指有禄位的富人。

39　居：语助词。　徂：往。

^{mǐn}
黾勉从事⁴⁰　不敢告劳　　　尽力服役为王事　不敢诉苦不敢怨

无罪无辜　谗口嚣嚣⁴¹　　　没犯过错没犯罪　众口诽谤难分辩

下民之孽⁴²　匪降自天　　　百姓遭受大灾难　不是老天不长眼

^{zǔn}
噂沓背憎⁴³　职竞由人⁴⁴　　当面谈笑背后骂　都是坏人在诬陷

悠悠我里⁴⁵　亦孔之痗⁴⁶　　苦恼烦闷恨悠悠　恰似大病在心头

四方有羡⁴⁷　我独居忧　　　看看别家很富裕　独我一人在忧愁

民莫不逸⁴⁸　我独不敢休　　人们生活都安逸　我独不敢片刻休

天命不彻⁴⁹　　　　　　　天道无常难预测

我不敢效我友自逸⁵⁰　　　不敢学人图享受

40　黾勉：勉力的意思。

41　嚣嚣：众口毁谤攻击的样子。

42　孽：灾害。

43　噂沓：议论纷纭。　背憎：在背后彼此憎恨。

44　职：主，主要。　竞：争。

45　悠悠：形容忧思深长的样子。　里：通"悝"，忧伤。

46　痗：病。

47　四方：指各地的上层人物。　羡：富裕。

48　逸：安乐。

49　不彻：不循轨道，即无常之意。

50　效：仿效。

雨无正

【题解】

这是一位侍御官讽刺幽王昏庸、群臣误国的诗。《诗经》多取每篇首句中二字或三字或四字为题，不按此例的只有六首（《雨无正》、《巷伯》、《常武》、《酌》、《赉》、《般》）。什么叫雨无正呢？过去通行的说法是"无正"两字训为"芜政"，有说是刺幽王的，有说是刺厉王的。总之，是政令多如雨，而皆不得当的意思。朱熹《诗集传》引北宋刘安世的话说："尝读《韩诗》，有《雨无极》篇……其诗之文则比《毛诗》篇首多'雨无其极，伤我稼穑'八字。"可备一说。

浩浩昊天¹	不骏其德²	浩浩老天听我讲	你的恩惠不经常
降丧饥馑	斩伐四国³	降下饥荒和死亡	天下人都被残伤
旻天疾威⁴	弗虑弗图⁵	老天暴虐太不良	不加考虑不思量
舍彼有罪	既伏其辜⁶	有罪之人你放过	包庇恶行瞒罪状
若此无罪	沦胥以铺⁷	无罪之人真冤枉	相继受害遭祸殃

1　浩浩：广大的样子。　昊天：皇天。

2　骏：通"峻"，长久、经常的意思。

3　斩伐：残害。　四国：四方。

4　旻天：应作"昊天"。《孔疏》："上有昊天，明此亦昊天，定本作昊天。俗本作旻天，误也。"　疾威：暴虐。

5　虑：考虑。　图：思量。

6　既：尽。　伏：隐藏。　辜：罪。

7　沦：陷。　胥：相率、连带的意思。　铺：通"痛"，痛苦。

周宗既灭[8]　靡所止戾[9]　都城如果被攻破　想要栖身没地方

正大夫离居[10]　莫知我勚[11]　大臣高官都逃走　有谁知我工作忙

三事大夫[12]　莫肯夙夜[13]　三公位高不尽职　不肯早晚辅君王

邦君诸侯　莫肯朝夕[14]　各国诸侯也失职　不勤国事匡周邦

庶曰式臧[15]　复出为恶[16]　总盼周王能变好　谁知反而更荒唐

如何昊天　辟言不信[17]　老天这样怎么行　忠言逆耳王不听

如彼行迈[18]　则靡所臻[19]　好比一个行路人　毫无目的向前进

8　周宗：应作"宗周"，指镐京。传写的误倒。有人把周宗释为周之宗族，说亦可通。　既灭：指犬戎攻入镐京而言。

9　止：居。戾：安。这二句是诗人设想之词。

10　正大夫：上大夫。　离居：离开他原住的镐京。

11　勚：疲劳。

12　三事：即三司（司徒、司马、司空）。

13　夙夜：早晚。

14　朝夕：与上文"夙夜"同义。指为国事早起晚息。

15　庶：幸，希望。　式：助词。　臧：善。

16　复：反而。

17　辟：法。辟言：合乎法度的话。

18　行迈：行走。

19　臻：至。

凡百君子[20]	各敬尔身[21]	百官群臣不管事	各自小心保自身
胡不相畏	不畏于天	为何互相不尊重	甚至不知畏天命

戎成不退[22]	饥成不遂[23]	敌人进犯今未退	饥荒严重兵将溃
曾我蟄御[24] xiè	懆懆日瘁[25] cǎncǎn	只我侍御亲近臣	每天忧虑身憔悴
凡百君子	莫肯用讯[26]	百官群臣都闭口	不肯进谏怕得罪
听言则答[27]	谮言则退[28]	君王爱听顺耳话	谁进忠言就斥退

哀哉不能言	匪舌是出[29]	可悲有话不能讲	不是舌头生了疮

20　君子：指群臣百官。

21　敬：谨慎。

22　戎：兵，指战争。　成：指兵寇已成。下句的成，指饥馑已成。

23　遂：成功，顺利。

24　曾：则，"只有"的意思。　蟄御：周王的近臣。

25　懆懆：忧愁的样子。　瘁：憔悴。

26　讯：《鲁诗》作"谇"，谏诤。

27　听言：顺从的话。　答：《鲁诗》作"对"，进用之意。

28　谮言：进谏的话。《广韵》："谮，毁也。毁犹谤也。古以谏言为诽谤，故尧有诽谤之木。谮言，即谏言也。"　退：斥退。

29　出：疖的借字，病。

维躬是瘁[30]　胥矣能言[31]　　是怕自己受损伤　能说会道就吃香

巧言如流　俾躬处休[32]　　花言巧语来开腔　高官厚禄如愿偿

维曰于仕[33]　孔棘且殆[34]　　别人劝我把官当　危险太大太紧张

云不可使[35]　得罪于天子　　要说坏事干不得　那就得罪了国王

亦云可使　怨及朋友　　要说坏事可以做　朋友要骂丧天良

谓尔迁于王都[36]　曰予未有室家[37]　　劝你迁回王都吧　推辞那里没有家

鼠思泣血[38]　无言不疾[39]　　苦口婆心再劝他　对我切齿又咬牙

昔尔出居[40]　谁从作尔室　　试问从前离王都　是谁帮你造官衙

30　躬：自身。　瘁：毁坏。

31　胥：嘉，表嘉许之词。

32　休：吉庆，福禄。

33　于：往。于仕：前去做官。

34　棘：通"急"，紧张。　殆：危险。

35　使：从。

36　尔：指皇父、三事等权贵。　王都：指镐京。

37　予：权贵们自称。

38　鼠思：忧思。　泣血：泪尽继之以血的意思。

39　疾：通"嫉"，恨。

40　出居：离居，离开王都到别地去住。

小 旻

【题解】

这首诗讽刺幽王任用小人，对决策谋划中的种种错误加以揭露，表现了诗人临深履薄唯恐遭祸的心情。

这首诗的篇名为什么加一个"小"字呢？后人对此众说纷纭。有说因篇幅较短者；有说以别于《大雅》的《召旻》的；有说因"旻天"涉及范围太广，所以去掉"天"字，加上"小"字的。年代久远，证据缺乏，难辨正误，所以只能存疑。

龟　　爬行动物的一科。身体长圆而扁，背腹都有硬甲，四肢短，趾有蹼，头、尾和四肢都能缩入甲壳内。多生活在水边，吃植物或小动物。

mín
旻天疾威[1]　　敷于下土[2]　　　　老天暴虐太过度　　灾难遍布满国土

yù
谋犹回遹[3]　　何日斯沮[4]　　　　政策谋略全错误　　哪天结束这痛苦

谋臧不从[5]　　不臧复用[6]　　　　好的计谋你不听　　坏的主意反信服

我视谋犹　　　亦孔之邛[7]　　　　我看现在的政策　　糟糕透顶弊无数

qióng

xì xì zǐ zǐ
潝潝訿訿[8]　　亦孔之哀　　　　　人们叽叽又咕咕　　我心悲哀难解除

谋之其臧　　　则具是违　　　　　正确意见提上来　　千方刁难百计阻

谋之不臧　　　则具是依　　　　　错误主张提上来　　一拍即合就依附

我视谋犹　　　伊于胡底[9]　　　　我看现在的政策　　不知弄到啥地步

1　旻天：即皇天、老天之意。　疾威：暴虐。
2　敷：布。　下土：指天下。
3　犹：通"猷"，规划。谋犹即谋略。　回遹：邪僻。
4　斯：助语。　沮：止。
5　臧：好。
6　复：反而。
7　邛：病，糟。
8　潝潝：低声附和的样子。　訿訿：诋毁，诽谤。
9　伊：语助词。　于：往。　胡：何。　底：通"厎"，至，地步。

我龟既厌¹⁰ 不我告犹	我的灵龟已厌恶	谋略吉凶不告诉

我龟既厌¹⁰　不我告犹　　　　我的灵龟已厌恶　谋略吉凶不告诉

谋夫孔多¹¹　是用不集¹²　　　参谋顾问一大串　议来议去不算数

发言盈庭　谁敢执其咎¹³　　　你一言来我一语　哪个真敢责任负

如匪行迈谋¹⁴　是用不得于道¹⁵　好像问讯陌路人　很难得到正确路

哀哉为犹¹⁶　匪先民是程¹⁷　　可叹执政太糊涂　不学祖宗不师古

匪大犹是经¹⁸　维迩言是听¹⁹　不遵正道走邪路　只肯听些浅陋话

维迩言是争　如彼筑室于道谋²⁰　还要吵闹争赢输　如造房子问路人

是用不溃于成²¹　　　　　　终久没法盖成屋

10　龟：占卜用的龟甲。

11　谋夫：出谋策划的人。

12　集：成功。

13　执：承担。　咎：罪责。

14　匪：通"彼"。　行迈：这里指路人。　谋：商量。

15　不得于道：达不到目的地。

16　为：掌握，制订。

17　匪：非。　先民：古人。　程：效法。

18　大犹：大道，正道。　经：行。

19　维：通"惟"，只是。　迩言：肤浅而无远见的话。

20　道：指道路。

21　溃：遂，达到。

国虽靡止[22]　或圣或否[23]　　国家虽然不算大　也有天才有凡夫

民虽靡膴[24]　或哲或谋[25]　　人民虽然不算多　也有明智谋略富

或肃或艾[26]　如彼泉流　　也有干才责任负　国运如水一泻去
　　　　yì

无沦胥以败[27]　　　　终将败亡拦不住

不敢暴虎[28]　不敢冯河[29]　　不敢空手打老虎　不敢徒步河中渡
　　　　　　　　 píng

人知其一　莫知其他[30]　　这个道理人皆知　别的危险就糊涂

战战兢兢[31]　如临深渊　　战战兢兢过日子　如临深渊须留步

如履薄冰　　　　如踩薄冰防险路

22　止：至，极。引申有"大"的意思。

23　或：有。　圣：圣人。　否：指平常人。

24　民：此处疑指统治阶级中人。　膴：厚。引申为多。

25　哲：明智。

26　肃：态度庄敬，认真负责。　艾：治理，指办事能力很强的人。

27　无：发语词，无义。见王引之《经传释词》。　沦胥：相率。　败：
　　指国家败亡。

28　暴：通"搏"。暴虎，徒手打虎。

29　冯河：不用船而徒步渡河。马瑞辰："按冯者，淜之假借。《说文》：
　　淜，无舟渡河也。"

30　其他：指信用佞臣将有亡国之危。

31　战战：恐惧的样子。　兢兢：谨慎小心的样子。

小 宛

【题解】

这是周王一位同姓者讽刺幽王，并劝戒兄弟如何在乱世免祸的诗。

鸣鸠

鸣鸠　即斑鸠。形似鸽，灰褐色，颈后有白色或黄褐色斑点。

宛彼鸣鸠¹　翰飞戻天²　　　小小斑鸠鸟　高飞上云天

我心忧伤　念昔先人³　　　我心真忧伤　想起我祖先

明发不寐⁴　有怀二人⁵　　　一夜睡不着　又把爹娘念

人之齐圣⁶　饮酒温克⁷　　　聪明正派人　喝酒克制又从容

彼昏不知　壹醉日富⁸　　　无知糊涂人　越喝越醉发酒疯

各敬尔仪⁹　天命不又¹⁰　　　各位作风要谨慎　国运一去难追踪

1　宛彼：宛宛，小而短尾的样子。　鸣鸠：斑鸠。

2　翰飞：高飞。　戻：到达。

3　先人：作者自指其祖先，如周文王、武王。

4　明发：天刚亮。含有通宵达旦的意思。

5　有：通"又"。　二人：指父母。

6　齐：正，正派。　圣：智慧特出。

7　温：同"蕴"，蕴藉自恃。　克：克制。

8　壹：语助词。　日富：日益自满。

9　仪：威仪，容貌举止。

10　天命：指王位、国运。　不又：不再。

螟蠃　　昆虫类，寄生蜂的一种，亦名蒲卢。腰细，体青黑色，长约半寸，以泥土筑巢于树枝或壁上，
　　　　捕捉螟蛉等害虫，为其幼虫的食物，古人误以为收养幼虫。

中原有菽¹¹　庶民采之　　　地里有豆苗　人们采回充菜肴

螟蛉有子¹²　蜾蠃负之¹³　　　螟蛾有幼虫　细腰土蜂捉回巢
　　　　　　 guǒ luǒ

教诲尔子　式穀似之¹⁴　　　教育你儿子　王位定要继承好

题彼脊令¹⁵　载飞载鸣　　　看那小鹡鸰　边飞又边鸣
dì

我日斯迈¹⁶　而月斯征¹⁷　　　天天我奔波　月月你出行

夙兴夜寐　无忝尔所生¹⁸　　　早起晚睡忙不停　不要辱没父母名

交交桑扈¹⁹　率场啄粟²⁰　　　小小青雀本食肉　却啄黄粟在谷场

11　中原：即原中。　菽：大豆，这里指豆叶，今称豆苗。

12　螟蛉：螟蛾的幼虫。

13　蜾蠃：一种青黑色的细腰土蜂，亦名细腰蜂。蜾蠃常捕螟蛉喂它的幼虫。

14　式：助词。　穀：善。　似：通"嗣"，继续的意思。

15　题：通"谛"，视。　脊令：鸟名，即鹡鸰。

16　日：天天。　斯：语助词。　迈：远行，和下句的"征"同义。

17　而：通"尔"，指弟。　月：月月。

18　忝：辱，辱没。　尔所生：指父母。

19　交交：小小的样子。　桑扈：即青雀，又名窃脂。

20　率：循，沿。　场：打谷场。

哀我填寡[21]　宜岸宜狱[22]　　叹我穷得叮当响　还吃官司进牢房

握粟出卜[23]　自何能穀[24]　　抓把小米去占卜　何处才能得吉祥

温温恭人[25]　如集于木　　为人柔顺又温良　竟像爬在高树上

惴惴小心　如临于谷　　惴惴不安往下看　如临山谷深万丈

战战兢兢　如履薄冰　　战战兢兢怕失手　好像踩在薄冰上

21　填：疹的借字，穷困。　寡：指寡财。

22　宜：仍。马瑞辰认为宜是"且"字之误，亦通。　岸：通"犴"，监狱。犴犹如现在的地方拘留所。

23　握粟：一把小米（给卜人作酬劳）。当时习俗不用钱，用钱始于周末周景王。《国语》："周景王铸大钱。"

24　自：从。　穀：善，吉。

25　温温：柔和的样子。　恭人：恭谨的人。《郑笺》以为指诗人兄弟二人。

小 弁

【题解】

这是一首被父亲放逐的人抒发心中哀怨的诗。前人有说是幽王宠褒姒逐太子宜臼，因而宜臼自作或宜臼的老师代之而作的。有说是宣王之臣尹吉甫的儿子伯奇，因受父虐待而作的。但都无根据。

pán yù			
弁彼鸒斯[1]	归飞提提[2]	乌鸦乌鸦心里欢	飞回窝里真安闲
民莫不穀[3]	我独于罹[4]	人们生活都很好	我独忧愁难排遣
何辜于天[5]	我罪伊何[6]	我有啥事得罪天	我是犯了啥条款
心之忧矣	云如之何[7]	满心忧伤说不完	叫我究竟怎么办

dí dí	jú		
踧踧周道[8]	鞫为茂草[9]	平平坦坦京都道	如今长满丛丛草

1 弁：快乐。 鸒：即鹎鸒，今名乌鸦。 斯：语助词。

2 提提：群飞安闲的样子。

3 穀：善，指生活美好。

4 罹：忧愁。

5 辜：罪。

6 伊：是。

7 云如之何：即如何、怎么办的意思。

8 踧踧：平坦的样子。 周道：指周朝京师的大路。

9 鞫：堵塞。

我心忧伤	惄焉如捣[10]	忧伤痛苦不堪言	犹如棒槌把心捣
假寐永叹[11]	维忧用老[12]	和衣而卧长叹息	忧伤使我人衰老
心之忧矣	疢如疾首[13]	心里苦闷说不完	好像头痛发高烧
维桑与梓[14]	必恭敬止	桑梓爹娘种门前	敬它就如敬祖先
靡瞻匪父[15]	靡依匪母[16]	儿子哪有不敬父	孩儿怎不把母恋
不属于毛[17]	不离于里[18]	谁非爹生皮和毛	谁非和娘血肉连
天之生我	我辰安在[19]	老天既然生了我	为啥时乖命又蹇

（惄 nì）（疢 chèn）（属 zhǔ）

10 惄：想。惄焉，想起来。　捣：舂撞。

11 假寐：和衣而睡，打盹。　永叹：长叹。

12 维：只因。　用：而。

13 疢：热病。　疾首：头痛。

14 桑、梓：是古人宅旁常种的树，桑以养蚕，梓作器具，可传子孙。诗中以桑
梓是父母所植，所以对它也应该恭敬。

15 靡……匪：无不。　瞻：瞻仰。

16 依：依靠。

17 属：连。　毛：指身体外表的皮肤毛发，代指父亲。

18 离：通"丽"，依附。　里：身体内部的血肉，代指母亲。

19 辰：时，指时运、运气。

菀彼柳斯²⁰ 鸣蜩嘒嘒²¹（tiáo）

千丝万缕柳条青　　蝉儿喳喳不住鸣

有漼者渊²²（cuǐ） 萑苇淠淠²³（huán　pèi pèi）

一泓池水深又深　　水边芦苇密密生

譬彼舟流 不知所届²⁴

我像小船断了缆　　不知飘到何处停

心之忧矣 不遑假寐²⁵

满腹忧伤说不尽　　无法安心打个盹

鹿斯之奔²⁶ 维足伎伎²⁷

鹿儿觅群怕失散　　留恋同伴脚步慢

雉之朝雊²⁸（gòu） 尚求其雌

野鸡早上不住啼　　还知追求它伙伴

譬彼坏木²⁹ 疾用无枝³⁰

我像一株有病树　　枝叶不生都枯干

20 菀：茂盛。

21 蜩：蝉。　嘒嘒：蝉鸣声。

22 漼：水深的样子。有漼，即漼漼，深深。

23 萑：苇，芦苇。　淠淠：茂盛的样子。

24 届：至。

25 不遑：没空，无法。

26 奔：指觅群求偶。

27 维：发语词。　伎伎：缓慢的样子。

28 雉：野鸡。　雊：野鸡叫。

29 坏：借为瘣，病。《说文》引这句诗作瘣木。

30 用：因。这句是"用疾无枝"的倒文。

心之忧矣	宁莫之知[31]	心里忧伤说不完	没人知我真孤单
相彼投兔[32]	尚或先之[33]	兔子关在笼子里	有人怜悯把门开
行有死人[34]	尚或墐之[35]	尸体横在大路上	有人同情把他埋
君子秉心[36]	维其忍之[37]	不料父亲居心狠	这般残忍真不该
心之忧矣	涕既陨之[38]	心里忧伤说不完	涕泪涟涟只自哀
君子信谗	如或酬之[39]	父亲听谗太轻信	像受敬酒味津津
君子不惠[40]	不舒究之[41]	父亲对我没恩情	不究谣言何由生

31 宁：曾。

32 相：看。 投：掩。投兔，被掩捕在笼里的兔。

33 先：开放。马瑞辰：《礼记》：'有开必先，先所以开之也。'开创谓之先，开放亦谓之先。先之，即开其所以塞也。"

34 行：道路。

35 墐：同"殣"，埋葬。

36 君子：指作者的父亲。 秉心：居心。

37 维：是。 忍：狠心，残忍。

38 陨：坠。陨涕，掉眼泪。

39 酬：敬酒。

40 惠：爱。

41 究：追究。舒究，慢慢地追究。 之：指谗言。

伐木掎矣⁴²　析薪扡矣⁴³　　　砍树还要紧拉绳　劈柴还要顺木纹

舍彼有罪　予之佗矣⁴⁴　　　放过罪人造谣者　却把罪名加我身

莫高匪山　莫浚匪泉⁴⁵　　　若是不高不是山　若是不深不是潭

君子无易由言⁴⁶　耳属于垣⁴⁷　　父亲休要轻开言　隔壁有耳贴墙边

无逝我梁⁴⁸　无发我笱⁴⁹　　　别到我的鱼坝去　别把鱼篓打开看

我躬不阅⁵⁰　遑恤我后⁵¹　　　自身尚且不见容　哪顾身后事变迁

42　掎：伐木时用绳拉树以控制下倒方向。

43　析薪：劈柴。　扡：顺着木纹剖析。

44　佗：加。

45　浚：深。

46　无易：不要轻易。　由：于。

47　耳：指窃听者。　属：连。　垣：墙。

48　逝：往。　梁：拦鱼的水坝。

49　笱：捕鱼的竹笼。

50　躬：自己。　阅：收容。

51　遑：何暇。　恤：忧。

巧 言

【题解】

　　这是讽刺统治者听信谗言因而祸国殃民的诗。旧说是大夫伤于谗言，刺幽王而作。大夫伤于谗言而作，是可信的；但是否刺幽王，就很难断定。

悠悠昊天[1]　曰父母且[2]　　悠悠老天听我诉　我把你来当父母

无罪无辜　乱如此幠[3]　　人们没罪没过错　遭受祸乱太惨酷

昊天已威[4]　予慎无罪[5]　　老天施威太可怖　罪过我真半点无

昊天泰幠[6]　予慎无辜　　老天疏忽太糊涂　我是真正属无辜

乱之初生　僭始既涵[7]　　当初乱事刚发生　所有谗言都听进

乱之又生　君子信谗[8]　　乱事再次又出现　君王又把谗言信

1　悠悠：遥远的样子。

2　曰：称，叫。　且：语尾助词。

3　幠：大。

4　已：甚。　威：畏，可怕。

5　慎：诚，确实。

6　泰：大。　幠：怠慢，疏忽。

7　僭：通"谮"，谗言。　既：尽。　涵：容纳。

8　君子：指周王。

君子如怒 [9]　乱庶遄沮 [10]　（chuán）　　君王如能斥谗人　祸乱马上能除尽

君子如祉 [11]　乱庶遄已 [12]　　　　　君王如能用贤良　祸乱很快能平定

君子屡盟 [13]　乱是用长 [14]　　　　　君王谗人常结盟　所以乱子无穷尽

君子信盗 [15]　乱是用暴　　　　　　　君王轻信窃国盗　所以乱子更凶暴

盗言孔甘 [16]　乱是用馋 [17]　（tán）　　盗贼说话蜜蜜甜　所以乱子更增添

匪其止共 [18]　维王之邛 [19]　（qióng）　不忠职守太不该　专把君王来坑害

9　怒：指怒责谗人。

10　庶：庶几，差不多。　遄：速，快。　沮：终止。

11　祉：福，指任用贤人。

12　已：停止。

13　盟：盟誓。

14　用：以。　长：增添。

15　盗：指谗人。

16　孔甘：很甜。

17　馋：本义为进食，引申为增多或加甚。

18　匪：非。　止：达到。　共：通"恭"，指忠于职守。

19　维：为。　邛：病。

奕奕寝庙²⁰ 君子作之²¹		宫殿宗庙多雄伟	都是先王建成功
秩秩大猷²² 圣人莫之²³		典章制度多完善	圣人制订谋略宏
他人有心²⁴ 予忖度之²⁵		别人有心破坏它	我能揣度猜测中
tì tì chán 跃跃毚兔²⁶ 遇犬获之		好比狡兔脚虽快	碰上猎狗把命送

荏染柔木²⁷ 君子树之		好的树木柔又韧	君子种来树成荫
往来行言²⁸ 心焉数之²⁹		流言散布没定准	我能辨别记在心
yí yí 蛇蛇硕言³⁰ 出自口矣		骗人大话哪里来	都从谗人嘴中喷

20 奕奕：高大美盛的样子。

21 君子：指周武王、周公等。

22 秩秩：宏伟的样子。 大猷：治国的大道；指典章制度、谋略。

23 莫：通"谟"，谋划、制定的意思。

24 他人：指谗人。

25 忖度：揣度，猜测。

26 跃跃：通"趯趯"，跳跃的样子。 毚：狡猾。

27 荏染：柔韧的样子。 柔木：善木。《毛诗》："柔木，椅、桐、梓、漆也。"以上四种树木，是古人制造琴瑟的原料，故诗人称之为善木。

28 往来：指辗转相传。 行言：流言。

29 数：计算，辨别。

30 蛇蛇：欺骗的样子。 硕言：大话。

巧言如簧³¹　颜之厚矣　　　　花言巧语像吹簧　脸皮太厚真可恨

彼何人斯³²　居河之麋³³　　他是一个啥货色　住在大河水边沿

无拳无勇³⁴　职为乱阶³⁵　　既无才能又无勇　祸乱他是总根源

"既微且尰³⁶　尔勇伊何　　　　"烂了小腿又肿脚　你的勇气怎不见

为犹将多³⁷　尔居徒几何"³⁸　诡计多端真可恶　多少同党共作乱"

31　巧言：花言巧语。　簧：笙乐器中的簧片，吹笙则簧动发音。如簧，就像笙簧发音那样好听。

32　彼：指谗人。

33　麋：通"湄"，水边。

34　拳：力。拳勇：指有才力的人。

35　职：主，主要。　阶：阶梯。

36　微：亦作"癓"，小腿生湿疮。　尰：亦作"瘇"，脚肿。

37　犹：谋，诡计。《方言》："犹，诈也。"　将：和"孔"同义，很。

38　居：语助词。　徒：徒众，同党。

何人斯

【题解】

　　这是一首讽刺同僚的诗，实际上是一首绝交的诗。据《毛诗》序说，此诗写的是苏公刺暴公的事。苏公和暴公都是周王的卿士，苏、暴两地，都在周东都四周的地区内，二人封地犬牙交错，所以发生了矛盾，苏公就写了这首绝交的诗。

蜮

蜮　　传说中的一种能含沙射影使人得病的动物。唐陆德明《经典释文》："蜮，状如鳖，三足。一名射工，俗呼之水弩。在水中含沙射人。一云射人影。"

彼何人斯　　其心孔艰[1]　　　　请问他是什么人　心地阴险真可恨

胡逝我梁[2]　　不入我门　　　　为何路过我鱼梁　不肯进入我家门

伊谁云从[3]　　维暴之云[4]　　　请问他听谁的话　暴公说甚他说甚

二人从行[5]　　谁为此祸　　　　他跟暴公并肩行　我遭祸事谁是根

胡逝我梁　　不入唁我[6]　　　　为何走过我鱼梁　不进我门来慰问

始者不如今　　云不我可[7]　　　当初对我还不错　如今翻脸不认人

彼何人斯　　胡逝我陈[8]　　　　请问他是什么人　为何从我穿堂行

我闻其声　　不见其身　　　　　远远只听脚步声　看看不见他身影

1　艰：险，阴险。

2　逝：往，走过。　梁：鱼梁。有人训梁为"桥"，亦通。

3　伊：他。　云：语助词。

4　维：只是。　暴：指暴公。　云：说话。

5　二人：指暴公和他的一个党徒，即上面所说的"何人"。

6　唁：慰问遭灾者。

7　可：嘉，好。

8　陈：由正房到院门的通道，俗称穿堂。

不愧于人	不畏于天	难道人前不惭愧	难道不怕天报应

彼何人斯	其为飘风⁹	请问他是什么人	一阵暴风从此经
胡不自北	胡不自南	为何不从北边走	为何不从南边行
胡逝我梁	只搅我心¹⁰	为何走过我鱼梁	恰恰使我疑心生

尔之安行¹¹	亦不遑舍¹²	你的车儿慢慢行	也没工夫停一停
尔之亟行¹³	遑脂尔车¹⁴	现在你说要快走	偏又添油把车停
壹者之来¹⁵	云何其盱¹⁶	前次你到我家来	使我苦闷心头冷

9 飘风：暴风。当时人常以风之暴疾喻坏人的作风，如"终风"、"谷风"等。这里诗人用它形容"何人"去来的快速，行踪诡秘。

10 只：恰恰。

11 安行：慢行。

12 舍：停息。

13 亟：急。

14 脂：这里当动词用，指给车轴上油。

15 壹者：从前。　来：指上文逝梁、逝陈的事。

16 云：发语词。　盱：通"吁"，忧。

尔还而入¹⁷　我心易也¹⁸　　回国走进我家门　交情如旧我欢欣

还而不入　　否难知也¹⁹　　回国不进我家门　居心叵测难相信

壹者之来　　俾我祇也²⁰　　上次你到我家来　气得我竟生了病

伯氏吹埙²¹　仲氏吹篪²²　　大哥奏乐吹起埙　二哥吹篪相和音

及尔如贯²³　谅不我知²⁴　　你我本是一线穿　却不理解我的心

出此三物²⁵　以诅尔斯²⁶　　捧出三牲鸡猪狗　求神降祸于你身

17 还：指由王都回来，经过苏国。　入：指入苏门。

18 易：和悦。

19 否：不通，隔阂。　难知：用心不可测。

20 祇：通"疷"，病。

21 伯氏：指大哥。　埙：乐器名，陶制成，大如鹅蛋，有六孔，可吹奏。

22 仲氏：二哥。　篪：乐器名，略似今之笛。

23 及：与，和。　贯：钱贝穿在一条绳上为贯。

24 谅：诚，真。　不我知：即不知我。

25 三物：指猪、犬、鸡。

26 诅：诅咒，求神降祸于别人。　斯：语气词。

为鬼为蜮²⁷	则不可得	为鬼为蜮害人精	无影无形难找寻
有靦面目²⁸	视人罔极²⁹	你有颜面是人样	却比别人没定准
作此好歌	以极反侧³⁰	特地唱支善意歌	揭穿反复无常人

27 蜮：传说中的一种能含沙射影使人得病的动物。

28 有靦：即靦靦，腼然的样子。

29 视：比。   极：准则，标准。

30 极：穷，深究。   反侧：反复无常。

巷 伯

【题解】

这是寺人孟子因被谗受害而作以泄愤的怨诗。诗中没有"巷伯"二字，可是篇名叫《巷伯》，为什么呢？因为寺人就是巷伯，都是宦官的通称。

贝

贝　　蛤螺等类有壳软体动物的总称。

豺　　哺乳动物类，犬科。形似狼而小，性凶猛，常成群围攻牛、羊等家畜。俗名豺狗。

萋兮斐兮[1]　成是贝锦[2]　　丝线错杂颜色明　织成五彩贝纹锦

彼谮人者　　亦已大甚[3]　　那个造谣害人精　用心实在太凶狠

^{chǐ}
哆兮侈兮[4]　成是南箕[5]　　张开大口奋箕样　箕星高挂天南方

彼谮人者　　谁适与谋[6]　　那个造谣害人精　谁愿和他去搭腔

缉缉翩翩[7]　谋欲谮人　　唧唧喳喳嚼舌根　整天算计陷害人

慎尔言也[8]　谓尔不信　　劝你说话要当心　否则对你就不信

1　萋斐：花纹错杂的样子。

2　贝锦：贝壳有文彩像锦，故称锦曰贝锦。

3　大：通"太"。

4　哆：张口的样子。　侈：大。

5　箕：星名。四星联成梯形，状似簸箕，所以名箕。因在南方，又名南箕。

6　适：悦，喜欢（见《一切经音义》卷六引《三苍》）。

7　缉缉：通"咠咠"，交头接耳小语声。　翩翩：亦作"谝谝"，花言巧语。

8　尔：指谗人。

捷捷幡幡^{fān fān}⁹　谋欲谮言　　　花言巧语信口编　挖空心思造谣言

岂不尔受¹⁰　既其女迁¹¹　　虽说一时受你骗　终久恨你太阴险

骄人好好¹²　劳人草草¹³　　小人得志就忘形　好人被谗意消沉

苍天苍天　视彼骄人　　　老天老天把眼睁　你看那人多骄横

矜此劳人¹⁴　　　　　可怜我们受害人

彼谮人者　谁适与谋　　　那个造谣大坏蛋　谁愿和他去搭腔

取彼谮人　投畀豺虎^{bì}¹⁵　抓住那个造谣家　丢到野外喂虎狼

豺虎不食　投畀有北¹⁶　　虎狼嫌他不愿吃　把他摔到北大荒

9　捷捷：同"谍谍"，能言善辩。　幡幡：同"翩翩"。

10　受：接受。"岂不尔受"为"岂不受尔"的倒文。

11　迁：转移。指听者将把憎恶被谗者的心，转而憎恶你造谣者。

12　骄人：指得志的逸人。　好好：喜悦的样子。

13　劳人：忧人，失意的人。指被谗者。　草草：忧愁的样子。

14　矜：怜悯。

15　畀：给予。

16　有北：指北方寒冷不毛的地方，"有"为名词词头。

有北不受　　投畀有昊[17]　　　　北荒如果不接受　送他归天见阎王

杨园之道[18]　猗于亩丘[19]　　　　一条大路通杨园　紧紧靠在亩丘边

寺人孟子[20]　作为此诗　　　　　我是宦官叫孟子　受人陷害写诗篇

凡百君子　　敬而听之　　　　　诸位君子大老爷　请您认真听我言

17　有昊：即昊天。

18　杨园：园名。

19　猗：加，靠在。　亩丘：丘名。

20　寺人：阉人，如后世的宦官。　孟子：作者自称。孟，氏。有人说，孟是长，是奄人的长，亦通。

谷 风

【题解】

这是一首弃妇所作的诗。她责备丈夫是个可与共患难，不能与同安乐的人。语极凄恻，和《邶风·谷风》诗旨相似。语言浅近，风格有如《国风》。所以有人疑心它和《黄鸟》、《我行其野》、《蓼莪》、《都人士》、《采绿》、《隰桑》、《绵蛮》、《瓠叶》、《渐渐之石》、《苕之华》、《何草不黄》等都是西周民风，这是很有见地的。旧说此诗刺幽王，其实失之穿凿。

习习谷风[1]	维风及雨[2]	山谷大风呼呼叫	风狂雨骤天地摇
将恐将惧[3]	维予与女[4]	当初忧患飘摇日	唯我助你把心操
将安将乐	女转弃予[5]	如今日子已安乐	反而将我抛弃掉

习习谷风	维风及颓[6]	山谷大风呼呼起	旋风阵阵不停息
将恐将惧	置予于怀	当初忧患飘摇日	把我搂在怀抱里

1　习习：连续不断的风声。　谷风：来自山谷的风，大风。

2　维：是。

3　将：方，当。

4　与：亲附，赞助。

5　转：反而。

6　颓：旋风。

将安将乐　　弃予如遗[7]　　　如今生活已安乐　　把我丢开全忘记

习习谷风　　维山崔嵬[8]　　　大风呼呼吹不停　　吹过高山刮过岭

无草不死　　无木不萎　　　　刮得百草都枯死　　刮得树木尽凋零

忘我大德[9]　思我小怨[10]　　我的好处全忘记　　专把小错记在心

7　遗：忘记。

8　崔嵬：山高峻的样子。

9　大德：指能共患难。

10　小怨：小缺点。

蓼 莪

【题解】

这是一首苦于服役，悼念父母的诗。

蔚　　草名。即牡蒿，亦称"牡菣"。孔颖达疏引陆玑曰："蔚，牡蒿也。"朱熹《诗集传》："蔚，牡菣
也。三月始生，七月始华，如胡麻华而紫赤，八月为角，似小豆，角锐而长。"本图所绘为蔚之
二种。

蓼蓼者莪[1]　　匪莪伊蒿[2]　　　　一丛莪蒿长又高　　不料非莪是蒿草

哀哀父母　　生我劬劳[3]　　　　可怜我的爹和娘　　生我养我太辛劳

蓼蓼者莪　　匪莪伊蔚[4]　　　　高高莪蒿叶青翠　　不料非莪而是蔚

哀哀父母　　生我劳瘁[5]　　　　可怜我的爹和娘　　生我养我太劳累

瓶之罄矣[6]　　维罍之耻[7]　　　酒瓶底儿早空了　　酒坛应该觉害臊

鲜民之生[8]　　不如死之久矣　　孤儿活在世界上　　不如早些就死掉

无父何怙[9]　　无母何恃　　　　没有父亲何所依　　没有母亲何所靠

出则衔恤[10]　　入则靡至[11]　　离家服役心含悲　　回来双亲见不到

1　蓼蓼：高大的样子。　莪：莪蒿，亦名蘩蒿，俗称抱娘蒿。
2　匪：非。　伊：是。　蒿：即蒿子，有青蒿、白蒿等数种。
3　劬劳：劳苦。
4　蔚：蒿的一种，又名牡蒿。全草供药用，晒干可燃烟驱蚊。
5　瘁：憔悴。
6　罄：尽、空的意思。
7　罍：大肚小口的酒坛。二句以酒瓶空是酒坛之耻比喻民穷不能养父母是统治者之耻。
8　鲜：寡。鲜民，寡民，孤子。
9　怙：依靠。
10　出：出门，指离家服役。　衔：含。　恤：忧愁。
11　入：进门，指回家。　至：亲。　靡至：没有亲人。《说文》："亲，至也。"

父兮生我	母兮鞠我 [12]	爹呀是你生下我	娘呀是你哺养我
拊我畜我 [13]	长我育我	抚摸我啊爱护我	养我长大教育我
顾我复我 [14]	出入腹我 [15]	照顾我啊挂念我	出门进门抱着我
欲报之德 [16]	昊天罔极 [17]	如今想报爹娘恩	没想老天降灾祸

南山烈烈 [18]	飘风发发 [19]	南山崎岖行路难	狂风呼啸刺骨寒
民莫不穀 [20]	我独何害 [21]	人人都能养爹娘	独我服役受苦难

南山律律 [22]	飘风弗弗 [23]	南山高耸把路挡	狂风呼啸尘飞扬
民莫不穀	我独不卒 [24]	人人都能养爹娘	独我不能去奔丧

12 鞠：养。

13 拊：通"抚"，抚摸。《后汉书·梁竦传》引这句诗作"抚我"。　畜：爱。

14 顾：指在家时对他照顾。　复：指出门后对他的挂念。

15 腹：抱在怀里。

16 之：这。

17 罔极：无常，没有定准。

18 烈烈：山高峻险阻的样子。

19 飘风：暴风。　发发：大风呼啸的声音。

20 穀：赡养。

21 何：通"荷"，蒙受。

22 律律：山势高耸突起的样子。

23 弗弗：大风扬尘的样子。

24 不卒：不得送终父母。

大 东

【题解】

　　这是东方诸侯国的臣民讽刺周王室只知搜括财物、奴役人民，虽居高位，却不能解除东方人民的苦难的诗。

熊　　　　兽名。头大，四肢短而粗，形似大猪。脚掌大，能攀缘。冬多穴居，始春而出。

有饛簋飧¹	有捄棘匕²	一盒熟食装得满	枣木饭勺柄儿弯
周道如砥³	其直如矢⁴	大路平如磨刀石	大路笔直像箭杆
君子所履⁵	小人所视⁶	贵人在这路上走	小民只能瞪眼看
眷言顾之⁷	潸焉出涕⁸	回过头来再望望	不禁伤心泪潸潸

méng guǐ sūn / qiú

小东大东⁹　杼柚其空¹⁰　东方远近诸侯国　织机布帛搜括空

纠纠葛屦¹¹　可以履霜¹²　脚上葛草编的鞋　怎能抵挡秋霜冻

佻佻公子¹³　行彼周行¹⁴　轻佻漂亮贵公子　走在那条大路中

zhù zhú

1　有饛：即饛饛，装满食物的样子。　簋：古代食器。　飧：熟食。
2　有捄：即捄捄，长而弯曲的样子。　棘：酸枣木。　匕：饭勺或羹匙。
3　周道：大路。也可解为通往周京的道路。　砥：磨刀石。
4　矢：箭。
5　君子：指贵族。　履：行走。
6　小人：指人民。
7　眷言：回头的样子。言，同"然"。　顾：看。
8　潸：流泪的样子。
9　小东大东：指东方各诸侯国。离周京最远的称大东，稍近的称小东。
10　杼柚：织布机主要部件。杼是梭子，中装纬线。柚是筘，用细竹片排成梳齿状，经纱从中穿过。此句指布机上未完成之织物亦被搜括一空。
11　纠纠：绳索缠绕的样子。
12　可：岂可，表示反问。
13　佻佻：轻佻的样子。
14　周行：即周道。

既往既来　　使我心疚 ¹⁵　　　往来不绝征赋税　　使我忧伤心里痛

有洌氿泉 ¹⁶　　无浸获薪 ¹⁷　　　冰凉泉水从旁来　　不要浸湿那劈柴

契契寤叹 ¹⁸　　哀我惮人 ¹⁹　　　忧愁不眠暗伤叹　　劳苦人们真可哀

薪是获薪 ²⁰　　尚可载也 ²¹　　　谁要想烧这劈柴　　还得用车去装载

哀我惮人　　亦可息也　　　　可怜我们劳苦人　　休息休息也应该

东人之子 ²²　　职劳不来 ²³　　　东方子弟头难抬　　没人慰劳只当差

西人之子 ²⁴　　粲粲衣服 ²⁵　　　西方子弟高一等　　衣服鲜艳闪光彩

15　疚：忧虑。

16　有洌：即冽冽，寒冷的样子。　氿泉：泉水上涌受阻，从侧面流出，称为氿泉。

17　获薪：砍下的柴。

18　契契：愁苦的样子。　寤叹：睡不着而叹息。

19　惮：通"瘅"，劳苦。

20　上"薪"字，作动词"烧"字用。　是：这。

21　载：装载。

22　子：子弟，指青年。

23　职：只是，主要。　劳：服劳役。　来：亦作"勑"，慰劳。

24　西人：指周人。陈奂《毛诗传疏》："周在西，故以西人为京师人。"

25　粲粲：鲜艳华丽的样子。

舟人之子²⁶	熊罴是裘²⁷	大人子弟福气好	打熊猎罴把心开
私人之子²⁸	百僚是试²⁹	小人子弟命运乖	干这干那像奴才

或以其酒³⁰	不以其浆³¹	有人进贡美味酒	周人嫌它像水浆
juān juān 鞙鞙佩璲³²	不以其长	有人进贡佩玉带	周人嫌它不够长
维天有汉³³	监亦有光³⁴	天上银河虽宽广	用作镜子空有光
跂彼织女³⁵	终日七襄³⁶	织女星座三只角	一天七次移位忙

26　舟：周的假借。舟人，大人，指上层的人。马瑞辰《毛诗传笺通释》："周人为大人，犹周行或谓大道，周狗即大狗也。"

27　罴：大熊。　裘：当作"求"，追求；指打猎。

28　私人：小人，指下层的人。《方言》："私，小也。"

29　僚：春秋时一种奴隶的称谓。当时下层差役有阜、舆、隶、僚、仆、台、圉、牧等。百僚，即指上述诸等差役奴隶。　试：任用。

30　或：有人。

31　浆：薄酒。

32　鞙鞙：或作琄、娟，形容系璲的线（后世名绶）美而长的样子。　璲：瑞玉，可以为佩。

33　汉：云汉，银河。

34　监：同"鉴"，镜。古人以水为镜。这句说天河水清可以照人，但只见水光而不见人影。

35　跂：织女三星鼎足而三的样子。　织女：星名，共有三星。

36　终日：指从早到晚。　襄：反，更动。七襄，从卯时到酉时，织女星每个时辰要更动一次位置，七个时辰就更动七次，因而称为七襄。

虽则七襄	不成报章 [37]	虽然来回移动忙	不能织出好花样
皖 huǎn 彼牵牛 [38]	不以服箱 [39]	牵牛星儿亮闪闪	不能用来驾车辆
东有启明 [40]	西有长庚 [41]	早上启明出东方	傍晚长庚随夕阳
有捄天毕 [42]	载施之行 yí háng [43]	毕星似网长柄弯	斜挂在天没用场
维南有箕 [44]	不可以簸扬 [45]	南方箕星闪闪亮	不能用它扬米糠
维北有斗 [46]	不可以挹酒浆 [47]	斗星高照在天上	不能用它舀酒浆
维南有箕	载翕其舌 xī [48]	南方箕星闪闪亮	缩着舌头把嘴张
维北有斗	西柄之揭 [49]	斗星高照在天上	举着柄儿向西方

37 报：反复，纬线的一来一往。　章：布帛上的纹路。这里用它代布帛。

38 皖：明亮的样子。　牵牛：星座名。

39 以：用。　服：驾。　箱：车箱，代指车。

40 启明：即金星。早晨出现在东方，先日而出，晚上出现于西方，后日而入。

41 长庚：与启明是同一颗星。古人误以为二星，分别称之为启明、长庚。

42 天毕：毕星。毕星共有八星，以其排列形状像古时田猎用的长柄毕网而得名。

43 载：则。　施：斜行。　行：行列。

44 箕：星座名，共四星联成梯形，形像簸箕，故名箕。

45 簸扬：指用箕扬米以除糠皮。

46 斗：星座名，即斗宿。斗星和箕星都在南方，共六星聚成斗形。因为它在箕星之北，所以与箕星并称南箕北斗。

47 挹：用勺舀酒。

48 翕：向内收敛的意思。

49 揭：高举。南斗的柄常指西方而上扬，故言"西柄之揭"。有人以为这章的斗指北斗，这是不对的。因为北斗的柄不西指，也不上扬。

四 月

【题解】

这是一个小官吏诉说行役之苦和忧世之情的述怀诗。

鵰

| 鵷 | 即雕。一种大型猛禽。嘴呈钩状,视力很强,腿部羽毛直达趾间,雌雄同色。《毛传》:"鵷,雕也。鵰鸢,贪残之鸟也。" |

四月维夏¹　六月徂暑²　　四月出差是夏天　六月盛暑将过完

先祖匪人³　胡宁忍予⁴　　祖先不是别家人　为啥任我受苦难

秋日凄凄　百卉俱腓⁵　　秋风萧瑟真凄清　百草干枯尽凋零

乱离瘼矣⁶　爰其适归⁷　　兵荒马乱心忧苦　何处可去何处行

冬日烈烈⁸　飘风发发⁹　　三九寒天彻骨凉　阵阵狂风呼呼响

民莫不穀¹⁰　我独何害¹¹　　人们生活都很好　我独受害离家乡

1　四月：和下一句的六月，都是指夏历（如今农历）而言。

2　徂：往。徂暑：是"暑徂"的倒文，言盛暑将过去。

3　匪人：不是别人。

4　胡宁：为什么。

5　卉：草。　腓：痱的假借字，草木枯萎。

6　瘼：疾苦。

7　爰：于，在。　适：往。

8　烈烈：《鲁诗》作"栗栗"，亦作"栗烈"，天气寒冷的样子。

9　飘风：暴风。　发发：象声词，状狂风之呼啸。

10　穀：善。指生活好。

11　何：通"荷"。

鸢

猛禽类，俗称鹞鹰、老鹰。状类鹰，唯嘴较短。上体暗褐杂棕白色。耳羽黑褐色，故又名"黑耳鸢"。下体大部分为灰棕色带黑褐色纵纹。翼下具白斑，尾叉状，翱翔时最易识别。攫蛇、鼠、鸡、雏鸟为食。

山有嘉卉　　侯栗侯梅[12]　　　好树好花山上栽　　也有栗子也有梅

废为残贼[13]　　莫知其尤[14]　　　习惯成为害民贼　　还不承认是犯罪

相彼泉水[15]　　载清载浊[16]　　　看那泉水下山坡　　清时少来浊时多

我日构祸[17]　　曷云能穀[18]　　　天天碰上倒霉事　　日子怎么会好过

滔滔江汉[19]　　南国之纪[20]　　　长江汉水浪滔滔　　总揽南方小河道

尽瘁以仕[21]　　宁莫我有[22]　　　鞠躬尽瘁为国家　　可是没人说声好

12　侯：是。

13　废：音义同怵（shì），习惯。　残贼：摧残、损害别人的人，指在位者。

14　尤：罪过。

15　相：看。

16　载：又。

17　日：指每天。　构：遘的假借字，遇。

18　曷：何。　云：语助词。

19　江汉：长江和汉水。

20　南国：指南方各条河流。　纪：纲纪，约束。

21　尽瘁：尽力工作以致憔悴。　仕：任职。

22　宁：而。　莫：不。　有：通"友"，亲善。莫我有，不友我之倒文。

薇　　即山菜，亦名野豌豆苗，多年生草本。
　　　冬季发芽，春季二三月长大。结荚果，
　　　中有种子五六粒，可食。

蕨　　即蕨菜，俗称"山野菜"，是野生蕨类
　　　植物蕨的嫩芽，部分种类可食用。

匪鹑匪鸢²³　翰飞戾天²⁴　　*为人不如鹰和雕*　*高飞能够冲云霄*

匪鳣匪鲔²⁵　潜逃于渊　　　*为人不如鲤和鲔*　*逃进深水真逍遥*

山有蕨薇²⁶　隰有杞桋²⁷　　*山上一片蕨薇草*　*低地杞桋真不少*

君子作歌²⁸　维以告哀²⁹　　*作首诗歌唱起来*　*心头悲哀表一表*

23　匪：彼。　鹑：雕。　鸢：老鹰。

24　翰飞：高飞。　戾：至。

25　鳣：大鲤鱼。　鲔：鲟鱼。鳣、鲔都是大鱼。

26　蕨、薇：两种野菜。蕨初生像蒜，可食。薇即野豌豆苗。

27　杞：枸杞。　桋：亦名赤楝，木名。

28　君子：作者自称。

29　告哀：诉说悲哀。

北　山

【题解】

　　这是一位士子怨恨大夫分配徭役劳逸不均而作的诗。士属统治阶级之下层，上受天子、诸侯、大夫等的压迫，承担繁重的徭役。这首诗反映了当时统治阶级内部矛盾的尖锐化。

杞

杞　　　此指枸杞，落叶小灌木。叶子披针形，花淡紫色，浆果卵圆形，红色。嫩茎、叶可作蔬菜，中医以果实根皮入药。

^{zhì}
陟彼北山¹　言采其杞²　　　登上那座北山冈　采点枸杞尝一尝

偕偕士子³　朝夕从事　　　　　士子身强力又壮　从早到晚工作忙

王事靡盬⁴　忧我父母　　　　　国王差事无休止　没法服侍我爹娘

溥天之下⁵　莫非王土　　　　　普天之下哪片地　不是国王的领土

率土之滨⁶　莫非王臣　　　　　四海之内哪个人　不是国王的臣仆

大夫不均⁷　我从事独贤⁸　　大夫做事不公平　派我工作特别苦

四牡彭彭⁹　王事傍傍¹⁰　　四马拉车把路赶　王事紧迫没个完

1　陟：登。

2　言：语助词。

3　偕偕：强壮的样子。　士子：作者自称。

4　靡：没有。　盬：止息。

5　溥：通"普"，普遍。

6　率：循，沿。或训"自"，亦通。　滨：水边。

7　不均：指处理臣下的工作很不公平。

8　贤：艰苦，劳累。

9　彭彭：强壮而不得休息的样子。

10　傍傍：忙于奔走应付的样子。

嘉我未老¹¹　鲜我方将¹²　　　他们夸我年纪轻　夸我身体真壮健

旅力方刚¹³　经营四方¹⁴　　　说我年富力又强　奔走四方理当然

或燕燕居息¹⁵　　　　　　　　有的人坐家中安乐享受

或尽瘁事国　　　　　　　　　有的人忙国事皮包骨头

或息偃在床¹⁶　　　　　　　有的人吃饱饭高枕无忧

或不已于行^{háng}¹⁷　　　　有的人在路上日夜奔走

或不知叫号¹⁸　　　　　　　有的人从不知民间疾苦

或惨惨劬劳¹⁹　　　　　　　有的人忧国事累断筋骨

11　嘉：嘉许，称赞。

12　鲜：称善。　将：强壮。

13　旅：通"膂"。膂力，犹今言体力。　刚：强健。

14　经营：往来奔走劳作的意思。

15　燕燕：安逸的样子。　居息：住家休息。

16　偃：卧。

17　不已：不停。　行：道路。

18　号：放声大哭。

19　惨惨：忧虑不安的样子。　劬劳：劳累。

或栖迟偃仰[20]　　　　　　　有的人专享福悠闲自得

或王事鞅掌[21]　　　　　　　有的人为工作忙忙碌碌

　　dān
或湛乐饮酒[22]　　　　　　　有的人寻欢作乐饮美酒

或惨惨畏咎[23]　　　　　　　有的人担心灾难要临头

或出入风议[24]　　　　　　　有的人夸夸其谈发议论

或靡事不为[25]　　　　　　　有的人样样事情要动手

20　栖迟：游息。　偃仰：安居。

21　鞅掌：公事忙碌。

22　湛乐：过度的享乐。

23　咎：罪责，灾殃。

24　风议：发议论。

25　靡：无。

无将大车

【题解】

这是一位诗人感时伤乱之作。这位诗人，可能是已经沦为劳动者的士。他很旷达，认为"忧能伤人"，很不值得，便唱出了这首诗歌。

无将大车¹　只自尘兮²　　不要去推那牛车　只会惹上一身尘

无思百忧³　只自疧兮⁴　　不要去想忧心事　多想徒然自伤身
　　　　　　　　qí

无将大车　维尘冥冥⁵　　不要去推那牛车　扬起尘土迷眼睛

无思百忧　不出于颎⁶　　不要去想忧心事　多想前途没光明
　　　　　　　jiǒng

1　将：用手推车。　大车：用牛拉的货车。

2　只：只是。大车本用牛拉，如用人推，非但无效，且惹灰尘。比喻徒劳无功。

3　百：言其多。

4　疧：忧病。

5　冥冥：昏暗的样子。

6　颎：同"炯"，光明。

无将大车　　维尘雍^{yōng}兮⁷　　　不要去推那牛车　尘土飞扬看不清

无思百忧　　只自重兮⁸　　　不要去想忧心事　多想只会把病生

7　雍：通"壅"，遮蔽。

8　重：同"腫"，病累的意思（从马瑞辰《通释》说）。

小 明

【题解】

这是一个官吏自述久役思归及念友的诗。

明明上天	照临下土	昭昭上天亮光光	普照辽阔大地上
我征徂西¹	至于艽野²	想我出差到西方	直到荒凉那边疆
二月初吉³	载离寒暑⁴	十二月初吉日走	至今寒来又暑往
心之忧矣	其毒大苦⁵	心中想想真忧愁	好像吃药苦难当
念彼共人⁶	涕零如雨	想起那位老同事	不禁伤心泪汪汪
岂不怀归	畏此罪罟⁷	难道不想回家乡	只怕得罪触法网

1 征：行。 徂：往。 西：指镐京的西边。

2 艽野：荒远的边地。

3 二月：指周历二月，即夏历的十二月。 初吉：初旬的吉日。

4 载：乃，则。 离：经历。 寒暑：指一年。

5 毒：毒药。 大：同"太"。

6 共：通"恭"。共人，宽和谦恭的人。诗人用以指他在朝的同事，也就是四章和五章的"君子"。

7 罟：网。

昔我往矣	日月方除[8]	回想当初我动身	正是新年好时光
曷云其还[9]	岁聿云莫[10]	何日才能回家乡	一年将近犹无望
念我独兮	我事孔庶[11]	想想只有我一人	事情多得头发胀
心之忧矣	惮我不暇[12]	心里真是太忧伤	整年劳累天天忙
念彼共人	眷眷怀顾[13]	思念那位老同事	很想回去望一望
岂不怀归	畏此谴怒	难道不想回家乡	怕人恼怒说短长
昔我往矣	日月方奥（yù）[14]	回想当初我动身	天气正暖不太凉
曷云其还	政事愈蹙（cù）[15]	何日才能回家乡	政事越来越繁忙

8　除：亦作"涂"。《尔雅·释天》："十二月为涂。"马瑞辰曰：《广韵》涂与除同音，除谓岁将除也。"这句指旧岁刚辞新年正到。

9　曷：何时。云：语助词。　其还：将要回去。

10　聿、云：都是语助词。　莫：同"暮"。

11　孔庶：很多。

12　惮：通"瘅"，劳苦。

13　眷眷：反顾的样子。

14　奥：燠的假借，暖。

15　蹙：急促。

岁聿云莫	采萧获菽[16]	一年很快就过完	采艾收豆上晒场
心之忧矣	自诒伊戚[17]	心里想想真忧愁	自寻烦恼徒悲伤
念彼共人	兴言出宿[18]	想起那位老同事	难以入睡起彷徨
岂不怀归	畏此反复[19]	难道不想回家乡	只怕无辜受灾殃

嗟尔君子	无恒安处[20]	唉呀劝您老同事	休要安居把福享
靖共尔位[21]	正直是与[22]	认真办好本职事	亲近正直靠贤良
神之听之	式穀以女[23]	神明听到这一切	赐您福禄永吉祥

16 萧：艾蒿。 菽：豆。

17 诒：通"贻"，留下。 伊：此。 戚：忧伤。

18 兴：起来。 出宿：到外面去过夜。

19 反复：指随便加罪。《郑笺》："反复，谓不以正罪见罪。"

20 恒：常。

21 靖：谋划。 共：通"恭"，敬，负责。 尔：你。 位：指本职之事。

22 与：亲近。

23 式：用。 穀：禄。 以：通"与"，给。 女：汝。

嗟尔君子　　无恒安息　　　　唉呀劝您老同事　　休贪安逸把福享

靖共尔位　　好是正直[24]　　　认真办好本职事　　亲近正直靠贤良

神之听之　　介尔景福[25]　　　神明听到这一切　　赐您大福寿无疆

24　好：爱好。

25　介：助。　景：大。

鼓　钟

【题解】

　　这是讽刺周王荒乱、伤今思古的诗。过去有说是刺幽王的，有说是昭王时的作品，都无确证。关于诗中的"雅"和"南"，周都城在今陕西，雅乐就是当时的陕西调。现在河南的南部，湖北的襄阳、宜昌、江陵一带地区，古代属于南夷，它的乐调称为"南"或"任"。章炳麟《大雅小雅说》考证"雅"为乐器名。其形如两端蒙羊皮的漆筒。郭沫若《甲骨文字研究》中，断定南"本钟铸之象形，更变而为铃"。章、郭二家的考证，和旧说不同，录此备考。

鼓钟将将[1]　淮水汤汤[2]（shāng shāng）　　　敲起编钟响叮当　淮水滚滚起波浪

忧心且伤　　　　　　　　　　　　　　我心忧愁且悲伤

淑人君子[3]　怀允不忘[4]　　　　想起古代好君子　叫人思念不能忘

鼓钟喈喈[5]　淮水湝湝[6]　　　　敲起编钟声和谐　淮水滔滔流不歇

忧心且悲　　　　　　　　　　　　　　我心忧愁且悲切

1　鼓：敲。　将将：同"锵锵"，象声词。

2　淮水：淮河，发源于河南桐柏山，经安徽、江苏两省的北部而入海。　汤汤：水大而奔腾的样子。

3　淑：善。

4　怀：思念。　允：诚然，确实。

5　喈喈：声音和谐悦耳。

6　湝湝：水流貌。

淑人君子　　其德不回⁷　　　　想起古代好君子　人品道德不偏邪

鼓钟伐鼛^{gāo 8}　　淮有三洲⁹　　　敲钟打鼓声未休　淮河水中三小洲

忧心且妯^{chōu 10}　　　　　　　　　我心伤悼且忧愁

淑人君子　　其德不犹¹¹　　　　想起古代好君子　品德高贵传千秋

鼓钟钦钦¹²　　鼓瑟鼓琴　　　敲起编钟声钦钦　又鼓瑟来又弹琴

笙磬同音¹³　　　　　　　　　　笙磬同奏相和鸣

以雅以南¹⁴　　以籥不僭^{yuè 15}　　歌唱雅乐和南乐　吹籥伴奏更分明

7　回：邪。

8　鼛：大鼓。

9　三洲：《毛传》："淮上地。"据后人考证，在历次大水中，淮河上的三个小岛都
　　被淹没，不知所在。三洲可能就是周王会诸侯奏乐的地点。

10　妯：亦作"怞"，伤悼。

11　犹：訧的假借字，缺点，毛病。朱骏声《说文通训定声·孚部》："犹，假借
　　为訧。"

12　钦钦：钟声。

13　笙：编管有簧的乐器。　磬：用石或玉制成的打击乐器。　同音：音调和谐。

14　以：为。　雅：雅乐，天子之乐曰雅，古称为正乐。　南：指南方的乐调。

15　籥：乐器名，似排箫。　僭：乱。

楚 茨

【题解】

这是一首周王祭祀祖先的乐歌。诗中的"我"、"孝孙",都是指周王。它所叙述的典章制度,也都是天子用的。

楚楚者茨¹	言抽其棘²	蒺藜丛丛长满地	我拿锄头除荆棘

楚楚者茨¹　　言抽其棘²　　　蒺藜丛丛长满地　我拿锄头除荆棘

自昔何为　　　我艺黍稷³　　　从前开荒为的啥　我种高粱和小米

我黍与与⁴　　我稷翼翼⁵　　　我的小米多茂盛　我的高粱多整齐

我仓既盈　　　我庾维亿⁶　　　我的仓库已堆满　囤里藏粮千百亿

以为酒食　　　以享以祀⁷　　　粮食用来做酒饭　用它献神和祭祀

以妥以侑⁸　　以介景福⁹　　　请来尸神敬上酒　求神快将大福赐

1　楚楚:密密丛生的样子。　茨:蒺藜。

2　抽:除。　棘:刺。指蒺藜。

3　艺:种。

4　与与:茂盛的样子。

5　翼翼:繁盛齐整的样子。

6　庾:用草席制的圆形露天粮囤。　维:是。　亿:《郑笺》:"十万曰亿。"

7　享:献。

8　妥:安坐。　侑:劝酒。古代祭祖时以活人装神,叫做尸。祭祀时,主人迎接拜尸,请他进宗庙安坐在神位上,并献上酒食请尸吃喝。

9　介:助。　景:大。《郑笺》:"祝以主人之辞劝之,所以助孝子受大福也。"

济济跄跄^{qiāngqiāng} ¹⁰ 絜尔牛羊¹¹　　助祭恭敬又端庄　　洗净你的牛和羊

以往烝尝¹² 或剥或亨¹³　　准备拿去作祭享　　切的切来烧的烧

或肆或将¹⁴ 祝祭于祊^{bēng} ¹⁵　　摆开碗盏端上堂　　太祝祭神庙门里

祀事孔明¹⁶ 先祖是皇¹⁷　　祭事完备又周详　　祖宗前来受祭祀

神保是飨¹⁸ "孝孙有庆¹⁹　　神灵来把酒肉尝　　"主祭少爷有吉庆

报以介福 万寿无疆"　　神明酬报洪福降　　赐您万寿永无疆"

执爨踖踖^{cuàn jí jí} ²⁰ 为俎孔硕²¹　　厨师敏捷做菜肴　　案上鱼肉真不少

10 济济：庄严恭敬的样子。　跄跄：走路有节奏的样子。

11 絜：同"洁"，洗干净。　牛羊：祭祀用的祭品。

12 烝：冬祭称烝。　尝：秋祭称尝。这里是泛指祭祀。

13 剥：支解宰割。　亨：同"烹"，煮熟，烹调。

14 肆：陈设，即"摆出"的意思。　将：捧进，即"端进"的意思。

15 祝：太祝，官名，掌祭祀祈祷。　祊：宗庙门内设祭的地方。

16 孔：很。　明：指祭礼齐备整洁。

17 是：代词，指祊。　皇：借为往，来也。《礼记·少仪》："祭祀之美，齐齐皇皇。"郑玄注："皇读如归往之往。"《孔疏》："谓心所系往。"

18 保：依，神所依的意思。"神保"是一个词，好像《楚辞》称"灵"为"灵保"一样，是对先祖神的美称。

19 孝孙：主祭的人，亦称曾孙；实即周王。　有庆：有福。以下三句是太祝的祷词。

20 爨：炊，烧火煮饭。　踖踖：敏捷谨慎的样子。

21 俎：祭祀时用以盛牲的礼器，形像小方桌，有四脚，铜制。　孔硕：指俎内肉很丰富。

或燔或炙²²　君妇莫莫²³　　　有的红烧有的烤　主妇恭敬又小心

为豆孔庶²⁴　为宾为客　　　　端上佳肴一道道　招待宾客真周到

献酬交错²⁵　礼仪卒度²⁶　　　主劝客饮杯盏交　遵守礼节不喧闹

笑语卒获²⁷　神保是格²⁸　　　合乎规矩轻谈笑　祖先神灵已来到

"报以介福　万寿攸酢"²⁹　　"神用大福来酬报　赐您长寿永不老"

我孔熯矣³⁰　式礼莫愆³¹　　　我的态度很恭敬　礼节周到没毛病

工祝致告³²　"徂赉孝孙³³　　太祝传下祖宗话　"快去赐福给孝孙

苾芬孝祀³⁴　神嗜饮食　　　　祭祀酒菜香喷喷　神灵爱吃心高兴

22　燔：烧肉。　炙：烤肉。

23　君妇：主妇。　莫莫：恭敬谨慎的样子。

24　豆：古食器名。　庶：多。

25　献：敬酒。　酬：劝酒。

26　卒：尽，完全。　度：法度。

27　获：得其宜，恰到好处。

28　格：至。

29　攸：语助词。　酢：报酬。以上两句也是太祝祈祷的话。

30　熯：通"戁"，敬惧。

31　愆：差错。

32　工祝：即官祝（太祝）。古称官为"工"，如百工为百官，臣工为臣官。

33　徂：往。　赉：赏赐。以下九句皆太祝将"神"的意思告诉周王。

34　苾芬：犹芬芳。

卜尔百福³⁵　如几如式³⁶　　赐您百福作报应　祭祀及时又标准

既齐既稷³⁷　既匡既敕³⁸　　办事快速又齐整　态度谨慎又端正

永锡尔极³⁹　时万时亿"⁴⁰　永远赐您无量福　福禄亿万数不清"

礼仪既备　钟鼓既戒⁴¹　　祭祀仪式都完备　钟鼓敲响近尾声

孝孙徂位⁴²　工祝致告　　主祭走回堂下位　太祝报告祭礼成

"神具醉止"　皇尸载起⁴³　"神灵都已醉醺醺"　大尸告辞立起身

鼓钟送尸　神保聿归　　　乐队敲钟送尸神　祖宗神灵上归程

诸宰君妇⁴⁴　废彻不迟⁴⁵　　烧菜厨师和主妇　撤去祭品不留停

35　卜：给予。　百：言其多。

36　如：合。　几：借为"期"，指如期祭神。　式：法，制度。

37　齐：整齐。　稷：借为"亟"，敏捷。《说文》："亟，敏疾也。"

38　匡：端正。　敕：通"饬"，谨慎。

39　锡：赐。　极：至。指最好的福气。

40　时：是。

41　戒：告。祭将毕，奏乐以告礼成。

42　徂位：指走回原位。

43　皇：表示赞美的形容词。　载：则，就。

44　宰：宰夫，亦称膳夫，即厨师。

45　彻：通"撤"。废彻，把席上的祭品收去。　不迟：不慢。

诸父兄弟[46]	备言燕私[47]	伯叔兄弟都聚齐	阖家宴饮叙天伦

乐具入奏[48]	以绥后禄[49]	乐队进庙齐奏起	子孙享受祭后食
尔殽既将[50]	莫怨具庆	您的菜殽真美好	怨言全无乐滋滋
既醉既饱	小大稽首[51]	菜饭吃饱酒喝足	老小叩头齐致辞
"神嗜饮食	使君寿考[52]	"神灵爱吃这饭菜	使您长寿百年期
孔惠孔时[53]	维其尽之[54]	祭祀又好又顺利	主人确实尽礼制
子子孙孙	勿替引之"[55]	但愿子孙和后代	永把祭礼来保持"

46 诸父:指伯父、叔父等长辈。　兄弟:泛指同姓的同辈。

47 备:俱,完全。　燕:通"宴"。燕私,古代祭祀之后的亲属私宴。

48 乐:指乐队。　具:全部。祭在前庙;庙后有寝,是藏衣冠和宴会的场所。
宴会开始,祭时的乐队都移进寝庙,奏乐助宴。

49 绥:安,指安逸享受。　后禄:指共食祭后所余之酒肉。

50 殽:通"肴"。　将:美好。见《广雅·释诂》。

51 小大:指长幼。　稽首:叩头。表示向主人告辞。

52 寿考:长寿。自上句以下六句为辞别者对周王的颂词。

53 惠:顺利。　时:善,好。

54 其:指主人。　尽之:指主人在祭祀中完全遵守礼节。

55 替:废。　引:延长。　之:指祭祀礼节。

信南山

【题解】

这首诗也是周王祭祖祈福的乐歌。

信彼南山[1]	维禹甸之[2]	绵延不断终南山	大禹治过旧封疆
yúnyún 畇畇原隰[3]	曾孙田之[4]	原野平坦又整齐	曾孙在此种食粮
我疆我理[5]	南东其亩[6]	划分田界挖沟渠	亩亩方正好丈量

| 上天同云[7] | 雨雪雰雰[8] | 天上乌云密层层 | 雪花飞舞乱纷纷 |
| 益之以霢霂[9] mài mù | 既优既渥[10] | 加上细雨濛濛下 | 雨水充足好年成 |

1 信：通"伸"，长而远的样子。　南山：终南山。在今陕西省西安市南。

2 维：是。　禹：大禹。　甸：治理。

3 畇畇：形容已开垦过的土地平坦整齐的样子。

4 曾孙：周王对祖神的自称。王家祭神时由周王主祭，故曾孙又是主祭者的代
　称，与《楚茨》的"孝孙"同义。　田：耕种。

5 疆：井田的田界。一井九百亩，每家分一百亩，中间是公田，八家人合种之，
　其间的田界就叫疆。　理：田中的沟渠。

6 南东：泛指四方。

7 同云：全被云遮。

8 雨雪：下雪。　雰雰：即纷纷。

9 益：加上。　霢霂：小雨。

10 优：充足。　渥：湿。

既霑既足¹¹　生我百谷　　　土地潮湿又滋润　苗壮茂盛五谷生

疆埸翼翼¹²　黍稷彧彧¹³　　疆界齐整划井田　小米高粱连成片

曾孙之穑¹⁴　以为酒食　　　曾孙收获粮食多　制酒做饭香又甜

畀我尸宾¹⁵　寿考万年　　　供给神主和宾客　神灵赐我寿万年

中田有庐¹⁶　疆埸有瓜　　　田中有房住人家　田边种着青翠瓜

是剥是菹¹⁷　献之皇祖　　　瓜儿切开腌起来　献给祖先请收下

曾孙寿考　受天之祜¹⁸　　曾孙寿命长百岁　皇天赐福保佑他

11　霑：沾湿。　足：浞的假借字，润湿的样子。

12　埸：田界。何楷《诗经世本古义》："疆、埸皆田界之名。疆乃八家同井之界
　　畔，埸乃一夫百亩之界畔。"　翼翼：整齐的样子。

13　彧彧：郁郁的假借，茂盛的样子。

14　穑：收割庄稼。

15　畀：给予。　尸：祭祀时装神的神主。

16　庐：农民住的房子，建筑在公田中。

17　是：这。指瓜。　剥：切开。　菹：腌菜。

18　祜：福。

祭以清酒[19]	从以骍牡[20]	神前斟上清清酒	再献赤黄大公牛
享于祖考	执其鸾刀[21]	上供祖先来享受	拿起锋利金鸾刀
以启其毛[22]	取其血膋[23]	分开公牛颈下毛	取出牛血和脂膏

是烝是享[24]	苾苾芬芬[25]	美酒黄牛已献上	烧起脂膏喷喷香
祀事孔明[26]	先祖是皇[27]	祭事完备又周详	祖宗来临把祭享
报以介福	万寿无疆	神明酬报洪福降	赐您万寿永无疆

19 按周人祭礼先用酒降神，然后迎接牲口。

20 骍牡：赤黄色的公牛。

21 鸾刀：有铃的刀。

22 启：分开。分开牛毛而后下刀宰牛。周王（曾孙）亲执鸾刀，割开牲口的毛肉，表示这是纯色的。

23 膋：脂膏、牛油。取出牲口的血，表示这是新杀的。又取出它的油，加上黄米、高粱放在艾蒿上烧，使香气四溢。

24 烝：进。有人训烝为冬祭，亦通。 享：献。烝享，即进献。

25 苾苾芬芬：香气浓郁。

26 孔明：很完备整洁。

27 皇：往。见《楚茨》"先祖是皇"注。

甫 田

【题解】

这是周王祭祀土地神、四方神和农神的祈年乐歌。

稻　一年生草本。有水稻、旱稻两类，通常多指水稻。子实碾制去壳后即大米。

粱　即粟，一年生草本。通称"谷子"，去壳后即小米。古称其优良品种为粱，今无别。

倬彼甫田¹　岁取十千²　　一片大田广无边　每年收粮万万千

我取其陈³　食我农人⁴　　拿出仓里陈谷子　给我农民把肚填

自古有年⁵　今适南亩⁶　　古来都是丰收年　我到南亩去巡视

或耘或耔⁷　黍稷薿薿⁸　　锄草培土人不闲　小米高粱一大片

攸介攸止⁹　烝我髦士¹⁰　　庄稼长大收上场　田官向我来进献

以我齐明¹¹　与我牺羊¹²　　黍稷装满碗和盆　配上羊羔毛色纯

1　倬：广阔的样子。　甫田：大田。

2　十千：有二说：一以为十千是虚数，指收成多。一以为十千是确数，指一万
　亩的公田。

3　我：诗人自称，他可能是周王的祭官或农官。　陈：指陈粮。

4　食：养。农人在耕种公田的时候，由公家供给农人吃粮。

5　有年：丰年。

6　适：往。

7　耘：除草。　耔：用土培苗根。

8　薿薿：茂盛的样子。

9　攸：乃，就。　介：长大。　止：至。

10　烝：进。　髦士：英俊之士。或指田畯（田官）。

11　齐明：齍盛的假借，即粢盛，祭器中的谷物。

12　牺：祭祀用的毛色纯一的牲口。

以社以方¹³　我田既臧¹⁴　　　祭祀土神四方神　我的庄稼长得好

农夫之庆　　琴瑟击鼓　　　　召集农夫同欢庆　击鼓奏瑟又弹琴

以御^{yà}田祖¹⁵　以祈甘雨¹⁶　　迎神赛会祭农神　祈求上天降甘霖

以介我稷黍　以穀我士女¹⁷　使我庄稼得丰收　养活老爷小姐们

曾孙来止¹⁸　以其妇子　　　曾孙来到大田间　农民叫他妻和子

馌^{yè}彼南亩¹⁹　田畯至喜　　　一齐送饭到田边　田官一见心喜欢

攘其左右²⁰　尝其旨否²¹　　拿起身边菜和饭　尝尝味道鲜不鲜

13　以：用。　社：祭土地神。　方：祭四方之神。

14　臧：善。指收成好。

15　御：迎接。　田祖：指神农。《周礼》郑注："田祖，始耕田者，谓神农也。"

16　祈：祈求。　甘雨：适时好雨。

17　穀：养。　士女：指贵族男女。

18　曾孙：周王对他的祖先和其他的神，都自称曾孙。　来：指来田间视察。　止：语气词。

19　馌：送饭。

20　攘：取。　左右：指田畯两旁农夫妇子送来的菜饭。

21　旨：味美。

禾易长亩²²　终善且有²³　　满田庄稼密又壮　既好又多是丰年

曾孙不怒　农夫克敏²⁴　　曾孙欢喜笑开颜　农夫干活很勤勉

曾孙之稼　如茨如梁²⁵　　曾孙庄稼堆满场　高如屋顶和桥梁

曾孙之庾²⁶　如坻如京²⁷　　曾孙粮囤只只满　就像小丘和山冈

乃求千斯仓　乃求万斯箱²⁸　快造仓库成千座　快造车子上万辆

黍稷稻粱　农夫之庆　　黍稷稻粱往里装　农夫同庆喜洋洋

报以介福　万寿无疆　　神灵报王以大福　长命百岁寿无疆

22　易：禾苗茂盛的样子。　长：满。

23　终：既。　有：丰。

24　克：能。　敏：疾。指工作干得又好又快。

25　茨：草房顶。　梁：桥梁。

26　庾：粮囤。

27　坻：小丘。　京：大丘。

28　箱：车箱。

大 田

【题解】

这是周王祭祀田祖以祈年的诗。它和《楚茨》、《信南山》、《甫田》等诗，反映了西周时期的农业生产关系和生产力的情况，为我们提供了当时社会现实的可靠史料。

螟	吃禾心的虫。	螣	吃禾叶的虫。	蟊	吃禾根的虫。	贼	吃禾节的虫。

大田多稼[1]　既种既戒[2]　　大田大，庄稼多　选种子，修家伙

既备乃事[3]　以我覃耜[4]　　事前准备都完妥　背起我那锋快犁
yǎn sì

俶载南亩[5]　播厥百谷[6]　　开始田里干农活　播下黍稷诸谷物

既庭且硕[7]　曾孙是若[8]　　苗儿挺拔又壮苗　曾孙称心好快活

zào
既方既皂[9]　既坚既好　　庄稼抽穗已结实　籽粒饱满长势好

láng yǒu　　　 tè
不稂不莠[10]　去其螟螣[11]　　没有空穗和杂草　害虫螟螣全除掉

1　大田：即甫田，面积广阔的农田。

2　既：已经。　种：选择种子。　戒：音义同械。这里用作动词，修理农具。

3　乃事：这些事。

4　覃：通"剡"，锐利。　耜：原始的犁。

5　俶：开始。　载：从事工作。

6　厥：其。

7　庭：同"挺"，挺直的意思。　硕：大。

8　若：顺。曾孙是若，顺了曾孙的愿望。

9　方：通"房"，指谷粒已生嫩壳，还没有合满。　皂：指谷壳已经结成，但还未坚实。

10　稂：指穗粒空瘪的禾。　莠：形似禾的一种杂草，亦名狗尾草。

11　螟：吃禾心的虫。　螣：吃禾叶的虫。

及其蟊贼¹²　无害我田稚¹³　　蟊虫贼虫逃不了　不许伤害我嫩苗

田祖有神¹⁴　秉畀炎火¹⁵　　多亏农神来保佑　投进大火将虫烧

有渰萋萋¹⁶　兴雨祁祁¹⁷　　凉风凄凄云满天　小雨下来细绵绵

雨我公田　遂及我私¹⁸　　雨点落在公田里　同时洒到我私田

彼有不获稚¹⁹　此有不敛穧²⁰　　那儿谷嫩不曾割　这儿几株漏田间

彼有遗秉²¹　此有滞穗²²　　那儿掉下一束禾　这儿散穗三五点

伊寡妇之利²³　　　　照顾寡妇任她拣

12　蟊：吃禾根的虫。　贼：吃禾节的虫。

13　稚：幼禾。

14　田祖：农神。

15　秉：拿。　畀：给。　炎火：大火。

16　有渰：即渰渰，阴云密布的样子。　萋萋：凄凄的假借字，天气清冷的样子。

17　兴雨：下起雨来。按三家诗作"兴云"。　祁祁：徐徐，慢慢的样子。意指细雨
　　而不是暴雨。

18　私：私田。

19　获：收割。

20　敛：收。　穧：禾把。不敛穧，指已割而漏掉收的禾把。

21　秉：把，将禾捆成一把把。

22　滞：遗留。

23　伊：是。　利：好处。

及其蟊贼[12]　无害我田稚[13]　　蟊虫贼虫逃不了　不许伤害我嫩苗

田祖有神[14]　秉畀炎火[15]　　多亏农神来保佑　投进大火将虫烧

有渰萋萋[16]　兴雨祁祁[17]　　凉风凄凄云满天　小雨下来细绵绵

雨我公田　遂及我私[18]　　雨点落在公田里　同时洒到我私田

彼有不获稚[19]　此有不敛穧[20]　　那儿谷嫩不曾割　这儿几株漏田间

彼有遗秉[21]　此有滞穗[22]　　那儿掉下一束禾　这儿散穗三五点

伊寡妇之利[23]　　　　照顾寡妇任她拣

12　蟊：吃禾根的虫。　贼：吃禾节的虫。

13　稚：幼禾。

14　田祖：农神。

15　秉：拿。　畀：给。　炎火：大火。

16　有渰：即渰渰，阴云密布的样子。　萋萋：凄凄的假借字，天气清冷的样子。

17　兴雨：下起雨来。按三家诗作"兴云"。　祁祁：徐徐，慢慢的样子。意指细雨
　　而不是暴雨。

18　私：私田。

19　获：收割。

20　敛：收。　穧：禾把。不敛穧，指已割而漏掉收的禾把。

21　秉：把，将禾捆成一把把。

22　滞：遗留。

23　伊：是。　利：好处。

曾孙来止　　以其妇子　　　曾孙视察已光临　　农民叫他妻儿们

馌彼南亩　　田畯至喜　　　送饭田头犒饥人　　田畯看了真开心

来方禋祀²⁴　以其骍黑²⁵　曾孙来到正祭神　　黄牛黑猪案上陈

与其黍稷　　以享以祀　　　小米高粱配嘉珍　　献上祭品行祭礼

以介景福　　　　　　　　　祈求大福赐曾孙

24　禋祀：古代祭天的一种礼仪。先烧柴升烟，再加上牲体、五谷、玉帛等于柴
　　上焚烧。

25　骍：指赤黄色的牛。　黑：指黑色的猪。

瞻彼洛矣

【题解】

这是周王会诸侯于东都洛阳，检阅六军，诸侯赞美周王的诗。

瞻彼洛矣[1]	维水泱泱[2]	站在岸边看洛水	茫茫一片无边际
君子至止[3]	福禄如茨[4]	国王车驾已到来	福禄厚重如茅茨
^{mèi gé} 韎韐有奭[5]	以作六师[6]	皮制蔽膝红艳艳	号召六军齐奋起

瞻彼洛矣	维水泱泱	远望洛水长又宽	茫茫一片不见边
君子至止	^{bǐ běng bì} 鞞琫有珌[7]	国王车驾已到来	玉饰刀鞘花纹鲜
君子万年	保其家室	敬祝国王万年寿	保卫国家天下安

1 洛：水名，源出陕西，经河南洛阳入黄河。

2 泱泱：水深广的样子。

3 君子：指周王。

4 如茨：言福禄之厚重如草屋顶之多层高积。

5 韎韐：用茜草染成红色的皮制蔽膝。 奭：通"赩"（xì），赤色。

6 作：起。奋起振作的意思。 六师：六军。《周礼·夏官》："凡制军，万有二千五百人为军，王六军。"《穀梁传》襄十一年："古者天子六师。"

7 鞞：刀鞘。 琫：刀鞘上玉的饰物。 有珌：即珌珌，形容刀鞘玉饰花纹美丽的样子。

瞻彼洛矣　　维水泱泱　　　洛水岸边举目望　茫茫一片浪打浪

君子至止　　福禄既同[8]　　国王车驾已到来　福禄俱全世无双

君子万年　　保其家邦　　　敬祝国王万年寿　保卫国家守边疆

8　既：完全。　同：聚。《说文》："合会也。"此指福禄的集聚。

裳裳者华

【题解】

这是周王赞美诸侯的诗。《毛序》说是刺幽王的，前人已多评论其不足信。

骆　　指尾和鬃毛黑色的白马。

裳裳者华¹   其叶湑兮²   花朵儿鲜明辉煌   绿叶儿郁郁苍苍

我觏之子³   我心写兮⁴   我见到各位贤人   心里头真是舒畅

我心写兮   是以有誉处兮⁵   心里头真是舒畅   从此有安乐家邦

裳裳者华   芸其黄矣⁶   花朵儿鲜明辉煌   叶儿密花儿金黄

我觏之子   维其有章矣⁷   我见到各位贤人   有才华又有专长

维其有章矣   是以有庆矣   有才华又有专长   可庆贺国之荣光

裳裳者华   或黄或白   花朵儿鲜明辉煌   开起来有白有黄

我觏之子   乘其四骆⁸   我见到各位贤人   驾四马气宇轩昂

1 裳裳：堂堂的假借，花丰盛明艳的样子。　华：花。

2 湑：茂盛的样子。

3 觏：见。　之子：此人，指诸侯。

4 写：宣泄。指心中排除忧愁而舒畅。

5 誉：通"豫"，快乐。　处：安居。

6 芸其：即芸芸，花叶盛多的样子。　黄：指花色黄。

7 其：他，指诸侯。　章：文章，有才华。

8 骆：黑鬣黑尾的白马。

乘其四骆　　六辔沃若[9]　　　　驾四马气宇轩昂　马缰绳柔滑溜光

左之左之[10]　君子宜之[11]　　　左手边有个左相　他定能安于职掌

右之右之　　君子有之[12]　　　右手边有个右相　有才干用其所长

维其有之　　是以似之[13]　　　正因为用其所长　继祖业绵延永昌

9　六辔：古代四匹马驾车有六条缰绳，二匹服马各有二辔，中间两匹骖马各一辔。　沃若：光润的样子。若，同"然"。

10　左：和下边的右，指左右辅弼（君主的帮手），好像后世的左右宰相。　之：语气词。

11　君子：即上三章中的"之子"。有人说，它是指"古之明王"，亦通。　宜：安。　之：指左右辅弼。

12　有：取。有之，取他的所长。

13　似：通"嗣"，继承。

桑 扈

【题解】

这是周王宴会诸侯的诗。

桑扈　　即青雀，又名窃脂。羽毛为青褐色，有黄斑点，喜欢吃粟米、稻谷，喙略微弯曲。身体厚实健
　　　　壮。生活在山间树林中。

交交桑扈[1]　有莺其羽[2]　　小巧玲珑青雀鸟　彩色羽毛多俊俏

君子乐胥[3]　受天之祜[4]　　祝贺诸位常欢乐　上天赐福运气好

交交桑扈　　有莺其领[5]　　小小青雀在飞翔　头颈彩羽闪闪亮

君子乐胥　　万邦之屏[6]　　祝贺诸位常欢乐　各国靠你当屏障

之屏之翰[7]　百辟为宪[8]　　为国屏障为骨干　诸侯把你当典范

不戢不难[9]　受福不那[10]　　克制自己守礼节　受福多得难计算

1　交交：小小的样子。一说，鸟鸣声。　桑扈：即青雀，又名窃脂。嘴而食肉。

2　有莺：莺莺，有文彩的样子。

3　君子：指周王的诸侯群臣。　胥：语助词。

4　祜：福。

5　领：颈。

6　屏：屏障。喻保卫国家的重臣。

7　之：是。　翰：干的假借，筑墙时支撑在两边的木柱。

8　辟：国君。百辟：即诸侯。　宪：法度，典范。

9　不：语助词，无义。下句同。　戢：收敛，克制。　难：通"傩"。《颜氏家训》引这句诗作"傩"，守礼节的意思。

10　那：多。

兕觥其觩^{qiú}[11]　旨酒思柔[12]　　　牛角酒杯弯又弯　美酒香甜性儿软

彼交匪敖[13]　万福来求[14]　　　不求侥幸不骄傲　万福齐聚遂心愿

11 兕觥：用犀牛角制的酒杯。一说是形如卧牛的酒杯。　　觩：角弯曲的样子。

12 旨酒：美酒。　　思：语气词。　　柔：指酒性不烈。

13 彼：通"匪"，非。　　交：《汉书·五行志》引作"儌"，侥幸之意。　　敖：通
　　"傲"，傲慢。

14 求：王引之《经义述闻》："求，读与逑同。逑，聚也，谓福禄来聚。"

鸳 鸯

【题解】

　　这是祝贺贵族新婚的诗。鸳鸯是成双成对的鸟，秣马是古代亲迎之礼，诗的起兴都与新婚有关。

鸳鸯　　鸟类。似野鸭，体形较小。嘴扁，颈长，趾间有蹼，善游泳，翼长，能飞。雄的羽色绚丽，头后有铜赤、紫、绿等色羽冠；嘴红色，脚黄色。雌的体稍小，羽毛苍褐色，嘴灰黑色。栖息于内陆湖泊和溪流边。古代传说鸳鸯雌雄偶居不离，古称"匹鸟"。

鸳鸯于飞[1]　毕之罗之[2]　　　鸳鸯双飞不分开　用网用罗捕回来

君子万年　福禄宜之[3]　　　　敬祝君子寿万年　安享福禄永相爱

鸳鸯在梁[4]　戢其左翼[5]　　　鸳鸯对对在鱼梁　嘴插左翅睡得香

君子万年　宜其遐福[6]　　　　敬祝君子寿万年　美满家庭福禄长

乘马在厩[7]　摧之秣之[8]　　　棚中四马拴得牢　粮草把它喂喂饱
（jiù）（cuò）

君子万年　福禄艾之[9]　　　　敬祝君子寿万年　福禄助您永和好

乘马在厩　秣之摧之　　　　　迎亲四马系在槽　喂它粮食又喂草
（jiù）

君子万年　福禄绥之[10]　　　　敬祝君子寿万年　安享福禄永偕老

1　于：语助词。

2　毕：有长柄的捕鸟小网。　罗：张在地上无柄的捕鸟大网。

3　宜：安。

4　梁：拦鱼的水坝。

5　戢：《经典释文》引《韩诗》曰："戢，捷也，捷其噣（鸟嘴）于左也。"指鸳鸯休息时把嘴插在左边的翅膀里。一说戢为收敛，亦通。

6　遐：远。

7　乘马：四匹马。　厩：马棚。

8　摧：通"莝"，铡草。此指铡草喂马。　秣：以谷喂马。

9　艾：辅助。《国语·周语》："树于有礼，艾人必丰。"一说艾为养，亦通。

10　绥：安。

頍 弁

【题解】

这是写周王宴请兄弟亲戚的诗。诗中以寄生草依赖于松柏，比喻贵族依赖于周王。末章反映了西周末年统治集团对国家前途悲观失望和及时行乐的心情。

| 茑 | 常绿寄生灌木，叶微圆，有长柄。茎蔓生，寄生于桑、枫等树上。秋初结实如豆，可入药。 | 女萝 | 即松萝。多附生于深山的老树枝干或高山岩石上，成丝状下垂。可入药。 |

有頍者弁[1]　实维伊何[2]　　皮帽尖尖顶有角　戴着它来做什么

尔酒既旨[3]　尔殽既嘉[4]　　您的酒味既甘醇　您的菜肴也不错

岂伊异人[5]　兄弟匪他[6]　　难道来的是外人　兄弟非他同一桌

茑与女萝[7]　施于松柏　　　攀藤茑草和女萝　蔓延依附松和柏

未见君子[8]　忧心弈弈[9]　　还没见到君主时　心神不定难诉说

既见君子　庶几说怿[10]　　如今见到君主面　心里舒畅又快活

有頍者弁　实维何期[11]　　皮帽尖尖角在上　戴着它是为哪桩

1　有頍：即頍頍，形容皮帽顶上尖尖有角的样子。　弁：皮制的帽，是当时一
　　般贵族戴的。

2　实：是。　维：为。　伊：语中助词，无义。

3　尔：指请客的周王。

4　殽：同"肴"。　嘉：美。

5　伊：是。　异人：别人，外人。

6　匪：非。

7　茑：寄生攀缘植物，夏日开花，色淡绿带红；秋日结实，有酸味。　女萝：
　　亦名兔丝、松萝。也是攀缘植物，附生在大树上。

8　君子：指周王。

9　弈弈：心神不定的样子。

10　庶几：差不多。　说：通"悦"。　怿：和"悦"同义。说怿，欢喜。

11　期：同"其（jī）"，语末助词。

尔酒既旨	尔殽既时 [12]	您的酒味既甘醇	您的菜肴喷喷香
岂伊异人	兄弟具来 [13]	难道来的是外人	至亲兄弟聚一堂
茑与女萝	施于松上	攀藤茑草和女萝	蔓延缠绕松枝上
未见君子	忧心恹恹 [14]	还没见到君主时	心里痛苦又忧伤
既见君子	庶几有臧 [15]	如今见到君主面	希望能够得赐赏

有颊者弁（kuǐ）	实维在首	新制皮帽尖尖顶	戴在头上正相称
尔酒既旨	尔殽既阜 [16]	您的酒味既甘醇	您的菜肴更丰盛
岂伊异人	兄弟甥舅 [17]	难道来的是外人	兄弟舅舅和外甥
如彼雨雪 [18]	先集维霰（xiàn） [19]	人生好比下场雪	先霰后雪终融尽

12 时：善，美。

13 具：通"俱"。

14 恹恹：很忧愁的样子。

15 臧：善。有臧，有好处。

16 阜：丰富。

17 甥舅：古代称女婿为甥，岳父为舅；姊妹的儿子为甥，母亲的兄弟为舅。这里泛指异姓亲戚。

18 雨雪：下雪。

19 集：聚。 维：是。 霰：雪珠。下雪之前先下雪珠，最终同样融化，比喻人生虽有先后，最终不免一死。

死丧无日 [20]　无几相见 [21]　　　不知何日命归阴　能有几番叙天伦

乐酒今夕　君子维宴 [22]　　　不如今夜痛饮酒　及时宴乐各尽兴

20　无日：不知哪一天。

21　无几：没有多少时候。

22　维：同"惟"，只有。

车 辇

【题解】

这是一位诗人在迎娶途中赋的诗。《左传》昭公二十五年："叔孙婼如宋迎女，赋《车辖》。"可见它确是咏新婚的诗。

鹛　　　鸟类，雉的一种。尾长，走且鸣，性勇健，羽毛修长，可作为装饰。

间关车之辖兮¹　思娈季女逝兮²　　迎亲车轮响格格　美丽少女要出阁

匪饥匪渴³　　德音来括⁴　　　不再似饥又似渴　娶来姑娘有美德

虽无好友　　式燕且喜⁵　　　宴会虽然没好友　大家喝酒也快乐

依彼平林⁶　　有集维鷮⁷　　　密密丛林莽苍苍　野鸡栖息树枝上

辰彼硕女⁸　　令德来教⁹　　　善良姑娘身材高　美德教我家增光

式燕且誉¹⁰　好尔无射¹¹　　　酒宴热闹又快乐　永远爱你恩情长

1　间关：象声词，形容车轮转动时车辖的格格声。　辖：同"辖"，车轴两头的
　　铁键。

2　思：发语词。　娈：美好的样子。　季女：少女。　逝：往。指乘车出嫁。

3　匪：非，没有。

4　德音：美德，善名。　括：通"佸"，聚会。

5　式：发语词。　燕：通"宴"，宴饮。

6　依：树木茂盛的样子。　平林：平原上的树林。

7　鷮：鸟名，雉的一种，体形及尾羽都像环颈雉。

8　辰：善良(从马瑞辰说)。　硕女：美女。古代以身材高大为美。

9　令德：美德，指季女。

10　誉：通"豫"，欢乐。

11　好：爱。　尔：指季女。　射：通"斁"，厌弃。见《周南·葛覃》"服之无
　　斁"注。

虽无旨酒	式饮庶几 [12]	虽然酒味不算美	希望您也干几杯
虽无嘉殽	式食庶几	虽然小菜不好吃	希望您也尝尝味
虽无德与女 [13]	式歌且舞	虽无美德来相配	望您歌舞庆宴会

陟彼高冈 [14]	析其柞薪 [15]	登上山冈巍巍高	砍下柞树当柴烧
析其柞薪	其叶湑兮 [16]	砍下柞树当柴烧	柞叶长满嫩枝梢
鲜我觏尔 [17]	我心写兮 [18]	今天有幸见到您	心花怒放百忧消

高山仰止 [19]	景行行止 [20]	高山仰望才见顶	大路平坦凭人行

12 庶几：一些；含有希望之意。

13 与：助，这里含有相配之意。 女：通"汝"。

14 陟：登。

15 析：劈。 柞：树名。古人结婚时劈柴作火把，因此以析薪代指结婚迎亲。

16 湑：树叶柔嫩茂盛的样子。

17 鲜：善。 觏：遇见。

18 写：宣泄。指消除忧愁。

19 仰：仰望。 止：语尾助词，和"之"通用。古人引这两句诗"止"亦作"之"。

20 景行：大路。行，走。

四牡骓骓[21]　六辔如琴[22]　　四马迎亲快快奔　缰绳齐如调丝琴

觏尔新昏[23]　以慰我心　　　望着车上新婚人　甜蜜幸福我欢欣

21　骓骓：马走不停的样子。

22　如琴：形容六条马缰绳像琴弦那样整齐调和。

23　昏：同"婚"。

青 蝇

【题解】

这是一首斥责谗人害人祸国的诗。

蝇　　苍蝇，昆虫类，通常指家蝇。身体和腿上多毛，头部有一对复眼。体灰黑色。多出现于夏季，
　　　常集于腐臭物之上。

营营青蝇[1]　　止于樊[2]　　　　苍蝇飞舞声营营　飞上篱笆把身停

岂弟君子[3]　　无信谗言　　　　平易近人的君子　害人谗言您莫听

营营青蝇　　　止于棘[4]　　　　苍蝇飞舞声营营　飞上枣树把身停

谗人罔极[5]　　交乱四国[6]　　　谗人说话没定准　搅乱各国不太平

营营青蝇　　　止于榛[7]　　　　苍蝇飞舞声营营　飞上榛树把身停

谗人罔极　　　构我二人[8]　　　谗人说话没定准　离间我们老交情

1　营营：摹声词，苍蝇来回飞的声音。

2　止：停。　樊：篱笆。

3　岂弟：和气，平易近人。

4　棘：酸枣树。棘和下章的榛，都是筑篱笆的材料。

5　罔：无。　极：准则。

6　交：俱。　四国：四方诸侯之国。

7　榛：榛树，一种丛生小灌木。

8　构：陷害。　二人：指作者和听谗者。魏源《诗古微》认为"构我二人"指幽
　　王与母后(申后)，"交乱四国"谓戎、缯、申、吕。

宾之初筵

【题解】

这是讽刺统治者饮酒无度失礼败德的诗。

宾之初筵¹	左右秩秩²	来宾入座开宴席	宾主谦让守礼节
笾豆有楚³	殽核维旅⁴	杯盘碗盏摆整齐	鱼肉干果全陈列
酒既和旨⁵	饮酒孔偕⁶	醴酒味浓醇又美	觥筹交错真热烈
钟鼓既设	举酬逸逸⁷	钟鼓乐器都齐备	往来敬酒杯不绝
大侯既抗⁸	弓矢斯张⁹	虎皮靶子竖起来	张弓搭箭如满月

1　筵：古人席地而坐，筵是铺在地上的竹席。初筵，宾客初入座的时候。

2　左右：指筵席的东西两边。主人的座位在东，客人的座位在西。　秩秩：恭敬而有秩序的样子。

3　笾、豆：都是古代食器名。见《常棣》"傧尔笾豆"注。　有楚：即楚楚，摆设整齐的样子。

4　殽：盛在豆里的鱼肉。　核：盛在笾里的干果。　维：是。　旅：陈列。

5　和旨：醇和甜美。

6　孔：很。　偕：普遍。

7　酬：敬酒。　逸逸：同"绎绎"，往来不断的样子。

8　侯：箭靶，用兽皮或布制成。大侯，周王大射时用的箭靶，用虎、熊、豹三种皮制成。　抗：竖起、张挂。

9　斯：语助词。　张：弓加弦再搭上箭曰张。

射夫既同¹⁰　献尔发功¹¹　　射手云集靶场上　表演技术逞英杰

发彼有的¹²　以祈尔爵¹³　　人人争取中目标　要叫对手罚一爵

^{yuè}
籥舞笙鼓¹⁴　乐既和奏　　执籥起舞笙鼓响　众乐齐奏声铿锵

^{kàn}
烝衎烈祖¹⁵　以洽百礼¹⁶　　祖宗灵前进娱乐　按礼行事神来享

百礼既至¹⁷　有壬有林¹⁸　　祭礼周到又完备　隆重盛大又堂皇

^{gǔ}
锡尔纯嘏¹⁹　子孙其湛²⁰　　神灵赐你大福气　子孙个个都欢畅

^{dān}

其湛曰乐²¹　各奏尔能²²　　人人欢喜又快乐　各献其能射靶场

10　射夫：射手。　同：会齐。

11　献：逞，表现。　发功：射技。

12　有：语助词。

13　祈：求。　尔：指比赛者的对手。　爵：古酒器名，形如雀头，下有三脚。
青铜制成，盛行于殷商四周。

14　籥：古乐器名。籥舞：执籥而舞。

15　烝：进，指进乐。　衎：娱乐。　烈祖：创业的祖先。

16　洽：配合。

17　至：完备。

18　壬：大。　林：盛。有壬有林，即壬壬林林，形容百礼盛大的样子。

19　锡：赐。　纯嘏：大福。

20　湛：喜悦。

21　曰：语助词。

22　奏：献。

宾载手仇²³　室人入又²⁴　　　来宾各自找对手　主人相陪比短长

酌彼康爵²⁵　以奏尔时²⁶　　　斟上满满一杯酒　祝你胜利进一觞

宾之初筵　　温温其恭　　　　客来入席叫声请　态度温雅又恭敬

其未醉止²⁷　威仪反反²⁸（fàn fàn）　酒过一巡人未醉　仪表庄重又自矜

曰既醉止　　威仪幡幡²⁹　　　酒过三巡醉态露　举止失措皆忘形

舍其坐迁³⁰　屡舞仙仙³¹　　　离开坐席乱走动　手舞足蹈不肯停

其未醉止　　威仪抑抑³²　　　他们还没喝醉时　看来谨慎又文静

曰既醉止　　威仪怭怭³³（bì bì）　待到喝得醉酩酊　嬉皮笑脸骨头轻

23　载：则，就。　手：取，选择。　仇：匹偶，指比赛射箭的对手。

24　室人：主人。　入又：进入射场又和宾客射箭。

25　康：大。康爵，大杯。

26　奏：进。　时：善，指射中者。

27　止：语气词。下同。

28　威仪：仪表行为。　反反：庄重而谨慎的样子。

29　幡幡：轻佻不庄重的样子。

30　舍：离开。　坐：座位。　迁：移动，这里指礼法所许可的活动范围。

31　仙仙：同"跹跹"，舞姿轻盈的样子。

32　抑抑：谨慎而严肃的样子。

33　怭怭：轻薄而粗鄙的样子。

是曰既醉	不知其秩³⁴	还说这是喝醉酒	不守规矩不要紧

宾既醉止	载号载呶^{náo 35}	客人已经喝醉了	又是叫来又是闹
乱我笾豆	屡舞僛僛^{qī qī 36}	打翻杯盘和碗盏	跌跌撞撞把舞跳
是曰既醉	不知其邮³⁷	还说这是喝醉酒	糊里糊涂不害臊
侧弁之俄³⁸	屡舞傞傞^{suō suō 39}	头上歪戴鹿皮帽	疯疯癫癫跳舞蹈
既醉而出	并受其福⁴⁰	如果喝醉就出门	大家托福都叫好
醉而不出	是谓伐德⁴¹	有的醉了不肯走	那就叫做缺德佬
饮酒孔嘉⁴²	维其令仪⁴³	宴会喝酒本好事	只是要有好礼貌

34 秩：规矩。有人认为"秩"与"失"通。失，过失。说亦可通。

35 号：大叫。 呶：喧哗。

36 僛僛：身体歪歪斜斜的样子。

37 邮：通"尤"，过失。

38 弁：皮帽。侧弁，歪戴着帽子。 俄：倾斜。

39 傞傞：醉舞盘旋不停的样子。

40 并：全都。

41 伐德：败德，犹今言"缺德"。

42 孔嘉：很好。

43 维：同"惟"，只是。 令仪：好礼节。

凡此饮酒[44]	或醉或否	参加宴会尽阔佬	有人清醒有醉倒
既立之监[45]	或佐之史[46]	设立酒监察礼节	又设史官写报导
彼醉不臧[47]	不醉反耻	酗酒本来是坏事	反说不醉是脓包
式勿从谓[48]	无俾大怠[49]	不要随人乱劝酒	害他失礼又胡闹
匪言勿言[50]	匪由勿语[51]	别人不问别多嘴	语涉非礼勿乱道
由醉之言[52]	俾出童羖[53] (gǔ)	醉汉话儿不可靠	胡说公羊没犄角
三爵不识[54]	矧敢多又[55] (shěn)	饮限三杯也不懂	何况多喝更糟糕

44 凡此：所有这些。　饮酒：指饮酒者。

45 监：亦名司正，宴会上督察仪礼的官。

46 史：记事记言的史官。其任务是记载宴会进行的情况。

47 臧：善。

48 式：发语词。　从：跟着。　谓：指劝酒。

49 大：通"太"。　怠：怠慢失礼。

50 匪言：匪，非；言，讯、问。

51 由：法式。

52 由：听从。　醉：指醉者。

53 俾：通"譬"，譬如（从林义光《诗经通解》说）。有人训俾为使，亦通。　童：秃。　羖：黑色公羊。童羖，没有角的公羊。

54 三爵：古代君臣小宴的礼节，以三爵为度。　不识：指不知三爵之礼。

55 矧：况且。　多又：指又多喝。

鱼 藻

【题解】

这是赞美周王在镐宴饮安乐的诗。

鱼在在藻¹　有颁其首²（fén）　　水藻丛中鱼藏身　不见尾巴见大头

王在在镐³　岂乐饮酒⁴　　　周王住在镐京城　逍遥快乐饮美酒

鱼在在藻　有莘其尾⁵（shēn）　　水藻丛中鱼儿藏　长长尾巴左右摇

王在在镐　饮酒乐岂　　　　镐京城中住周王　喝喝美酒乐陶陶

鱼在在藻　依于其蒲⁶　　　鱼儿藏在水藻中　贴着蒲草岸边游

王在在镐　有那其居⁷（nuó）　　周王在镐住王宫　居处安逸好享受

1　藻：见《召南·采蘋》图注。

2　有颁：颁颁，头大的样子。

3　镐：镐京，西周都城。在今陕西西安市西。

4　岂：通“恺”。岂乐，欢乐。

5　有莘：莘莘，尾巴长长的样子。

6　蒲：蒲草，一种水生植物。

7　有那：那那，安逸的样子。

采 菽

【题解】

这是赞美诸侯来朝，周王赏赐诸侯的诗。

柞

柞　　常绿灌木或小乔木。生棘刺。叶卵形或长椭圆状卵形，边缘有锯齿。初秋开花，花小，黄白色。
　　木质坚硬，供制家具等用，树皮及叶可入药。

采菽采菽[1]	筐之筥之[2]	采大豆呀采豆忙	方筐圆筐往里装
君子来朝[3]	何锡予之[4]	诸侯来朝见我王	天子用啥去赐赏
虽无予之[5]	路车乘马[6]	纵使没有厚赏赐	一辆路车四马壮
又何予之	玄衮及黼[7] fǔ	此外还有什么赏	花纹礼服画龙裳

觱沸槛泉[8] bì	言采其芹[9]	在那翻腾涌泉旁	采下芹菜味儿香
君子来朝	言观其旂[10]	诸侯来朝见我王	遥看龙旗已在望
其旂淠淠[11] pèi pèi	鸾声嘒嘒[12]	旗帜飘飘随风扬	铃声不断响叮当

1 菽:大豆。

2 筐:方形的盛物竹器。 筥:圆形的盛物竹器。

3 君子:指诸侯。

4 锡:赐。

5 虽:即使。有人训虽为"谁",亦通。

6 路车:古代诸侯坐的一种车子。 乘马:四匹马。

7 玄衮:画着卷龙的黑色礼服。 黼:画着黑白相间的斧形花纹的礼服。

8 觱沸:泉水涌出翻腾的样子。 槛:借为滥,涌。

9 言:语首助词。 芹:芹菜。

10 旂:古时画有交龙上有铃的旗。《周礼·春官》:"交龙为旂。"《尔雅·释天》:
  "有铃曰旂。"《周颂·载见》:"龙旂阳阳,和铃央央。"

11 淠淠:旗帜飘动的样子。

12 鸾:车铃。 嘒嘒:车铃声。

载骖载驷¹³　君子所届¹⁴　　三马四马各驾车　诸侯乘它到明堂

赤芾在股^{fú 15}　邪幅在下¹⁶　　红皮蔽膝垂到股　绑腿斜缠小腿上

彼交匪纾¹⁷　天子所予　　不急不慢风度好　这是天子所奖赏

乐只君子¹⁸　天子命之¹⁹　　诸侯公爵真快乐　天子策命赐嘉奖

乐只君子　　福禄申之²⁰　　诸侯公爵真快乐　洪福厚禄从天降

维柞之枝²¹　其叶蓬蓬²²　　柞树枝条长又长　叶子茂密多兴旺

13　载：则，就。　骖：一车驾三马。　驷：一车驾四马。

14　所：指事的词。　届：来到。

15　芾：蔽膝。古制诸侯用赤芾。

16　邪幅：今名绑腿。　在下：指在膝盖的下面。

17　彼：通"匪"，不是。　交：傲的假借，傲幸急躁（从马瑞辰《毛诗传笺通释》说）。　纾：缓。

18　只：语气词。

19　命之：策命。古代帝王对臣下封土、授爵或赏赐，将命令写在简册上然后宣读。

20　申：重复。指福上加福。

21　维：语首助词。　柞：树名。

22　蓬蓬：茂盛的样子。

乐只君子　殿天子之邦[23]　　诸侯公爵真快乐　辅佐天子镇四方

乐只君子　万福攸同[24]　　诸侯公爵真快乐　万种福禄都安享

平平左右[25]　亦是率从[26]　　左右臣子很能干　顺从君命国安康

泛泛杨舟[27]　绋纚维之[28]　　杨木船儿河中漾　系住不动靠船缆

乐只君子　天子葵之[29]　　诸侯公爵真快乐　天子准确来衡量

乐只君子　福禄膍之[30]　　诸侯公爵真快乐　厚赐福禄有嘉奖

优哉游哉[31]　亦是戾矣[32]　　优游闲适过日子　生活安定清福享

23　殿：镇定，安抚。

24　攸：所。　同：聚。

25　平平：《释文》引《韩诗》作"便便"，长于口才、办事能干的样子。　左右：指左右臣下。

26　亦：发声词。　率：遵循。

27　泛泛：漂流的样子。

28　绋：系船的麻绳。　纚：拉船用的竹索。　维：系。

29　葵：通"揆"，估量。指估量诸侯的才德。

30　膍：厚，指厚赐。

31　优游：闲暇自得的样子。

32　戾：安定。

角 弓

【题解】

这是劝告王朝贵族不要疏远兄弟亲戚而亲近小人的诗。

猴　　　哺乳动物中猿一类的动物。身体便捷，善攀援。

骍骍角弓[1]	翩其反矣[2]	角弓调和绷紧弦	卸弦就向反面弯
兄弟昏姻[3]	无胥远矣[4]	兄弟骨肉和亲戚	相亲相爱别疏远
尔之远矣	民胥然矣[5]	你若疏远亲和眷	人民都会学坏样
尔之教矣	民胥效矣	你若言教加身教	人民也会来模仿
此令兄弟[6]	绰绰有裕[7]	兄弟和好不倾轧	平安和气少闲话
不令兄弟	交相为瘉[8]	兄弟关系搞不好	相互残害成冤家

1　骍骍：调和的样子。　角弓：两端镶牛角的弓。

2　翩：偏字的假借。偏其，偏偏，反过来弯曲的样子。弓上弦后，两端向内曲；卸弦后，两端向反面弯曲。

3　昏姻：指异姓的亲戚。

4　胥：通"疏"。

5　胥：都。和上章的胥字意义不同。　然：如是，这样。

6　此：这些。　令：善；指兄弟关系好。

7　绰绰：宽裕舒缓的样子。　有裕：裕裕，气量宽大的样子。

8　瘉：病。

民之无良[9]　　相怨一方　　　　如今人们不善良　不责自己怨对方

受爵不让　　至于己斯亡[10]　　接受官爵不谦让　事关私利道理忘

老马反为驹[11]　不顾其后　　　老马反当驹使唤　后果如何你不管

如食宜饇[12]　　如酌孔取[13]　　如请吃饭该吃饱　如请喝酒该斟满

毋教猱升木[14]　如涂涂附[15]　　猴子上树哪用教　泥浆涂墙粘得牢

君子有徽猷[16]　小人与属[17]　　只要君子有美政　人民自会跟着跑

9　民：当作"人"。刘向《说苑·建本篇》引这句诗作"人之无良"。

10　至于己：临到自己身上。　斯：语助词。　亡：通"忘"。

11　驹：小马。这句说把老臣当青年使用，压以重担。

12　饇：饱。

13　酌：喝酒。　孔取：多给。

14　毋：发声词，无义。　猱：猿类。　升木：上树。

15　如：而。　涂：泥土。　涂附：用泥浆涂在上面。

16　徽：美好。　猷：道。指修养、本事。

17　小人：指人民。　与：从。　属：跟随。

雨雪瀌瀌¹⁸　见晛曰消¹⁹　　纷纷雪花满天飘　太阳出来就融消

莫肯下遗²⁰　式居娄骄²¹　　小人对下不谦虚　态度神气耍骄傲

雨雪浮浮²²　见晛曰流²³　　纷纷雪花飘悠悠　太阳一出化水流

如蛮如髦²⁴　我是用忧²⁵　　小人无知像蛮髦　为此使我心烦忧

18 雨雪：下雪。　瀌瀌：雪大的样子。

19 晛：日气。　曰：同"聿"，语助词。

20 遗：《荀子》引这句诗作"莫肯下隧"。隧与随通，随顺。

21 式：发语词。　居：通"倨"，傲慢。　娄：屡的假借字，屡次。

22 浮浮：与"瀌瀌"同义。

23 流：指雪化成流水。

24 蛮：周人称南方的部族为南蛮。　髦：亦作"髳"，古代西南的部族名。此以蛮髦比小人的无知粗野。

25 是用：因此。

菀　柳

【题解】

这是一个被周王流放的大臣的怨诗。他曾被周王信任，商议过国政，后被撤职流放。有人说诗中的"上帝"是暗指厉王，有的说指幽王。似以幽王近是。

有菀者柳[1]　不尚息焉[2]　　柳树枯萎叶焦黄　莫到树下去乘凉

上帝甚蹈[3]　无自瘵焉[4]　　周王喜怒太无常　莫去做官惹祸殃

俾予靖之[5]　后予极焉[6]　　当初邀我商国事　而今贬我到异乡

有菀者柳　不尚愒焉[7]　　柳树枯萎枝叶稀　莫到树下去休息

上帝甚蹈　无自瘵焉[8]　　周王喜怒太无常　莫去做官找晦气

1　菀：通"苑"，枯萎。

2　不尚：含有不可之意。

3　上帝：朱熹《诗集传》："上帝，指王也。" 蹈：喜怒变动无常之意。

4　瘏：病。《广雅·释诂》："瘏，病也。"

5　俾：使。 靖：谋划，治理。 之：指国事。

6　极：殛的假借字，放逐。

7　愒：休息。

8　瘵：病。

俾予靖之　　后予迈焉[9]　　　　当初邀我商国事　而今流放到边地

有鸟高飞　　亦傅于天[10]　　　　鸟儿展翅高飞翔　最高不过到天上
彼人之心[11]　于何其臻[12]　　　那人心思难捉摸　到啥地步怎估量
曷予靖之[13]　居以凶矜[14]　　　为啥邀我商国事　却置我于凶险场

9　迈：行。指放逐。

10　傅：至，到。

11　彼人：指周王。

12　臻：至。

13　曷：为什么。

14　以：于。　矜：危。指危险的境地。

都人士

【题解】

这是周都的一首恋歌。诗中有两个形象：一个是都人士，当为诗人自己。一个是君子女，当为诗人所追求的对象。过去有说它是刺诗的，有说它是怀旧诗的，都不合诗意。这首诗《毛诗》是五章，三家诗都只有后四章，没有第一章。前人已经提及后四章士女对文，而首章单言士，不及女，而且文意也和后四章缺乏照应，怀疑第一章是混入的逸诗。汉熹平石经《鲁诗》残石中《都人士》篇也没有首章。看来《毛诗》确是因逸诗与《都人士》的首句相同而妄合为一诗了。

蝎　即蝎子，也称钳蝎。节肢动物类。下腮像螃蟹的螯，胸脚四对，后腹狭长，末端有毒钩，用来御敌或捕食。可入药。

彼都人士[1]　狐裘黄黄[2]　　那位先生真漂亮　狐皮袍子罩衫黄

其容不改[3]　出言有章[4]　　他的容貌没变样　讲话出口就成章

行归于周[5]　万民所望[6]　　将要回到镐京去　万千人们心仰望

彼都人士　　台笠缁撮[7]　　那位先生真时髦　戴着草笠黑布帽

彼君子女[8]　绸直如发[9]　　那位姑娘好容貌　头发密直真俊俏

我不见兮　　我心不说[10]　　不能见到姑娘面　心中郁闷多苦恼

1　都人：美人。

2　黄黄：形容狐皮袍上的罩衫颜色。《礼记·玉藻》："狐裘黄衣以裼之。"黄衣就
是黄色罩衫，是诸侯穿的冬衣。

3　容：容貌态度。

4　章：有系统的辞藻。

5　行：将。　周：指周都镐京。

6　望：仰望。

7　台：通"苔"，沙草。台笠，沙草编的草帽。　缁：黑的绸或布。缁撮，黑
布制成的束发小帽。

8　君子：指贵族。君子女，贵族小姐。

9　绸：稠的假借字，发多的样子。　直：发直。　如：乃，其。这句相当于说
"其发绸直"。

10　说：通"悦"。

彼都人士	充耳琇实[11]	那位先生真漂亮	充耳宝石坚又亮
彼君子女	谓之尹吉[12]	那位美丽好姑娘	芳名尹姞叫得响
我不见兮	我心苑^{yù}结[13]	不能见到姑娘面	心中忧郁实难忘

彼都人士	垂带而厉[14]	那位先生真时髦	冠带下垂两边飘
彼君子女	卷^{quán}发如虿^{chài}[15]	那位姑娘真美貌	鬓发卷如蝎尾翘
我不见兮	言从之迈[16]	不能见到姑娘面	真想跟她在一道

| 匪伊垂之[17] | 带则有余 | 不是故意垂冠带 | 冠带本来细又长 |

11 充耳：冠旁的耳饰物，亦名瑱。　琇：美石。　实：坚。

12 尹吉：《郑笺》："吉读为姞。"这位女子，可能她的夫家姓尹（或父亲的氏、字为尹），母亲姓姞，如《左传》里的狐姬、孔姞之类。

13 苑结：即郁结，心中忧郁成结。

14 垂带：下垂的冠带。　而：音义同"如"。　厉：《郑笺》："厉字当作裂。"裂，绸布的残余，即布条。

15 卷发：女子两鬓旁边向上卷曲的短发。　虿：蝎子。蝎行走时尾部向上翘，诗人用它比卷发。

16 言：语首助词。　迈：行。

17 匪：非。　伊：是。

匪伊卷之　发则有旟[18]　　不是故意卷鬓发　鬓发天生高高扬

我不见兮　云何盱矣[19]　　不能见到姑娘面　心中怎么不悲伤

18 有旟：旟旟，扬起的样子。

19 盱：忧伤。

采 绿

【题解】

　　这是一位妇女思念外出的丈夫的诗。丈夫逾期不返，她无心采绿采蓝，也无心打扮。她想象如果丈夫回来，就赶紧洗发欢迎，陪他打猎钓鱼，时刻跟他在一起不相分离。

蓝

蓝　　　有多种，如蓼蓝、松蓝、木蓝、马蓝等，叶可制蓝色染料。

终朝采绿[1]　不盈一匊[2]　整个早上采荩草　采了一捧还不到

予发曲局[3]　薄言归沐[4]　我的长发乱糟糟　回去洗头梳梳好

终朝采蓝[5]　不盈一襜[6]　蓝草采了一早上　撩起衣襟兜不满

五日为期　六日不詹[7]　丈夫约好五天归　如今六天仍不还

之子于狩[8]　言韔其弓[9]　丈夫如果想打猎　我就为他装弓箭

之子于钓　言纶之绳[10]　丈夫如果想钓鱼　我就陪他缠钓线

其钓维何[11]　维鲂及鱮[12]　丈夫钓的什么鱼　既有花鲢又有鳊

维鲂及鱮　薄言观者[13]　既有花鲢又有鳊　他钓我看意绵绵

1　绿：草名，即荩草，可以染黄。
2　盈：满。　匊：古掬字，一捧。
3　曲局：卷曲。
4　薄言：语助词。此句薄字，含有急忙之意。　沐：洗头发。
5　蓝：草名，叶可染色。
6　襜：衣服的前襟。
7　詹：到。
8　之子：指丈夫。　于：往。　狩：打猎。
9　言：发语词。　韔：弓袋。这里作动词装进用。
10　纶：钓绳，用丝制成。这里作动词纠缠用。　之：其。
11　维：是。
12　鲂：鳊鱼。　鱮：鲢鱼。
13　者：通"诸"，之乎二字的合音。

黍 苗

【题解】

周宣王封他的母舅于申，命召伯虎带领官兵，装载货物，经营申地，建筑谢城，作为国都。这首诗就是随从召伯建设申国的人完成任务后在归途中所唱的歌。《大雅·崧高》也叙述这件事，可参考。

péng péng
芃芃黍苗¹　　阴雨膏之²　　　黍苗蓬勃多喜人　　全靠好雨来滋润

悠悠南行³　　召伯劳之⁴　　　南行虽然路遥远　　召伯慰劳暖人心

我任我辇⁵　　我车我牛⁶　　　有的拉车有的扛　　马车牛车运输忙

我行既集⁷　　盖云归哉⁸　　　建筑谢城已完工　　何不大家回家乡

1　芃芃：草木茂盛的样子。

2　膏：润泽。

3　悠悠：遥远的样子。

4　召伯：姓姬名虎，封于召国，亦称召穆公。周初召公奭之后。周厉王、宣王、
　　幽王时的大臣。　劳：慰劳。

5　任：背负。　辇：拉车。

6　车：驾马车。　牛：驾牛车。

7　集：完成。

8　盖：通"盍"，何不。　云：语中助词。

我徒我御⁹　我师我旅¹⁰　　你走路来我驾马　编好队伍就出发

我行既集　　盖云归处¹¹　　建筑谢城已完工　何不回乡安居家

肃肃谢功¹²　召伯营之¹³　　快速修建谢邑城　召伯苦心来经营

烈烈征师¹⁴　召伯成之¹⁵　　出工群众真热烈　召伯用心组织成

原隰既平¹⁶　泉流既清　　高地低地已治平　泉水河流都疏清

召伯有成¹⁷　王心则宁　　召伯大功已告成　宣王欢喜心安宁

9　徒：步行。　御：驾驭车马。

10　师、旅：都作动词用，指带领一师的军队和一旅的军队。

11　归处：回家安居。

12　肃肃：快速的样子。　谢：邑名，在今河南信阳。　功：通"工"，工程。

13　营：经营。

14　烈烈：火热的样子。

15　成：组成。

16　原：高平之地。　隰：低湿之地。　平：治理。

17　有成：成功。

隰 桑

【题解】

这是一位妇女思念丈夫的诗。

桑　　落叶乔木。叶可饲蚕，果可食用和酿酒，木材可制器具，树皮可造纸。叶、果、枝、根、皮皆可入药。

隰桑有阿¹　其叶有难²（nuó）　　低地桑树多婀娜　枝干茂盛叶子多

既见君子³　其乐如何　　　　　　如果见了我夫君　我的心里多快活

隰桑有阿　其叶有沃⁴　　　　　　低地桑树舞婆娑　叶子柔润又肥沃

既见君子　云何不乐⁵　　　　　　如果见了我夫君　我心怎会不快活

隰桑有阿　其叶有幽⁶　　　　　　低地桑树姿态柔　叶子肥厚黑黝黝

既见君子　德音孔胶⁷　　　　　　如果见了我夫君　互诉衷情意相投

1　隰桑：长在低湿地里的桑树。　　阿：通"婀"，柔美的样子。王先谦《诗三家义集疏》："有阿，即阿阿也……经中累字（叠字）多参用'有'字。"

2　难：通"傩"。有难，难难，茂盛的样子。

3　君子：指丈夫。《诗经》中的君子有二义：一为称贵族，一为妻称夫。

4　沃：肥厚柔润。

5　云：发语词，无义。

6　幽：通"黝"，黑色。《说文》："黝，微青黑色也。"

7　德音：互诉衷情的好话。《诗经》中德音另有一义为好名誉，如《秦风·小戎》"秩秩德音"。　　孔胶：很牢固。

心乎爱矣　　遐不谓矣[8]　　　　我爱你啊在心里　为啥总不告诉你

中心藏之　　何日忘之　　　　　思念之情藏心底　哪有一天能忘记

8　遐：通"何"。　谓：告。

白 华

【题解】

　　这是一首贵族弃妇的怨诗。历来认为是周幽王娶申女以为后，又得褒姒，就把申后废黜了，诗写的就是申后之怨。前人有认为是申后自作，有认为是周人所作。从诗意看，似为申后所作。

菅

菅　　多年生草本。叶子细长而尖，茎可作绳织履，茎叶之细者可以覆盖屋顶。

鹫　　即秃鹫，水鸟。头项无毛，状如鹤而大，色苍灰，好啖蛇，性贪恶。明李时珍《本草纲目》："秃鹫，水鸟之大者也，出南方有大湖泊处。其状如鹤而大，青苍色，张翼广五六尺，举头高六七尺，长颈赤目，头项皆无毛，其顶皮方二寸许，红色如鹤顶。其喙深黄色而扁直，长尺余。其嗉下亦有胡袋，如鹈鹕状。其足爪如鸡，黑色。性极贪恶，能与人斗，好啖鱼、蛇及鸟雏。"

白华菅^{jiān}兮¹　白茅束兮²　　菅草细细开白花　白茅紧紧捆着它

之子之远³　俾我独兮　　恨他变心抛弃我　使我空房度年华

英英白云⁴　露彼菅茅⁵　　天上白云降甘露　地下菅茅受润濡

天步艰难⁶　之子不犹⁷　　怨我命运太不济　恨他白云还不如

滮^{biāo}池北流⁸　浸彼稻田　　滮池水啊向北流　灌得稻田绿油油

啸歌伤怀⁹　念彼硕人¹⁰　　边哭边唱心伤痛　冤家还在我心头

1　华：同"花"。　菅：茅的一种，亦名芦芒。

2　束：捆。

3　之子：指幽王。　远：疏远。指离弃。

4　英英：云白的样子。

5　露：润泽。

6　天步：命运。　艰难：不幸的意思。

7　犹：如。

8　滮池：古水名，在今陕西西安市西北。

9　啸歌：号哭而歌。

10　硕：高大。朱熹《诗集传》："硕人，尊大之称，亦谓幽王也。"

樵彼桑薪¹¹　卬烘于煁¹²　　　桑枝本是好柴薪　我烧行灶来暖身

维彼硕人¹³　实劳我心　　　　想起那个壮健人　实在煎熬我的心

鼓钟于宫　声闻于外　　　　宫廷里面敲大钟　钟声总要传出宫

念子懆懆¹⁴　视我迈迈¹⁵　　　想你想得心不安　你却对我怒冲冲

有鹙在梁¹⁶　有鹤在林　　　　秃鹙堰边把鱼吞　白鹤挨饿在树林

维彼硕人　实劳我心　　　　想起那个壮健人　实在煎熬我的心

鸳鸯在梁　戢其左翼¹⁷　　　　堰上鸳鸯雌伴雄　嘴巴插在左翼中

之子无良　二三其德¹⁸　　　　可恨这人没良心　三心两意爱新宠

11　樵：砍伐。　桑薪：桑柴，烧饭的好柴，下句说用它烘烤，是失所。

12　卬：我，女子的自称。　烘：烤。　煁：不带锅可以移动的灶，古人称为"行灶"，用它烤东西而不烧饭菜。

13　维：惟的假借，思。

14　懆懆：忧愁不安的样子。

15　迈迈：《释文》引《韩诗》作"怖怖"（pèi）。《说文》："怖，恨怒也。"

16　鹙：秃鹙，似鹤而性贪残好斗的水鸟。　梁：水坝。

17　戢：收敛。这句指鸳鸯把嘴插在翅膀下休息。

18　二三其德：指爱情不专一，三心两意。

有扁斯石¹⁹　履之卑兮²⁰　　扁平垫石地上摆　石头虽贱他常踩

之子之远　　俾我疧^{qí}兮²¹　　恨他变心抛弃我　忧思成病将我害

19　有扁：扁扁。　斯：此。　石：指周王登车时用的垫脚石。

20　履：踩。　卑：低下。

21　疧：忧病。

绵 蛮

【题解】

这是一位行役的人路遇一位大臣，二人之间对唱的诗。有人认为每章后四句是诗人愿望之词，说亦可通。

"绵蛮黄鸟¹　止于丘阿²　　　"黄鸟喳喳不住唱　停在路边山坡上

道之云远³　我劳如何"　　　道路实在太遥远　奔波劳累真够呛"

"饮之食之　教之诲之　　　　"给他水喝给他饭　教他劝他要坚强

命彼后车⁴　谓之载之"⁵　　　副车御夫停一停　让他坐上也不妨"

"绵蛮黄鸟　止于丘隅⁶　　　　"黄雀喳喳叫得急　山坡角落把脚息

岂敢惮行　畏不能趋"⁷　　　哪敢害怕走远路　只怕慢了来不及"

1　绵蛮：鸟鸣声。一说是鸟毛文彩细密的样子。

2　丘阿：山坡弯曲处。

3　云：句中语助词。

4　后车：后边的车，亦名副车。

5　谓：命，叫。　载：装载。　之：代词，前一个代后车的御夫，后一个代行役者。

6　隅：角。

7　趋：快走。

"饮之食之　　教之诲之　　　　　"给他喝的给他吃　教他劝他别泄气

命彼后车　　谓之载之"　　　　　副车御夫停一停　让他坐上别着急"

"绵蛮黄鸟　　止于丘侧　　　　　"黄雀喳喳叫得欢　停在路旁山坡边

岂敢惮行　　畏不能极"⁸　　　哪敢畏惧走远路　就怕难以到终点"

"饮之食之　　教之诲之　　　　　"给他喝的给他吃　教他劝他好好干

命彼后车　　谓之载之"　　　　　副车御夫停一停　让他坐上把路赶"

8　极：至。

瓠 叶

【题解】

这是写贵族请客饮酒的诗。作者可能是客人之一。

幡幡瓠叶^{hù}[1]	采之亨之[2]	风吹葫芦叶乱翻	采来做菜好佐餐
君子有酒[3]	酌言尝之	君子藏有好陈酒	请客一尝杯斟满

有兔斯首[4]	炮之燔之^{fán}[5]	几头野兔鲜又嫩	有煨有烤香喷喷
君子有酒	酌言献之	君子藏有好陈酒	斟满一杯敬客人

有兔斯首	燔之炙之^{fán}[6]	几头野兔鲜又嫩	有的烤来有的薰
君子有酒	酌言酢之^{zuò}[7]	君子藏有好陈酒	宾客回敬满杯斟

1　幡幡：犹翩翩，反复翻动的样子。　瓠：冬瓜、葫芦等的总名。

2　亨：同"烹"，煮熟。　之：指瓠。

3　君子：指主人。

4　斯：语中助词。　首：头，只。

5　炮：用烂泥包连毛的兔、鸡、鸭等在炭火上煨熟。　燔：把肉放在火上烤熟。

6　炙：把肉穿起来架在火上熏熟。

7　酢：以酒回敬。

有兔斯首　燔之炮之　　　几头野兔嫩又肥　有的烤来有的煨

君子有酒　酌言酬之　　　君子藏有好陈酒　宾主酬酢都干杯

渐渐之石

【题解】

　　这是征人从军，慨叹路上劳苦而作的诗。诗里的"武人"，可能是将帅，也可能是士兵，两说旧皆有之，难以确定。

渐渐之石[1]	维其高矣[2]	满山石头真陡峭	那样危险那样高
山川悠远	维其劳矣[3]	山又多来水又遥	日夜行军路迢迢
武人东征	不皇朝矣[4]	将帅士兵去东征	军情紧急天未晓
渐渐之石	维其卒矣[5]	巉巉怪石堆满山	那样高峻那样险
山川悠远	曷其没矣[6]	山又高来水又长	征途何时能走完
武人东征	不皇出矣[7]	将帅士兵去东征	勇往直前不想还

1　渐渐：今作巉巉，山石高峻的样子。

2　维：是。

3　劳：辽的假借字，广阔。

4　皇：通"遑"，闲暇。　朝：早上。马瑞辰《通释》："古者战多以朝。诗言不遑朝者，甚言其东征急迫，言不暇至朝也。"

5　卒：崒的假借字，高峻而危险。

6　没：尽头。

7　不皇出：指只知深入敌阵不计能否生还。

有豕白蹢⁸　烝涉波矣⁹　　　有只白蹄大肥猪　跳进水里渡清波

月离于毕¹⁰　俾滂沱矣¹¹　　　月亮靠近毕星边　大雨滂沱积水多

武人东征　　不皇他矣¹²　　　将帅士兵去东征　其他事情没空做

8　蹢：蹄。

9　烝：进。　涉波：渡水。古人传说天将下大雨猪就下水游泳。

10　离：通"丽"，靠近。　毕：星宿名。以其排列形状像古时田猎用的长柄毕网
　　而得名。

11　俾：使。　滂沱：大雨的样子。古人传说月亮靠近毕星就要下大雨。

12　他：其他的事。

苕之华

【题解】

这是一位饥民自伤不幸的诗。反映了当时荒年饥馑，人自相食的惨象。

苕　　即凌霄，亦名紫葳。落叶攀援藤本，花、根、茎、叶都可以入药。

tiáo
苕之华¹　　芸其黄矣²　　　　凌霄藤开花　颜色是深黄

心之忧矣　　维其伤矣³　　　　心里真忧愁　痛苦又悲伤

苕之华　　其叶青青⁴　　　　　开花凌霄藤　叶子密又青

知我如此　不如无生⁵　　　　　早知这样苦　不如不降生

zāng　　　　liǔ
牂羊坟首⁶　三星在罶⁷　　　　　身瘦头大一雌羊　空空鱼篓闪星光

人可以食　鲜可以饱⁸　　　　　灾荒年头人吃人　靠这怎能填饥肠

1　苕：凌霄。　华：花。

2　芸：黄色深浓的样子。

3　维：是。

4　青青：同"菁菁"，茂盛的样子。

5　无生：不出生。

6　牂羊：母羊。　坟：大。母羊头本来较小，因饥饿身体瘦小，就显得头大。

7　三星：即参星。一说三是虚数，泛指星光。一说三星指参宿、心宿、河鼓。　罶：
　鱼篓。朱熹《诗集传》："罶中无鱼而水静，但见三星之光而已。"

8　鲜：少。

何草不黄

【题解】

这是一首征夫苦于行役的怨诗。

何草不黄	何日不行	哪有草儿不枯黄	哪有一天不奔忙
何人不将¹	经营四方	哪个人啊不出征	往来经营奔四方
何草不玄²	何人不矜³	哪有草儿不腐烂	哪个不是单身汉
哀我征夫	独为匪民⁴	可怜我们出征人	偏偏不被当人看
匪兕匪虎	率彼旷野⁵	不是野牛不是虎	为啥旷野常出入
哀我征夫	朝夕不暇	可怜我们出征人	整天劳累受辛苦

1 将：行。指出征。

2 玄：赤黑色，百草由枯而烂的颜色。

3 矜：通"鳏"，无妻者。征夫离家，等于无妻。

4 匪：非。匪民，不是人。

5 率：循，沿着。

有芃者狐⁶　率彼幽草　　狐狸尾巴毛蓬松　钻进路边深草丛

有栈之车⁷　行彼周道⁸　高高役车征夫坐　走在漫长大路中

6　有芃：芃芃，兽毛蓬松的样子。

7　有栈：栈栈，役车高高的样子。

8　周道：大路。

大雅

文 王

【题解】

　　这是诗人追述文王事迹以诫成王的诗。诗的作者，后人多认为是周公旦。这首诗的艺术特点，主要是运用了"顶真"的修辞手法，在句与句、章与章之间相互衔接、彼此呼应，产生语意联贯和音调谐和的效果，这对后世文学影响颇大。

文王在上[1]　於^{wū}昭于天[2]	文王神灵在天上　在天上啊放光芒
周虽旧邦[3]　其命维新[4]	岐周虽是旧邦国　接受天命新气象
有周不显[5]　帝命不时[6]	周朝前途无限量　上帝意志光万丈
文王陟降[7]　在帝左右	文王神灵升又降　常在上帝的身旁
亹亹^{wěi wěi}文王[8]　令闻不已[9]	勤勤恳恳周文王　美好声誉传四方

1　文王：周文王昌，姬姓。

2　於：叹美词。　昭：光明。

3　旧邦：旧国。周从文王的祖父古公亶父由豳迁岐建国，所以称周为旧邦。

4　命：指天命。　维：是。

5　有：词头，无义。　不：通"丕"，大。　显：光明。

6　帝：上帝。帝命，指上帝命周为天子。　时：马瑞辰《通释》："时读为烝，烝，美也。"

7　陟降：升降。

8　亹亹：勤勉的样子。

9　令闻：好声誉。

陈锡哉周[10]	侯文王孙子[11]	上帝赐他兴周国	文王子孙常兴旺
文王孙子	本支百世[12]	文王子孙都蕃衍	大宗小宗百世昌
凡周之士[13]	不显亦世[14]	天子臣仆周朝官	世代显贵沾荣光
世之不显	厥犹翼翼[15]	世代显贵沾荣光	谋事谨慎又周详
思皇多士[16]	生此王国	贤士众多皆俊杰	此生有幸在周邦
王国克生[17]	维周之桢[18]	周邦能出众贤士	都是国家好栋梁
济济多士[19]	文王以宁	济济一堂人才多	文王安宁国富强
穆穆文王[20]	於缉熙敬止[21]	端庄恭敬周文王	谨慎光明又善良

10 陈:申的借字,一再,重复。 锡:通"赐"。 哉:与"载"通用。《左传》《国语》都引作"陈锡载周"。载,造。造周,建设周国。

11 侯:维,只有。

12 本支:树木的根干和枝叶。引申为本宗和支系的意思。

13 士:指周朝的百官群臣。

14 亦世:同"奕世",累世。

15 厥:其,他的。 犹:计谋。 翼翼:忠敬的样子。

16 思:语助词。 皇:美。

17 克:能。

18 维:是。 桢:干,骨干。

19 济济:众多的样子。

20 穆穆:仪表美好,态度端庄恭敬的样子。

21 於:叹美词。 缉熙:形容文王品德光明正大的样子。 敬:谨慎负责。
 止:语尾助词。

假哉天命²²　有商孙子　　　　上天意志多伟大　　殷商子孙来归降

商之孙子　　其丽不亿²³　　　殷商子孙蕃衍多　　数字上亿难估量

上帝既命　　侯于周服²⁴　　　上帝已经下命令　　殷商称臣服周邦

侯服于周　　天命靡常²⁵　　　殷商称臣服周邦　　可见天命并无常

殷士肤敏²⁶　裸将于京²⁷　　　殷人后代美而敏　　来京助祭陪周王
　　　　　　guàn

厥作裸将　　常服黼冔²⁸　　　看他助祭行灌礼　　冠服仍是殷时装
　　　　　　　　　fǔ xǔ

王之荩臣²⁹　无念尔祖³⁰　　　成王所用诸臣下　　牢记祖德永勿忘

无念尔祖　　聿修厥德³¹　　　牢记祖德永勿忘　　继承祖德发荣光

22　假：大。王先谦《诗三家义集疏》："《汉书·刘向传》引孔子读此诗而释之曰：
　　'大哉天命。'则'假'宜从《尔雅》训'大'，鲁说如此。"

23　丽：数目。　不：语助词，无义。

24　侯于周服：为"侯服于周"的倒文。侯，乃，就。服，臣服。

25　靡常：无常。

26　殷士：据《汉书·刘向传》及《白虎通义·三正篇》，刘向和班固都认为殷士即
　　指殷的后代微子。　肤：壮美。　敏：敏捷。

27　裸将：是将裸的倒文。将，举行。裸，灌祭，祭礼的一种仪式。　于：往。
　　京：周京师。

28　常：与"尚"通，还是。　服：穿戴。　黼：殷商的礼服，上面刺着白黑相间
　　的花纹。　冔：殷商的礼帽。

29　王：指成王。　荩：进。荩臣，进用之臣。诗人不便对成王说话，故意借荩
　　臣对他说话。

30　无：用作一句的发声，无义。

31　聿：述（从《毛传》）。《说文》："述，循也。"

永言配命 [32]	自求多福	常顺天命不相违	要求幸福靠自强
殷之未丧师 [33]	克配上帝	殷商未失民心时	能应天命把国享
宜鉴于殷 [34]	骏命不易 [35]	借鉴殷商兴亡事	国运永昌不寻常
命之不易	无遏尔躬 [36]	国运永昌不寻常	切勿断送你身上
宣昭义问 [37]	有虞殷自天 [38]	发扬光大好名声	须知殷鉴是天降
上天之载 [39]	无声无臭 [40]	上天意志难猜测	无声无息真渺茫
仪刑文王 [41]	万邦作孚 [42]	只有认真学文王	万国诸侯都敬仰

32 言：语助词。 配命：配合天命。

33 师：众，指群众、军队。

34 鉴：镜子，借鉴。

35 骏：大的意思。 不易：不容易。

36 遏：停止，断绝。

37 宣昭：宣明，发扬光大。 义：善。 问：通"闻"。义问，好名誉。

38 有：同"又"。 虞：度，鉴戒。陈奂《毛诗传疏》："度殷自天，言度殷之未丧师者，皆自天也。度，犹鉴也。"

39 载：事。这二字古音近而通用，如《尧典》的"熙帝之载"，《史记·五帝本纪》"载"作"事"。

40 臭：气息，气味。

41 仪刑：效法。

42 作：则，就。 孚：信。

大 明

【题解】

这是周代史诗之一，叙述王季和太任、文王和太姒结婚以及武王伐纣的事。它和《生民》、《公刘》、《绵》、《皇矣》、《文王》等篇性质一样，都可作史诗读。

鹰　　鸟类的一科。一般指鹰属的鸟类。上嘴呈钩形，颈短，脚部有长毛，足趾有长而锐利的爪。性凶猛，捕食小兽及其他鸟类。

明明在下[1]　　赫赫在上[2]　　　文王明德四海扬　　赫赫神灵显天上

天难忱斯[3]　　不易维王　　　　天命确实难相信　　国王也真不易当

天位殷適[4]　　使不挟四方[5]　　上帝有意王殷纣　　却又使他失四方

挚仲氏任[6]　　自彼殷商　　　　挚国任家二姑娘　　从那遥远的殷商

来嫁于周　　　曰嫔于京[7]　　　嫁到我们周国来　　来到京都做新娘

乃及王季[8]　　维德之行　　　　她跟王季配成双　　专做好事美名扬

1　明明：光明的样子。

2　赫赫：显盛的样子。

3　忱：与"谌"通，相信。《汉书·贡禹传》和《后汉书·胡广传》、《说文》引此句诗均作谌。　斯：语助词。

4　適：通"嫡"，即嫡子。正妻叫做嫡，正妻生的长子叫做嫡子。殷嫡，指殷纣王。

5　挟：拥有。

6　挚：殷的一个属国名，在今河南汝宁地方。　仲氏：次女。　任：姓。

7　曰：语首助词。　嫔：嫁。　京：指周的京师。周太王自豳迁岐，其地名周，王季仍建都于周。

8　王季：太王之子，文王的父亲。

大任有身⁹　生此文王　　　太任怀孕降吉祥　生下这个周文王

维此文王　　小心翼翼　　　就是这个周文王　小心谨慎很善良

昭事上帝¹⁰　聿怀多福¹¹　　明白怎样侍上帝　招来幸福无限量

厥德不回¹²　以受方国¹³　　他的德行真不坏　各国归附民所望

天监在下¹⁴　有命既集¹⁵　　上天监视看下方　天命已经属文王

文王初载¹⁶　天作之合　　　文王即位初年间　上天给他配新娘

在洽之阳¹⁷　在渭之涘¹⁸　　新娘住在洽水北　就在莘国渭水旁

9　大任：即上章的挚仲氏任。　有身：怀孕。

10　昭：明白。

11　聿：语助词。　怀：来，招来。

12　回：邪僻。

13　方国：商代、周初对周围诸侯国的称呼。

14　监：监视。

15　有：词头。有命，指天命。

16　初载：指文王即位的初年。

17　洽：亦作合或郃，河水名，在今陕西合阳县西北。洽阳，洽水的北岸，即古莘国的所在地。

18　渭：渭水。　涘：水边。

文王嘉止¹⁹	大邦有子²⁰	文王将要行婚礼	大国有位好姑娘
大邦有子	俔天之妹^{qiàn 21}	大国有位好姑娘	好比天上仙女样
文定厥祥²²	亲迎于渭	定下聘礼真吉祥	文王亲迎渭水旁
造舟为梁²³	不显其光²⁴	联结木船当桥梁	婚礼显耀真辉煌

有命自天	命此文王	上天有命示下方	命令这个周文王
于周于京	缵女维莘^{shēn 25}	周国京师建家邦	莘国有位好姑娘
长子维行²⁶	笃生武王²⁷	她是长女嫁周邦	婚后生下周武王

19 止：礼(用《相鼠》诗《毛传》之说)。嘉止，嘉礼，即婚礼。

20 大邦：大国。指莘国。 子：指莘国国君的女儿。

21 俔：好比。 妹：少女。

22 文：礼。指"纳币"之礼。文定，定婚。

23 造舟为梁：联舟以成浮桥。

24 不：通"丕"，大。

25 缵：纘的假借，美好。 维：是。 莘：古国名。

26 长子：即长女，指太姒。 维行：即有行，出嫁的意思。

27 笃：语助词。

保右命尔²⁸　燮伐大商²⁹　　　天命所属天保佑　让他出兵伐殷商

殷商之旅³⁰　其会如林³¹　　　殷商派出军队来　军旗密密树林样

矢于牧野³²　"维予侯兴³³　　　武王誓师在牧野　"我周兴起军心壮

上帝临女³⁴　无贰尔心"　　　上帝监视看你们　休怀二心要争光"

牧野洋洋³⁵　檀车煌煌³⁶　　　广阔牧野作战场　檀木兵车亮堂堂

驷騵彭彭³⁷　维师尚父³⁸　　　四马威武又雄壮　三军统帅师尚父

28　保右：即保佑。　命：命令。　尔：指武王。

29　燮：袭的假借字。燮伐，即袭伐。《左传》："有钟鼓曰伐，无曰袭。"

30　旅：军队。

31　会：借作旝，军中之旗。

32　矢：发誓。　牧野：殷商郊外地名，在今河南淇县西南。

33　维：发语词。　予：武王自称。　侯：是。　兴：兴起。

34　临：监视着。　女：汝，指参加誓师的军队。

35　洋洋：广大的样子。

36　檀车：檀木制的战车，取其坚固。　煌煌：鲜明的样子。

37　騵：赤毛白腹的马。　彭彭：强壮有力的样子。

38　师：太师，官名。　尚父：吕尚的尊称。后世俗称姜太公。

时维鹰扬³⁹　凉彼武王⁴⁰　　　好像雄鹰在飞扬　协助武王带军队

肆伐大商⁴¹　会朝清明⁴²　　　指麾三军击殷商　一朝开创新气象

39　时：是。

40　凉：辅佐。

41　肆伐：进击。

42　会朝：一朝，即一个早上。《毛传》："会，甲也。"陈奂《毛诗传疏》："甲朝，
　　犹《彤弓》云一朝耳。甲者，十之首；一者，数之始。"

绵

【题解】

这是周族史诗之一。诗从古公亶父迁岐叙起，描写他开国奠基的功业；一直写到文王能继承古公的遗烈，修建宫室，平定夷狄，外结邻邦，内用贤臣，使周族日益强大。

董　　即董菜，多指紫花地丁或犁头草。多年生草本。多生长在山野里，茎矮小，春夏开紫色的花。果实椭圆形，成熟时裂为三瓣。全草可供药用，治疗刀伤等。程俊英先生认为是苦董。

绵绵瓜瓞^{dié}¹　民之初生²　　大瓜小瓜藤蔓长　周族人民初兴旺

自土沮漆³　古公亶父^{dǎn fǔ}⁴　从杜来到漆水旁　古公亶父功业创

陶复陶穴⁵　未有家室⁶　　挖洞筑窑风雨挡　没有宫室没有房

古公亶父^{dǎn fǔ}　来朝走马⁷　古公亶父迁居忙　清早快马离豳乡

率西水浒^{hǔ}⁸　至于岐下⁹　沿着渭水向西走　岐山脚下土地广

爰及姜女¹⁰　聿来胥宇¹¹　他与妻子名太姜　勘察地址好建房

1　绵绵：连绵不绝。　瓞：小瓜。《孔疏》："大者曰瓜，小者曰瓞。"朱熹《诗集传》："小曰瓞。瓜之近本初生者常小。"

2　民：指周族。

3　自：从。　土：《齐诗》作杜，水名。　沮：徂的借字，到。　漆：水名。杜水、漆水都在豳地(今陕西旬邑县西)。

4　古公亶父：文王的祖父，初居豳，后被戎狄侵略，迁居岐山下，定国号曰周。武王伐纣定天下，追尊他为太王。古公，号。亶父，名或字。

5　陶：借为掏。　复：三家诗作覆，从山崖旁往里掏的洞叫窭，如窑洞。向下掏的洞叫穴，即地洞。

6　家室：房屋。

7　来朝：即第二天早上。　走马：驰马。《玉篇》引诗作"趣马"，快马。

8　率：循，沿着。　西：豳之西。　浒：水边，指渭水的岸边。

9　岐下：岐山之下。岐山在今陕西岐山县东北。

10　爰：乃。　姜女：古公亶父的妻，姓姜，亦称太姜。

11　聿：发语词。　胥：相，视察。　宇：居处。指建筑房屋的地址。

周原朏朏¹²　菫荼如饴¹³　　　周原肥沃又宽广　董葵苦菜像饴糖

爰始爰谋¹⁴　爰契我龟¹⁵　　　大伙计划又商量　刻龟占卜望神帮

曰止曰时¹⁶　筑室于兹　　　　神灵说是可定居　此地建屋最吉祥

迺慰迺止¹⁷　迺左迺右¹⁸　　　这才安心住岐乡　这边那边同开荒

迺疆迺理¹⁹　迺宣迺亩²⁰　　　丈量土地定田界　翻地松土垅成行

自西徂东　周爰执事²¹　　　　从西到东一片地　男女老少干活忙

12 周：地名，在岐山南。　原：广平的土地。　朏朏：肥美。

13 菫：植物名，野生，亦名苦菫、菫葵，味苦。　荼：苦菜。　饴：饴糖，俗称麦芽糖。

14 爰：于是。　始：和谋同义，意为计划。马瑞辰《通释》："始亦谋也……《尔雅》基、肇皆训为始，又皆训谋。则始与谋义正相成耳。"

15 契：钻刻。　龟：指占卜所用的龟甲。龟甲先要钻孔，然后用火来烤，看龟甲的裂纹来断吉凶，并在其上刻上卜辞。

16 曰：发语词。　止：居住。　时：借为跱，和止同义，也是居住的意思。

17 迺：乃。　慰：安居。《方言》："慰，居也。"

18 左、右：指划定左右区域。

19 疆：划定田地的疆界。　理：整治土地。

20 宣：用农具开垦土地并松土。　亩：开沟筑垄。

21 周：普遍。　爰：语助词。　执事：从事工作。

乃召司空 [22]　乃召司徒 [23]　　　找来司空管工程　人丁土地司徒掌

俾立室家 [24]　其绳则直 [25]　　　他们领工建新房　拉开绳墨直又长

缩版以载 [26]　作庙翼翼 [27]　　　树起夹板筑土墙　建成宗庙好端庄

jiū réngréng　　　duó
捄之陾陾 [28]　度之薨薨 [29]　　　铲土噌噌掷进筐　倒土轰轰声响亮

　　　　　　　　　　píngpíng
筑之登登 [30]　削屡冯冯 [31]　　　捣土一片登登声　括刀乒乒削平墙

　　　　　　　　gāo
百堵皆兴 [32]　鼛鼓弗胜 [33]　　　百堵土墙齐动工　声势压倒大鼓响

22　司空：掌管建筑工程的官。

23　司徒：掌管土地和调配劳力的官。

24　俾：使。　立：建立，即建筑。

25　绳：指绳墨，建筑前用它正地基经界的工具。

26　缩版：捆束而成的直板，筑土墙用的夹板。　载：读作栽，本义是筑墙用的木柱。引申作动词"树立"用。

27　庙：宗庙。　翼翼：严正的样子。

28　捄：把土铲进筐里。　陾陾：铲土声。

29　度：投，指投土在直板内。　薨薨：填土声。

30　筑：捣土使墙坚实。　登登：捣土声。

31　屡：古"娄"字，和"隆"是双声通用，土墙隆起的地方。削屡，将土墙隆起的地方刮平。　冯冯：括土墙声。

32　百堵：许多墙面。　兴：动工。

33　鼛鼓：大鼓名，长一丈二尺。　弗胜：胜不过。建筑的时候敲鼛鼓给劳动者助兴劝役，但劳动时人多声大，大鼓声反而胜不过劳动声。

迺立皋门 [34]　皋门有伉 [35]（kàng）　　建起周都外城门　城门高大好雄壮

迺立应门 [36]　应门将将 [37]（qiāngqiāng）　建起宫殿大正门　正门庄严又堂皇

迺立冢土 [38]　戎丑攸行 [39]　　堆起土台作祭坛　大众祈祷排成行

肆不殄厥愠 [40]（tiǎn）　亦不陨厥问 [41]　狄人怒气虽未消　文王声誉并无伤

柞棫拔矣 [42]（yù）　行道兑矣 [43]　柞棫野树都拔尽　交通要道无阻挡

混夷駾矣 [44]（kūn tuì）　维其喙矣 [45]（huì）　昆夷夹着尾巴逃　气喘吁吁狼狈相

34 皋：《毛传》："王之郭门曰皋门。"郭门，即城门。

35 有伉：即伉伉，形容城门高大的样子。

36 应门：《毛传》："王（宫）之正门曰应门。"

37 将将：庄严堂皇的样子。

38 冢：大。冢土，大社。指祭土神的坛。

39 戎：大。　丑：众。朱熹《诗集传》："戎丑，大众也。"　攸：所。王引之训攸为"用"，亦通。　行：往。

40 肆：故，所以。　殄：杜绝，消灭。　厥：其，指狄人。　愠：愤怒。

41 陨：坠，丧失。　厥：指文王。　问：声闻，名誉。

42 柞：柞树，灌木类，丛生有刺。　棫：丛生小木，亦有刺。　拔：拔除干净。

43 兑：畅通。

44 混夷：古种族名，西戎之一，亦作昆夷。　駾：受惊奔逃。

45 维其：何其。　喙：通"瘃"，气短病困的样子。

虞芮质厥成 [46]　　　　虞国芮国不再相争

文王蹶^{guì}厥生 [47]　　　　文王感化改其本性

予曰有疏附 [48]　　　　我有贤臣相率来附

予曰有先后 [49]　　　　我有人才参预国政

予曰有奔奏 [50]　　　　我有良士奔走效力

予曰有御侮 [51]　　　　我有猛将克敌制胜

46　虞、芮：当时二国名。虞在今山西省平陆东北，芮在今山西省芮城西。　质：
　　评断。　成：指虞、芮两国平息纠纷，互相结好。

47　蹶：动，感动。　生：通"性"。

48　曰：助词。　疏附：指团结群臣亲近归附之臣。

49　先后：指在王前后参谋政事之臣。

50　奔奏：指奔走效力之臣。

51　御侮：指抵御外侮之臣。

棫 朴

【题解】

　　这是一首写文王郊祭天神后领兵伐崇的诗。古代天子每将兴师征伐，总要先郊祭以告天。崇是商的侯国。伐崇是为伐商作准备。

芃芃棫朴¹　薪之槱之²　　棫树朴树枝叶茂　砍下当作祭柴烧

济济辟王³　左右趣之⁴　　周王恭谨走在前　左右群臣跟着跑

济济辟王　　左右奉璋⁵　　周王恭敬又严肃　群臣手捧玉酒壶

奉璋峨峨⁶　髦士攸宜⁷　　捧着酒壶真端庄　英俊贤士有气度

1　芃芃：茂盛的样子。　棫、朴：二种丛生灌木。

2　槱：堆积木柴，点火烧起，用它祭祀天神。

3　济济：庄严恭敬的样子。　辟：君。辟王，君王。指周文王。

4　左右：指周王左右诸臣。　趣：通"趋"，疾走。

5　奉：捧。　璋：指璋瓒，祭祀时盛酒的器具，用玉制柄。

6　峨峨：盛服端庄的样子。

7　髦士：英俊之士。指助祭的诸侯、卿士。　攸：所。　宜：适合。

淠彼泾舟⁸　烝徒楫之⁹　　　泾水行船哗哗响　众人用力齐举桨

周王于迈¹⁰　六师及之¹¹　　　周王将要去远征　六军云集威风扬

倬彼云汉¹²　为章于天¹³　　　银河漫漫广无边　星光灿烂布满天

周王寿考¹⁴　遐不作人¹⁵　　　周王长寿在位久　何不树人用百年

追琢其章¹⁶　金玉其相¹⁷　　　精雕细刻有才华　质如金玉无疵瑕

勉勉我王¹⁸　纲纪四方¹⁹　　　勤奋勉力我周王　治理四方保国家

8　淠：舟行貌。　泾：水名。

9　烝：众。　徒：服役的人，这里指船夫。　楫：划船。

10　于：往。　迈：行。

11　师：古代二千五百人为一师。《毛传》："天子六军。"　及：与，和。　之：指
　　周王。

12　倬：广大。　云汉：银河。

13　章：花纹。

14　寿考：长寿。

15　遐：通"何"。　作：培养，造就。

16　追：雕的假借字。

17　相：本质。

18　勉勉：勤勉不懈的样子。

19　纲纪：治理。

旱 麓

【题解】

这是歌颂周文王祭祖得福、知道培养人才的诗。

瞻彼旱麓[1]　榛楛济济[2]　　遥望旱山那山麓　密密丛生榛与楛

岂弟君子[3]　干禄岂弟[4]　　平易近人好君子　品德高尚有福禄

瑟彼玉瓒[5]　黄流在中[6]　　祭神玉壶有光彩　香甜美酒流出来

岂弟君子　福禄攸降[7]　　平易近人好君子　祖宗赐你福和财

鸢飞戾天[8]　鱼跃于渊　　鸱鹰展翅飞上天　鱼儿跳跃在深渊

1　旱：山名，在陕西南郑。王应麟《诗地理考》引《汉书·地理志》："汉中郡南郑县旱山，沱水所出，东北入汉。"　麓：山脚。

2　榛：树名，结实似栗而小。　楛：树名，似荆而赤。榛和楛都是丛生小灌木。　济济：众多。

3　岂弟：亦作恺悌，和易近人。　君子：指文王。

4　干：求。　禄：福。

5　瑟：洁净鲜明的样子。　玉瓒：即圭瓒，天子祭神时所用的酒器。

6　黄流：陈奂《毛诗传疏》："黄，即勺；流，即酒。黄流在中，言秬鬯之酒（黑黍捣郁金香草制成的酒），自勺中流出也。"

7　攸：所。

8　鸢：老鹰。　戾：至。

岂弟君子　　遐不作人[9]　　　平易近人好君子　　培养人才万万千

清酒既载[10]　驿牡既备[11]　　　摆好清醇美味酒　　备好红色大公牛
以享以祀　　以介景福[12]　　　虔诚上供祭祖先　　祈祷神灵把福求

瑟彼柞棫[13]　民所燎矣[14]　　　密密一片柞棫林　　砍下烧火祭神灵
岂弟君子　　神所劳矣[15]　　　平易近人好君子　　神灵保佑百事成

莫莫葛藟[16]　施于条枚[17]　　　茂密葛藤长又柔　　蔓延缠绕树梢头
岂弟君子　　求福不回[18]　　　平易近人好君子　　不违祖德把福求

9　遐：作。

10　载：陈设。

11　驿牡：赤色的公牛。《毛传》："赤黄谓驿。"《孔疏》："驿为纯赤色，言赤黄者，
谓赤而微黄。"周人尚赤，故用毛色赤黄的牛祭祀。

12　介：求。　景：大。

13　瑟：众多的样子。　柞、棫：均树名。

14　燎：同"尞"，烧柴祭神（见《说文》）。

15　劳：劳来，保佑。

16　莫莫：茂密的样子。　葛藟：葛藤。

17　施：蔓延。　条：树枝。　枚：树干。

18　回：违。《郑笺》："不回者，不违先祖之道。"有人训不回为"不邪"，亦通。

思 齐

【题解】

这是歌颂文王善于修身、齐家、治国的诗。

思齐大任[1]	文王之母	太任端庄又严谨	文王之母有美名
思媚周姜[2]	京室之妇[3]	周姜美好有德行	太王贤妻居周京
大姒嗣徽音[4]	则百斯男[5]	太姒继承好遗风	多子多男王室兴

惠于宗公[6]	神罔时怨[7]	文王为政顺祖宗	祖宗欢喜无怨容
神罔时恫^{tōng}[8]	刑于寡妻[9]	祖宗放心不伤痛	文王以礼待正妻
至于兄弟	以御于家邦[10]	对待兄弟也相同	以此治国事事通

1 思：发语词。　齐：齋之假借，端庄。　大任：即太任，王季之妻，文王之母。

2 媚：美好。这里指德行美好。　周姜：即太姜，古公亶父之妻，王季之母。

3 京室：王室。

4 大姒：即太姒，文王之妻。　嗣：继续。　徽音：美誉。

5 百：虚数，言其多。　斯：语助词。

6 惠：孝顺。　宗公：宗庙中的先公，即祖宗。

7 神：指祖先之神。　罔：无。　时：所。

8 恫：伤心。

9 刑：法。这里作动词用，说文王以礼法对待其妻。　寡妻：嫡妻。胡承珙《毛诗后笺》："適（嫡）与庶对，庶为众，则適为寡矣。"

10 御：治理。

雝雝在宫¹¹　肃肃在庙¹²　　和和睦睦一家好　恭恭敬敬在宗庙

不显亦临¹³　无射亦保¹⁴　　认真观察明显事　警惕阴暗不辞劳

肆戎疾不殄¹⁵　烈假不瑕¹⁶　　西戎祸患已断根　害人瘟疫不发生

不闻亦式¹⁷　不谏亦入¹⁸　　良计善策乐于用　忠言劝告记在心

肆成人有德¹⁹　小子有造²⁰　　所以成人品德好　儿童个个可深造

古之人无斁²¹　誉髦斯士²²　　文王育才永不倦　人才济济皆英豪

11　雝雝：和睦的样子。　宫：家。古代的家不论贵贱同称宫，秦汉以后，只有国王的住所才称宫。

12　肃肃：严肃恭敬的样子。

13　不显：即丕显，指明显的事。　亦：语助词。　临：临视，视察。

14　无：语助词。　射：阴暗，隐蔽，对"显"言。　保：保守。

15　肆：所以。　戎疾：西戎的祸患。　不：语助词。下句同。　殄：断绝。

16　烈假：害人的瘟疫。烈，厉的假借字。《说文》作"疠"，恶疾。假，瘕的假借字，即蛊字。　瑕：与遐同音通用，远去。

17　不、亦：语助词。　闻：听。　式：用。

18　入：采纳。

19　有德：有好的品德。

20　小子：儿童。　有造：有造就。

21　古之人：指文王。　斁：厌。

22　誉：有声望。　髦：俊、出类拔萃的人才。　斯：这些。

皇 矣

【题解】

　　这是周人叙述自己开国历史的史诗之一。先述太王开辟岐山，打退昆夷。次述王季继承先祖德业，传位给文王。末述文王伐崇伐密的胜利事迹。

栵

栵　　从老树桩上发出再生的树。本图所绘为栭，栗之一种，也叫茅栗，小乔木或灌木状。果较小，但味较甜。

皇矣上帝¹　临下有赫²　　上帝光焰万丈长　俯视人间真明亮

监观四方³　求民之莫⁴　　洞察全国四方事　了解民间疾苦状

维此二国⁵　其政不获⁶　　想起夏商两朝末　不得民心国危亡

维彼四国⁷　爰究爰度⁸　　思量四方诸侯国　天下重任谁能当

上帝耆之⁹　憎其式廓¹⁰　　上帝意在岐周国　有心扩大它封疆

乃眷西顾¹¹　此维与宅¹²　　于是回头望西方　同住岐山佑周王

1　皇：光明伟大。

2　有赫：即赫赫，明亮的样子。

3　监：和视同义，视察。

4　莫：通"瘼"，疾苦。

5　维：通"惟"，想到。　二国：指夏、商。当时多以夏商的盛衰为监戒，如
　　《尚书·召诰》："我不敢不监于有夏，亦不可不监于有殷。"

6　获：得。不获，指不得民心。

7　四国：四方的国家。指殷商时各诸侯国。

8　爰：于是。　究：谋，考虑。　度：估计。

9　耆：通"恉"、"指"，意向。王符《潜夫论》引这句诗作"指"。

10　憎：通"增"，增加。　式廓：规模。

11　眷：念，关心。有人训为"回头看"，亦通。　西顾：指注意西方的岐周。

12　此：指周王。　维：是。　宅：居住。上帝与周王同住即福佑周王之意。

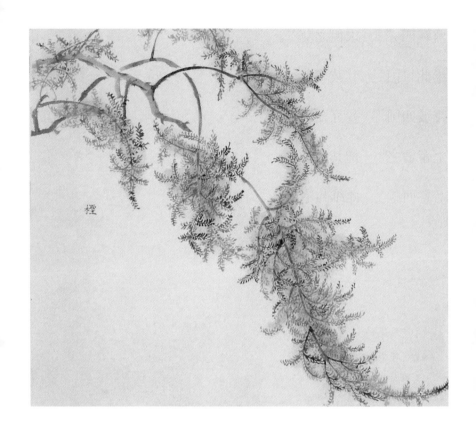

桯

柽　即柽柳，也称观音柳、西河柳、三春柳、红柳等，落叶小乔木。赤皮，枝细长，多下垂。枝干可编制箩筐，嫩枝和叶可入药，性平味甘咸，能透发痧疹。

作之屏之 [13]	其菑其翳 [14]	砍掉杂树辟农场	枯枝朽木全扫光
修之平之 [15]	其灌其栵 [16]	精心修剪枝和叶	灌木丛丛新枝长
启之辟之 [17]	其柽其椐 [18]	开出道路辟土地	除尽柽椐路通畅
攘之剔之 [19]	其檿其柘 [20]	剔去坏树留好树	留下山桑和黄桑
帝迁明德 [21]	串夷载路 [22]	上帝卫护明德主	犬戎败逃走仓皇
天立厥配 [23]	受命既固 [24]	上天立他当天子	政权巩固国兴旺

13 作：通"斫"，砍伐树木。　之：指草木。　屏：除去。

14 菑：直立未倒的枯木。　翳：通"殪"，倒在地上的枯木。

15 修：修剪。　平：治理。

16 灌：灌木。　栵：从老树桩上发出再生的树。

17 启：开发。　辟：开辟。

18 柽：柽柳，木名，又名西河柳、观音柳。　椐：木名，又名灵寿木，树枝节大，可作马鞭、手杖。

19 攘：除去。　剔：挑选。

20 檿：木名，亦名山桑。　柘：木名，亦名黄桑。

21 帝：上帝。　迁：迁就，降格相就。　明德：品德光明的人，指太王。

22 串夷：昆夷，亦称犬戎。当时太王居豳，犬戎为患，因而迁岐，后击退犬戎。　载：则，就。　路：通"露"，失败。

23 厥：其。　配：立君配天。古人认为帝王是接受上天的命令而当天子(天的儿子)的，所以《荀子·大略篇》说："配天而有天下。"

24 固：指政权巩固。

檿　　即檿桑，又名山桑。叶可饲蚕。木坚劲，古代多用以制弓和车辕。

帝省其山²⁵　柞棫斯拔²⁶	上帝视察岐山阳　柞棫小树都拔光
松柏斯兑²⁷　帝作邦作对²⁸	松柏直立郁苍苍　上帝建立周王国
自大伯王季²⁹　维此王季³⁰	太伯王季始开创　这位王季好品德
因心则友³¹　则友其兄	对兄友爱热心肠　王季热心爱兄长
则笃其庆³²　载锡之光³³	他使周邦福无疆　天赐王位显荣光
受禄无丧³⁴　奄有四方³⁵	永享福禄保安康　统一天下疆域广

维此王季　　帝度其心³⁶　　　　这位王季真善良　天生思想合政纲

25　省：视察。　其山：周的岐山。

26　柞、棫：都是树名。　斯：语助词。

27　兑：直立。

28　作：建立。　邦：指周国。　对：配。指配天的君主。

29　大伯：即太伯，太王的长子。据《韩诗外传》，太王（古公亶父）有三子：长子太伯，次子仲雍，少子季历（王季）。

30　季历之子昌，有才，太王想让他继承王位。太伯和仲雍为让位逃往吴地（今苏南一带）。太王死后，季历为君，后传位给昌，是为文王。

31　因：古姻字。姻心，亲热的心。　友：友爱。

32　笃：厚，多。　庆：福。

33　载：乃，就。　锡：赐。　光：指光荣的王位。

34　丧：丧失。指丧失王位。

35　奄：覆盖，包括。

36　度：法度。这里作动词用，说上帝使王季的心合于法度。

貊其德音³⁷　其德克明³⁸　　　他的美名播四方　　他能明辨是和非

克明克类³⁹　克长克君⁴⁰　　　区别坏人和善良　　堪称师范好君王

王此大邦⁴¹　克顺克比⁴²　　　在此大国当君主　　上下和顺人心向

比于文王⁴³　其德靡悔⁴⁴　　　到了文王接王位　　人民爱戴德高尚

既受帝祉⁴⁵　施于孙子⁴⁶　　　既受上帝赐福禄　　子孙万代绵绵长

帝谓文王　无然畔援⁴⁷　　　上帝启示周文王　　不要暴虐休狂妄

无然歆羡⁴⁸　诞先登于岸⁴⁹　　莫羡他人当自强　　先据高位路康庄

37　貊：亦作莫，通"漠"，广大。

38　克：能。　明：指明辨是非。

39　类：指善恶的种类。

40　克长：能当人们的师长。　克君：能作人们的君主。

41　大邦：指周。

42　顺：和顺。　比：《礼记·乐记》引作"俾"，比、俾古通用，服从的意思。

43　比：及，到。

44　靡悔：陈奂《毛诗传疏》："谓文王之德，不为人恨。"

45　祉：福。

46　施：延续。

47　畔援：跋扈，专横暴虐。

48　歆羡：羡慕。

49　诞：发语词。　岸：喻高位。这句指先据有利之地位。

密人不恭⁵⁰　敢距大邦⁵¹　　密人态度不恭顺　竟敢抗拒周大邦

侵阮徂共⁵²　王赫斯怒⁵³　　侵阮袭共太猖狂　文王勃然大震怒

爰整其旅⁵⁴　以按徂旅⁵⁵　　整顿军队去抵抗　阻止敌人向莒闯

以笃于周祜⁵⁶　以对于天下⁵⁷　周族福气才巩固　民心安稳定四方

依其在京⁵⁸　侵自阮疆⁵⁹　　周京军队真强壮　从阮班师凯歌扬

陟我高冈　无矢我陵⁶⁰　　登上岐山远瞭望　没人敢占我山冈

我陵我阿　无饮我泉　　高山大陵莽苍苍　没人敢饮我泉水

50 密：密须，古国名，在今甘肃灵台西。《尚书大传》："文王受命三年，伐密须。"

51 距：通"拒"，抗拒。　大邦：指周国。文王在殷末被封为西伯，三分天下有其二。

52 阮：古国名，在今甘肃泾川县。　徂：到。　共：古国名，在今甘肃泾川县北。

53 赫怒：勃然大怒。　斯：语助词。

54 爰：于是。　旅：军队。

55 按：通"遏"，阻止。　旅：通"莒"，古国名。

56 笃：巩固。　于：犹乎。　祜：福。

57 对：通"遂"，安。有人释为答，亦通。

58 依其：依依，原有茂盛的意思，这里引申为强盛的样子。　京：周京。

59 侵：寝的假借字，指息兵、停战。

60 矢：陈。指陈兵。

我泉我池	度其鲜原[61]	清泉绿池水汪汪	规划山头和平原
居岐之阳	在渭之将[62]	定居岐山面向阳	紧靠渭水河边旁
万邦之方[63]	下民之王	你为万国作榜样	天下人民心向往

帝谓文王	予怀明德[64]	上帝告诉周文王	美好品德我赞赏
不大声以色[65]	不长夏以革[66]	从不疾言和厉色	遵从祖训依旧章
不识不知[67]	顺帝之则[68]	好像不知又不觉	顺乎天意把国享
帝谓文王	询尔仇方[69]	上帝又对文王说	团结邻国多商量
同尔弟兄[70]	以尔钩援[71]	联合同姓众国王	用你大钩和戈刀

61 度：计划。 鲜：通"巘"，小山。 原：平地。

62 将：侧，旁边。

63 方：法则，榜样。

64 怀：归向，趋向。 明德：有美德的人。指文王。

65 以：与。 色：指严厉的脸色。

66 长夏：长大。 革：变革。

67 不识不知：不知不觉。

68 顺：遵循。 则：法则。

69 询：谋，含有商量、征求意见的意思。 仇：匹。仇方，邻国。

70 弟兄：指同姓的诸侯国。

71 钩：古兵器，似剑而曲。 援：古兵器，戈上的横刃。

与尔临冲[72] 以伐崇墉[73]	临车冲车赴战场	讨伐崇国削殷商
临冲闲闲[74] 崇墉言言[75]	临车冲车声势壮	崇国城墙高又长
执讯连连[76] 攸馘安安[77]	捉来俘虏连成串	割下敌耳装满筐
是类是祃[78] 是致是附[79]	祭祀天神祈胜利	安抚残敌招他降
四方以无侮 临冲茀茀[80]	各国不敢侮周邦	临车冲车威力强
崇墉仡仡[81] 是伐是肆[82]	崇国城墙高又广	冲锋陷阵士气旺
是绝是忽[83] 四方以无拂[84]	消灭崇军有威望	各国不敢再违抗

72 临：临车，可居高临下攻城的战车。 冲：冲车，可从旁冲破城墙的战车。

73 崇：古国名，在今陕西西安沣水西。 墉：城墙。

74 闲闲：强盛的样子。

75 言言：高大的样子。

76 执：捉。 讯：俘虏。 连连：接连不断的样子。

77 攸：所。 馘：割下敌人的左耳用以计功。 安安：从容不迫的样子。

78 类：通"禷"，出师前祭天。 祃：出师后军中祭天。

79 致：招致敌人投降。 附：通"拊"，安抚。

80 茀茀：强盛的样子。

81 仡仡：同"屹屹"，高大的样子。

82 肆：攻击。

83 忽：消灭。

84 拂：违，抗拒。

灵 台

【题解】

这是一首记述周文王建成灵台和游赏奏乐的诗。

鼍　即扬子鳄，也称鼍龙、猪婆龙，爬行动物类。体长丈余。背部与尾部有角质鳞甲。穴居于江河
　　岸边和湖沼底部。古代用其皮来制鼓。

经始灵台[1]　经之营之　　　开始规划造灵台　仔细经营巧安排

庶民攻之[2]　不日成之[3]　　　黎民百姓都来干　灵台建成进度快

经始勿亟[4]　庶民子来[5]　　　建台本来不着急　百姓起劲自动来

王在灵囿[6]　麀鹿攸伏[7]（yōu）　　国王游览灵园中　母鹿伏在深草丛

麀鹿濯濯[8]（zhuó zhuó）　白鸟翯翯[9]（hè hè）　　母鹿肥大毛色润　白鸟洁净羽毛丰

王在灵沼[10]　　　　　　　　国王游览到灵沼

於牣鱼跃[11]（wū rèn）　　　　啊！满池鱼儿欢跳动

1　经始：开始规划营造。　灵台：台名，故址在今陕西西安西北。

2　攻：建造。

3　不日：不几天。

4　亟：同"急"。

5　子来：像儿子似的来建筑灵台。朱熹《诗集传》："虽文王心恐烦民，戒令勿急，而民心乐之，如子趣父事，不召自来也。"

6　囿：古代帝王畜养禽兽的园林。

7　麀鹿：母鹿。　攸：语助词。

8　濯濯：肥美的样子。

9　翯翯：洁白的样子。

10　灵沼：池名。

11　於：叹美声。三章和四章的"於"同。　牣：满。

虡业维枞¹²　贲鼓维镛¹³　　　　木架大版崇牙竖　挂着大鼓和大钟

於论鼓钟¹⁴　　　　　　　　　　　啊！钟声鼓声配合匀

於乐辟廱¹⁵　　　　　　　　　　　啊！国王享乐在离宫

於论鼓钟　　　　　　　　　　　　　　啊！鼓声钟声配合匀

於乐辟廱　　　　　　　　　　　　　　啊！国王享乐在离宫

鼍鼓逢逢¹⁶　朦瞍奏公¹⁷　　　　敲起鼍鼓响蓬蓬　瞽师奏乐祝成功

12　虡：悬挂钟磬的木架。　业：装在虡（木架）上的一块大版。　维：与。
　　枞：亦名崇牙，大版上的一排锯齿，用以悬挂钟磬。

13　贲：大鼓。　镛：大钟。

14　论：通"伦"，有次序的意思。形容鼓和钟配合得有节奏，很协调。

15　辟廱：文王离宫名。辟即璧字，廱是水泽池沼。离宫中有圆的池沼如璧，因
　　名辟廱。和汉儒所说的指皇家学校而言的辟廱不同。

16　鼍：即扬子鳄，皮坚，可以制鼓面。　逢逢：鼓声。

17　朦、瞍：都是古代盲人的专称。古代乐师常以盲人充任。　公：通"功"，成
　　功。指灵台落成。

下　武

【题解】

这是赞美武王、成王能继承先王功德的诗。

下武维周[1]　世有哲王[2]	周人能继祖先业	代代都有好国王
三后在天[3]　王配于京[4]	三代先王灵在天	武王在镐把国享
王配于京　世德作求[5]	武王在镐把国享	堪与祖德共增光
永言配命　成王之孚[6]	永远顺应上天命	成王守信有威望
成王之孚　下土之式[7]	成王守信有威望	身为天下好榜样
永言孝思[8]　孝思维则[9]	永遵祖训尽孝道	效法先人建周邦

1　下：后。　武：继承。

2　哲：明智。

3　三后：指太王、王季、文王。

4　王：指武王。　配：指配天。　京：镐京，周的都城。

5　作：为。　求：与"逑"通（从马瑞辰《通释》说），配合三王的意思。

6　成王：武王子，名诵。　孚：信。按《噫嘻》"成王"二字，《毛传》释为"完成武王的威望"，亦通。

7　式：法式，榜样。

8　言、思：均为语助词。

9　则：法则。

媚兹一人¹⁰　应侯顺德¹¹　　人们爱戴周成王　能承祖德国运昌

永言孝思　　昭哉嗣服¹²　　永遵祖训尽孝道　后代争气名远扬

昭兹来许¹³　绳其祖武¹⁴　　后代争气名远扬　继承祖业世永昌

於万斯年¹⁵　受天之祜¹⁶　　啊！国祚绵绵万年长　受天之福永兴旺

受天之祜　　四方来贺　　　受天之福永兴旺　四方来贺庆吉祥

於万斯年　　不遐有佐¹⁷　　啊！国祚绵绵万年长　怎无辅佐作屏障

10　媚：爱。　兹：此。　一人：指成王。

11　应：当。　侯：是。《水经注》等书认为应侯是武王的儿子，可备一说。

12　昭：昭明，宣扬。　嗣服：后进，指成王。

13　兹：与"哉"通。古书引这句诗多作"昭哉"。　来许：和上句嗣服同义，也是
　　"后进"的意思（从马瑞辰《通释》说）。

14　绳：继续。　武：迹。祖武，祖先的事业。

15　於：叹美词。　斯：语助词。

16　祜：福。

17　遐：胡，何。不遐，"遐不"的倒文，即"何不"。

文王有声

【题解】

这是歌颂文王、武王迁都丰、镐的诗。

文王有声¹	遹骏有声²	文王已有好名望	大名鼎鼎四海扬
遹求厥宁³	遹观厥成	力求人民得安宁	终见成功国富强
文王烝哉⁴		人人赞美周文王	
文王受命⁵	有此武功	文王受命封西伯	立下武功真辉煌
既伐于崇⁶	作邑于丰⁷	举兵讨伐崇侯虎	迁都丰邑好地方
文王烝哉		人人赞美周文王	
筑城伊淢⁸	作丰伊匹⁹	按照旧河筑城墙	丰邑规模也相当

1　声：名声。

2　遹：发语词，与"聿"、"曰"同。　骏：大。

3　厥：其。指人民（下句的"厥"，指周家）。

4　烝：美。

5　受命：指受纣王命被封为西伯。有人说，是受天命，亦通。

6　崇：殷纣所封的诸侯国，殷末其国君为崇侯虎。

7　丰：在今陕西西安北沣水西。原为崇地，文王由岐迁都于此。

8　淢：通"洫"，护城河。

9　伊：为。

匪棘其欲¹⁰ 遹追来孝¹¹　　个人欲望不贪图　孝顺祖先兴周邦

王后烝哉¹²　　　　　　　人人赞美周文王

王公伊濯¹³ 维丰之垣¹⁴　　文王功业真辉煌　他是丰都的城墙

四方攸同¹⁵ 王后维翰¹⁶　　四方同心齐归附　扶持天下是栋梁

王后烝哉　　　　　　　　　人人赞美周文王

丰水东注¹⁷ 维禹之绩¹⁸　　沣水东流入黄河　大禹之功不可磨

四方攸同　皇王维辟¹⁹　　四方同心齐归附　君临天下是楷模

皇王烝哉　　　　　　　　　英明武王美名播

10　棘：和"亟"、"革"通用，都是急的意思。

11　追孝：孝顺已死的祖先。　来：语助词。

12　王后：君王。朱熹《诗集传》："王后，亦指文王也。"

13　公：同"功"。王公，即王事。　濯：显著。

14　维：是。　垣：墙。

15　攸：语助词。　同：指天下的人同心归周。

16　翰：桢干，骨干。

17　丰水：即沣水，源出今陕西省西安西南秦岭山，与渭水合流注入黄河。

18　绩：功绩。

19　皇：大。皇王，指武王。　辟：法则。

镐京辟廱[20]	自西自东	离宫落成在镐京	诸侯朝见来观光
自南自北	无思不服[21]	东西南北都到齐	哪个不服我周邦
皇王烝哉		人人赞美周武王	

考卜维王[22]	宅是镐京[23]	国王卜居问上苍	定居镐京最吉祥
维龟正之[24]	武王成之	迁都决策神龟定	武王完成功无量
武王烝哉		英明伟大周武王	

丰水有芑[25]	武王岂不仕[26]	沣水水芹长得旺	难道武王在闲逛
诒厥孙谋[27]	以燕翼子[28]	留下安民好谋略	保护儿子把国享
武王烝哉		英明伟大周武王	

20 镐京：西周国都，在今陕西省西安西南沣水东岸。　辟廱：离宫。与指皇家学校的辟廱不同。戴震《毛郑诗考证》对此有详细辩说，可参考。

21 思：语助词。

22 考：完成。　维：是。下同。　王：武王。

23 宅：定居。

24 龟：龟兆。　正：决定。

25 芑：通"芹"，水芹菜（从马瑞辰《通释》说）。

26 仕：通"事"。《晏子春秋·谏下篇》引诗作"武王岂不事"。

27 诒：通"贻"，留下。　孙：音义同"逊"，顺。

28 燕：安定。　翼：庇护。　子：指武王之子成王。

生 民

【题解】

　　这是周人史诗之一，追述周始祖后稷的事迹，可说是一篇很生动的后稷传记。后稷生在上古的原始社会，处于母系氏族制，男女关系不固定，人们知有母而不知有父，"时则有大神之迹，姜嫄履之，足不能满，履其拇指之处，心体歆歆然，如有人道感己者也。于是遂有身"（《郑笺》）。姜嫄"履帝武敏歆"孕而生弃的传说，正是这种历史事实的反映。后稷虽是传说中的人物，但写他从事农业生产的情况，也反映了我国古代农业发达的事实。

荏菽　　即大豆。一年生草本植物，花白或紫色，有根瘤，豆荚有毛。种子可食用，亦可榨油。亦以称这种植物的种子。

厥初生民　　时维姜嫄[1]　　　　周族祖先谁所生　　姜嫄娘娘有声望

生民如何　　克禋克祀[2]　　　　如何生下周族人　　祈祷神灵祭上苍
　　　　　　 yīn

以弗无子[3]　　履帝武敏歆[4]　　乞求生子后嗣昌　　踩了上帝拇趾印

攸介攸止[5]　　载震载夙[6]　　　神灵保佑赐吉祥　　十月怀胎行端庄

载生载育　　时维后稷　　　　　一朝生子勤扶养　　就是后稷周先王

诞弥厥月[7]　　先生如达[8]　　　怀孕足月期限满　　头胎生子真顺当

不坼不副[9]　　无灾无害　　　　产门没破也没裂　　无灾无难身健康
　　　　 pì

1　时：是。　姜嫄：传说中有邰氏之女，帝喾之妃，周始祖后稷之母。

2　克：能，善于(第二个"克"字是衬字)。　禋祀：古代祭天神的一种礼仪，先
　 烧柴升烟，再加牲体及玉帛于柴上焚烧。

3　弗：祓的假借字，用祭祀来除去灾难。祓无子，即祈求除去不育之灾。

4　履：践踏。　帝：上帝。　武：足迹。　敏：通"拇"，大拇指。　歆：心有
　 所感的样子。

5　攸：语助词。　介：通"祄"，神保佑。《集韵》："祄，祐也。"　止：通"祉"，
　 神降福。《尔雅·释诂》："祉，福也。"

6　载：语助词。　震：通"娠"，怀孕。　夙：通"肃"，指生活严肃，不再和男
　 子交往。

7　诞：发语词。　弥：满。

8　先生：头生，即第一胎。　如：同"而"。　达：滑利(从胡承珙《毛诗后笺》
　 说)。

9　坼：裂开。　副：破裂。

以赫厥灵[10]　上帝不宁　　显出灵异和吉祥　上帝原来心不定

不康禋祀[11]　居然生子　　姜嫄心慌祭祀忙　结果居然生儿郎

诞置之隘巷[12]　牛羊腓字之[13]　把他丢在小巷里　牛羊爱护喂养他

诞置之平林[14]　会伐平林[15]　把他丢在树林中　樵夫砍柴救了他

诞置之寒冰　　鸟覆翼之　　把他丢到寒冰上　大鸟展翅温暖他

鸟乃去矣　后稷呱矣[16]　后来大鸟飞走了　后稷啼哭声哇哇

实覃实讦[17]　厥声载路[18]　哭声不止嗓门大　声音满路人惊讶

诞实匍匐[19]　克岐克嶷[20]　后稷刚会地上爬　就很聪明又乖巧

10　赫：显示。

11　不康：指姜嫄因踩上帝大脚印而怀孕深感不安。

12　置：弃置。

13　腓：庇护。　字：养育，指给他奶吃。

14　平林：平原上的树林。

15　会：值，恰好碰上。

16　呱：小儿哭声。

17　实：是。　覃：长。　讦：大。

18　载：充满。

19　匍匐：手足着地爬行。

20　岐、嶷：《毛传》："岐，知意也。嶷，识也。"

以就口食²¹　蓺之荏菽²²

能够觅食吃得饱　稍长就会种大豆

荏菽斾斾²³　禾役穟穟²⁴

大豆一片长得好　种出谷子穗垂垂

麻麦幪幪²⁵　瓜瓞唪唪²⁶

麻麦茂密无杂草　瓜儿累累真不少

诞后稷之穑²⁷　有相之道²⁸

后稷种地种得好　他有生产好门道

茀厥丰草²⁹　种之黄茂³⁰

保护禾苗勤除草　选择良种播得早

实方实苞³¹　实种实褎³²

种籽渐白露嫩芽　禾苗窜出向上冒

实发实秀³³　实坚实好³⁴

拔节抽穗渐结实　谷粒饱满成色好

21　就：趋往。

22　蓺：种植。　荏菽：大豆，亦称黄豆。

23　斾斾：茂盛的样子。

24　役：颖的假借字，《说文》两次引这句诗均作"禾颖穟穟"。禾颖，即禾穗。
　　穟穟：禾穗丰硕下垂的样子。

25　幪幪：茂密的样子。

26　瓞：小瓜。　唪唪：果实累累的样子。

27　穑：指种植五谷。

28　相：助。　道：方法。

29　茀：拔除。

30　黄茂：嘉谷。

31　方：谷种开始露白。　苞：谷种吐芽，苗将出未出时。

32　种：谷种生出短苗。　褎：禾苗渐渐长高。

33　发：指禾茎舒发拔节。　秀：禾初生穗结实。

34　坚：指谷粒灌浆饱满。

实颖实栗³⁵　即有邰家室³⁶　　　禾穗沉沉产量高　定居邰地乐陶陶

诞降嘉种³⁷　维秬维秠³⁸　　　后稷推广好种籽　秬子秠子是良黍

维穈维芑³⁹　恒之秬秠⁴⁰　　　谷子高粱植株粗　遍地秬子和秠子

是获是亩⁴¹　恒之穈芑　　　收割完毕堆垄亩　遍地谷子和高粱

是任是负⁴²　以归肇祀⁴³　　　挑着背着忙运输　归来神前祭先祖

诞我祀如何　或舂或揄⁴⁴　　　说起祭祀怎个样　有的舂米有的舀粮

35　颖：指禾穗末梢下垂。　栗：犹言栗栗，形容收获众多的样子。《尔雅·释训》："栗栗，众也。"

36　即：往。　有邰：当时氏族，其地在今陕西武功县。传说帝尧因为后稷对农业生产有贡献而封他于邰。有，词头。

37　降：赐与。指后稷将好的种籽赐给人民。

38　维：是。　秬：黑黍。　秠：黍的一种，一个黍壳中含有两粒黍米。

39　穈：谷子的一种，初生时叶纯赤，生三四叶后，赤青相间，七八叶后色始纯青。　芑：一种白苗的高粱。

40　恒：亘的借字，遍的意思。

41　获：收割。　亩：堆在田里。

42　任：挑。

43　肇：始。

44　揄：从臼中将舂好的米舀出。

或簸或蹂⁴⁵ 释之叟叟⁴⁶　　有的搓米有扬糠　　淘米声音嗖嗖响

烝之浮浮⁴⁷ 载谋载惟⁴⁸　　蒸饭热气喷喷香　　祭祀大事同商量

取萧祭脂⁴⁹ 取羝以軷⁵⁰　　烧脂烧艾味芬芳　　肥大公羊剥去皮

载燔载烈⁵¹ 以兴嗣岁⁵²　　又烧又烤供神享　　祈求来年更丰穰

卬盛于豆⁵³ 于豆于登⁵⁴　　我把祭品装碗盘　　木碗瓦盆都用上

其香始升 上帝居歆⁵⁵　　香气马上升满堂　　上帝降临来尝尝

胡臭亶时⁵⁶ 后稷肇祀　　菜饭味道真正香　　后稷开创祭祀礼

庶无罪悔⁵⁷ 以迄于今　　幸蒙神佑没灾殃　　至今流传好风尚

45　簸：扬弃糠皮。　蹂：通"揉"，指用两手反复揉搓。

46　释：淘米。　叟叟：淘米的声音。

47　烝：同"蒸"。　浮浮：形容蒸饭时热气上升的样子。

48　谋：计划。　惟：考虑。

49　萧：香蒿，今名艾。　脂：牛肠脂。古时祭祀用艾和牛油合烧，取其香气。

50　羝：公羊。　軷：剥，剥羊的皮（从于省吾《诗经新证》说）。

51　燔：将肉放在火里烧炙。　烈：将肉贯穿起来架在火上烤。

52　兴：兴旺。　嗣岁：来年。

53　卬：我。　豆：古代一种高脚碗，盛肉用的。

54　登：瓦制的碗，盛汤用的。

55　居：语助词。　歆：歠，享受。

56　胡：大。　臭：香气。　亶：确实。　时：善，好。

57　庶：幸。

行 苇

【题解】

这是写周统治者和族人宴会、比射的诗。

台 通"鲐"。老人背上生斑如鲐鱼之纹，故诗中"台背"指高寿。古籍中的"鲐"指两种鱼。一音 tái，也称鲭、油筒鱼、青花鱼。身体纺锤形，头顶浅黑色，背部青蓝色，腹部淡黄色，两侧上部有深蓝色波状条纹。生活在海中，是回游性鱼类。一音 yí，即河豚鱼。图中所绘当是河豚鱼。

tuán　háng
敦彼行苇[1]　牛羊勿践履[2]　　路边芦丛发嫩芽　别让牛羊践踏它

方苞方体[3]　维叶泥泥[4]　　　苇心紧裹初成形　叶儿柔润将长大

戚戚兄弟[5]　莫远具尔[6]　　　兄弟骨肉应友爱　互相亲近莫分家

或肆之筵[7]　或授之几[8]　　　铺上筵席请客人　敬老茶几端给他

肆筵设席[9]　授几有缉御[10]　摆好酒菜铺上席　侍者轮番端上几

或献或酢[11]　洗爵奠斝[12]　　主人献酒客回敬　洗杯捧觞来回递

jiǎ

1　敦彼：犹敦敦，草聚生的样子。　行：道路。　苇：芦苇。

2　践履：践踏。

3　方：开始。　苞：包而未放之形。　体：成形。

4　维：发语词。　泥泥：叶润泽的样子。

5　戚戚：亲热的样子。

6　远：疏远。　具：通“俱”。　尔：通“迩”，近。

7　肆：陈，铺上。　筵：筵席。

8　几：矮脚小木桌，用以端放食物或凭靠身体。

9　设席：古人席地而坐，在席上加席，使踞在席上的宾客更加舒适。《礼记·礼器》："天子之席五重，诸侯之席三重，大夫再重。"

10　缉：继续。　御：侍者。

11　献：主人给客人敬酒。　酢：客人回敬。

12　洗：主人敬酒前，从几上拿起酒杯先洗一洗，然后斟酒。　爵：青铜酒器，有三足。　奠：置。　斝：青铜酒器，形制略似爵而较简朴。

醓^{tǎn hǎi}醢以荐¹³　或燔或炙¹⁴　　献上肉糜请客尝　烧肉烤羊美无比

嘉殽脾^{jué}臄^è¹⁵　或歌或咢¹⁶　　牛胃牛舌也不差　唱歌击鼓人人喜

敦弓既坚¹⁷　四□既钧¹⁸　　雕弓拉起劲儿大　利箭匀直质量佳

舍矢既均¹⁹　序宾以贤²⁰　　放手一箭就中的　各按胜负来坐下

敦弓既句^{gōu}²¹　既挟四□²²　　雕弓张开如满月　箭儿上弦准备发

四□如树²³　序宾以不侮²⁴　　箭箭竖在靶子上　败者也不怠慢他

13 醢：多汁的肉酱。　醓：把肉剁成酱。　荐：献。

14 燔：烧肉。　炙：烤肉。

15 殽：荤菜。　脾：通"膍"，牛的胃，俗称牛百叶。　臄：牛舌。

16 咢：只打鼓，不歌唱。

17 敦弓：即雕弓。用五彩画在弓上作装饰，是周代天子用的弓。

18 镞：古代箭名，金属箭头，后段以羽毛为饰。　钧：调和。指金属箭头和中段后段的重量都能调和。

19 舍矢：发箭。　均：中。既均，已经射中。

20 序：指座位排列的次序。　贤：贤才。指射中的次数最多者。

21 句：彀的假借字，张弓。

22 挟：接。指箭与弓弦相接，箭上弦之谓（从段玉裁《说文解字注》说）。

23 树：竖立。指箭射中靶子，像竖立在靶上一样。

24 不侮：不怠慢。

曾孙维主[25]	酒醴维醹[26]	宴会主人会当家	美酒醇厚味不差
酌以大斗[27]	以祈黄耇[28]	斟上美酒一大杯	敬祝老人寿无涯
黄耇台背[29]	以引以翼[30]	老者龙钟行不便	侍者引路扶着他
"寿考维祺[31]	以介景福"[32]	"长命百岁最吉利	神明赐您福分大"

25 曾孙：贵族主人的称呼。　维：是。　主：主人。

26 醴：甜酒。酒体，泛指酒。　醹：酒味醇厚。

27 斗：古代酒器。

28 黄耇：老人，形容长寿老人发黄面垢。

29 台：亦作鲐。鲐，鱼名，背上有黑的花纹。老年人背有黑纹，故称老人为台背。

30 引：引导。　翼：辅助。

31 祺：吉祥。

32 介：祈求。　景：大。

既　醉

【题解】

这是周王祭祀祖先，祝官代表神主（尸）对主祭者周王的祝词。

既醉以酒	既饱以德	美酒喝得醉醺醺	饱尝您的好恩情
君子万年	介尔景福	但愿主人寿万年	神赐大福享不尽

既醉以酒	尔殽既将[1]	美酒喝得醉酩酊	您的佳殽数不清
君子万年	介尔昭明[2]	但愿主人寿万年	神赐前程多光明

昭明有融[3]	高朗令终[4]	前程远大又光明	善终会有好名声
令终有俶[5]	公尸嘉告[6]	善终必有好开头	神主好话仔细听

1　将：美。

2　昭明：光明。

3　有融：即融融，长远的样子。

4　朗：明。高朗，指高明的名誉。　令：善。令终，好结果。

5　俶：始。

6　公：君。　尸：古人祭祀祖先的时候，以一人装作祖先的形象接受祭祀，叫做尸。祖先是君主，故称公尸。　嘉告：善言。

其告维何⁷　笾豆静嘉⁸　　神主好话说什么　碗碗祭品洁而精

朋友攸摄⁹　摄以威仪¹⁰　　朋友宾客来助祭　祭礼隆重心虔诚

威仪孔时¹¹　君子有孝子¹²　祭祀礼节无差错　主人又尽孝子情

孝子不匮¹³　永锡尔类¹⁴　　孝子孝心永不竭　神灵赐您好章程

其类维何　室家之壸^{kǔn}¹⁵　赐您章程是什么　治理家庭常安宁

君子万年　永锡祚胤¹⁶　　但愿主人寿万年　子孙幸福永继承

7　告：指祝官代表尸向主祭者致嘏辞（"尸"致福于主人之词叫嘏辞）。

8　笾、豆：均古代食器，见《伐柯》"笾豆有践"注。　静嘉：美好。

9　攸：语助词。　摄：佐，辅助。这里指助祭。

10　威仪：指典礼的仪式。

11　时：善。孔时，很好。

12　有：通"又"。

13　匮：竭。

14　锡：赐。　类：法则。

15　壸：本义是宫中道，引申为"齐"，这里又引申作动词用，指"齐家"，治理家庭。

16　祚：福。　胤：嗣。指子孙。

其胤维何　　天被尔禄[17]　　　子孙后嗣怎么样　　上天命您当国王

君子万年　　景命有仆[18]　　　但愿主人寿万年　　天赐妻妾和儿郎

其仆维何　　厘尔女士[19]　　　妻妾儿郎怎么样　　天赐才女做新娘

厘尔女士　　从以孙子[20]　　　天赐才女做新娘　　随生子孙传代长

17　被：覆盖，加的意思。　禄：禄位。指王位。

18　景命：大命。指天命。　仆：与"朴"通，附着，附属。指下章女士、孙子，
　　都是国王的附属（从马瑞辰《通释》说）。

19　厘：通"赉"，赐予。　女士：才女。

20　从：随。　孙子：即子孙。

凫　鹥

【题解】

　　这是周王祭祀祖先的第二天，为酬谢公尸请其赴宴（古称"宾尸"）时所唱的诗。

凫　　即野鸭。状如家鸭而略小。李时珍《本草纲目》："凫，东南江海湖泊中皆有之。数百为群，晨夜蔽天，而飞声如风雨，所至稻粱一空。"

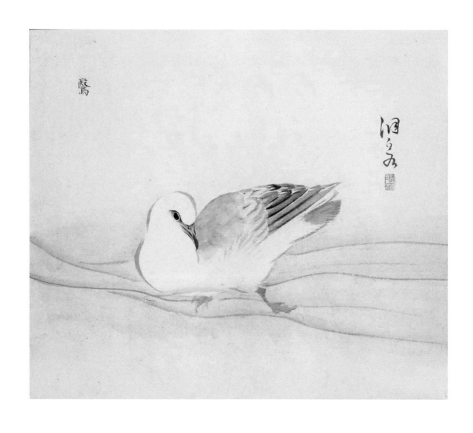

鹭　　　即鸥，水鸟。头大，嘴扁平，趾间有蹼，翼长而尖，羽毛多，灰白色。生活在海洋及内陆河川，
　　　以鱼类和昆虫等为食。种类繁多。明李时珍《本草纲目》："鸥者浮水上，轻漾如沤也。鹭者，鸣
　　　声也。鸦者，形似也。在海者名海鸥，在江者名江鸥。"

凫鹥在泾¹　公尸来燕来宁²　　河里野鸭鸥成群　神主赴宴慰主人
（fú yī）

尔酒既清³　尔殽既馨⁴　　您的美酒那样清　您的佳殽香喷喷

公尸燕饮　福禄来成⁵　　神主光临来赴宴　福禄降临您家门

凫鹥在沙⁶　公尸来燕来宜⁷　　野鸭鸥鸟在水滨　神主赴宴主人请

尔酒既多　尔殽既嘉　　您的美酒那样多　您的佳殽鲜又新

公尸燕饮　福禄来为⁸　　神主光临来赴宴　大福大禄又添增

凫鹥在渚⁹　公尸来燕来处¹⁰　　野鸭鸥鸟在沙滩　神主赴宴心喜欢

尔酒既湑¹¹　尔殽伊脯¹²　　您的美酒清又醇　下酒肉干煮得烂
（xǔ）

1　凫：野鸭。　鹥：鸥鸟。　泾：水向前直流。这里指河水。

2　公尸：神主。见《既醉》"公尸嘉告"注。　燕：通"宴"，指宴饮。　宁：安慰。

3　尔：指主人周王。

4　馨：香气。

5　成：帮助。

6　沙：指水边沙滩。

7　宜：顺的意思。来宜，应顺主人的邀请。

8　为：助。

9　渚：水中沙洲。

10　处：安乐（从林义光《诗经通解》说）。

11　湑：滤过的酒，引申为清。

12　脯：干肉，咸肉。

| 公尸燕饮 | 福禄来下 | 神主光临来赴宴 | 天降福禄保平安 |

凫鹥在潀 cóng [13]	公尸来燕来宗 [14]	野鸭鸥鸟在港汊	神主赴宴尊敬他
既燕于宗 [15]	福禄攸降	宴席设在宗庙里	神赐福禄频降下
公尸燕饮	福禄来崇 [16]	神主光临来赴宴	福禄绵绵赐您家

凫鹥在亹 mén [17]	公尸来止熏熏 [18]	野鸭鸥鸟在峡门	神主赴宴心欢欣
旨酒欣欣 [19]	燔炙芬芬	美酒畅饮味芳馨	烧肉烤羊香诱人
公尸燕饮	无有后艰 [20]	神主光临来赴宴	今后无灾无苦闷

13 潀：众水相会处，即港汊。

14 宗：尊敬。

15 宗：宗庙。

16 崇：重，指重重的福禄。

17 亹：峡中两岸对峙如门的地方。

18 熏熏：俞樾《古书疑义举例》："熏熏、欣欣，字当互易，'公尸来止欣欣'，言公尸之和悦也……欣、熏字音相同，古书多口授，误倒其文耳。"

19 欣欣：《毛传》："欣欣然乐也。"旨酒怎么会欣欣地快乐呢？说不可通。俞樾："'旨酒熏熏'，此熏字，乃'薰'之假借。《说文》：'薰，香草也。'盖因草之香而引申之，则见香者皆得言薰也。"

20 艰：艰难，不幸。

假 乐

【题解】

这是周王宴会群臣，群臣歌功颂德的诗。

假乐君子[1]	显显令德[2]	周王令人爱又敬	品德高尚心光明
宜民宜人[3]	受禄于天	能用贤臣能安民	接受福禄从天庭
保右命之[4]	自天申之[5]	上帝下令多保佑	多赐福禄国兴盛
干禄百福[6]	子孙千亿	千禄百福齐降临	子子孙孙数不清
穆穆皇皇[7]	宜君宜王	个个正派又光明	当君当主都相称
不愆不忘[8]	率由旧章[9]	不犯过错不忘本	遵循旧制国太平

1　假：嘉的假借字，赞美。《左传》文公三年、襄公二十六年和《礼记·乐记》引
　　这句诗均作"嘉乐"。　乐：喜爱。　君子：指周王。

2　显显：光明的样子。　令德：美德。

3　宜：适合。　民：庶民。　人：指在位的贵族。

4　右：通"佑"，助。

5　申：重复，一再。

6　干：可能是后人传写之误，应作"千"。

7　穆穆：肃敬的样子。　皇皇：光明的样子。

8　愆：过失。

9　率由：遵循。　章：典章制度。

威仪抑抑[10]	德音秩秩[11]	仪表堂堂威凛凛	政教法令真清明
无怨无恶	率由群匹[12]	没人怨来没人恨	依靠群臣受欢迎
受禄无疆	四方之纲[13]	受天福禄无穷尽	四方万国遵王命

之纲之纪[14]	燕及朋友[15]	君临天下王为首	大宴宾客请朋友
百辟卿士[16]	媚于天子[17]	诸侯卿士都赴宴	爱戴天子齐敬酒
不解于位[18]	民之攸墍[19]	勤于职守不惰怠	万民归附国长久

10 威仪：仪表风度。 抑抑：通"懿懿"，庄美的样子。

11 德音：这里指政教法令。 秩秩：清明的样子。

12 群匹：指群臣。

13 纲：法则。

14 之：这。

15 燕：宴请。

16 辟：君。百辟，指众诸侯。 卿士：泛指文武大臣。

17 媚：爱戴。

18 解：通"懈"。

19 攸：所。 墍：通"暨"，归附。《左传》成公二年引这句诗作"暨"。

公　刘

【题解】

这是周人史诗之一，上承《生民》，下接《绵》诗，叙述周人祖先公刘带领周民由邰迁豳的故事。公刘是后稷的后代，约生于夏末商初，因避夏桀而迁豳，在发展农业生产上有一定的贡献。前人认为《公刘》是豳诗，大约是可靠的。

笃公刘[1]	匪居匪康[2]	忠实厚道的公刘　不敢安居把福享
迺埸迺疆[3]	迺积迺仓[4]	划分疆界治田地　收割粮食装进仓
迺裹糇粮[5]	于橐于囊[6]	揉面蒸饼备干粮　装进小袋和大囊
思辑用光[7]	弓矢斯张[8]	紧密团结争荣光　张弓带箭齐武装
干戈戚扬[9]	爰方启行[10]	盾戈斧钺拿手上　开始动身向前方

1　笃：忠实厚道。　公刘：后稷的后代，周族首领。《释文》引《尚书大传》云："公，爵。刘，名也。"

2　匪：不。　康：安乐。

3　埸：田界。

4　积：露天堆积粮食的地方，亦名庾。　仓：仓库。

5　糇粮：干粮。

6　橐：没底的口袋。装上东西后，用绳扎住两头。　囊：有底的口袋。

7　思：发语词。　辑：和睦团结。　用：以为。　光：光荣。

8　斯：语助词。　张：准备好。

9　干：盾。　戚：斧。　扬：亦名钺，大斧。

10　爰：于是。　方：开始。　启行：动身，出发。

笃公刘	于胥斯原[11]	忠实厚道的公刘	豳地原野视察忙
既庶既繁[12]	既顺迺宣[13]	百姓众多紧相随	民心归顺多舒畅
而无永叹	陟则在巘[14]	长吁短叹一扫光	忽而登上小山坡
复降在原	何以舟之[15]	忽而下到平原上	身上佩带何物件
维玉及瑶[16]	鞞琫容刀[17]	美玉宝石尽琳琅	佩刀玉鞘闪闪亮

笃公刘	逝彼百泉[18]	忠实厚道的公刘	来到泉水岸边上
瞻彼溥原[19]	迺陟南冈	眺望平原宽又广	登上南边高山冈
乃觏于京[20]	京师之野[21]	发现京师好地方	京师田野形势好

11 于：在。 胥：视察。 斯：这。

12 庶、繁：都是众多的意思。

13 顺：民心归顺。 宣：舒畅。

14 陟：登。 巘：小山。

15 舟：佩带。

16 维：是。 瑶：似玉的美石。玉和瑶是腰带上的饰物。

17 鞞：刀鞘。 琫：刀鞘口的玉饰。 容刀：装着刀。

18 逝：往。 百泉：指泉水多的地方。

19 溥：广大。

20 觏：看见。 京：豳的地名。

21 京师：京邑。后世用它专称帝王所住的都城。

于时处处[22]	于时庐旅[23]	于是定居建新邦	于是规划造住房
于时言言	于时语语	谈笑风生喜洋洋	七嘴八舌闹嚷嚷

笃公刘	于京斯依[24]	忠实厚道的公刘	定居京师新气象
跄跄济济[25]	俾筵俾几[26]	犒宴群臣威仪盛	入席就坐招待忙
既登乃依[27]	乃造其曹[28]	安排宾主都坐定	先祭猪神求吉祥
执豕于牢[29]	酌之用匏[30]	圈里捉猪做佳肴	葫芦瓢儿斟酒浆
食之饮之	君之宗之[31]	酒醉饭饱皆欢喜	共推公刘做君长

22 于时：于是。　处处：居住。

23 庐旅：庐旅二字古通用，即旅旅，寄居之意（从马瑞辰《通释》说）。

24 依：就地（造房）。

25 跄跄：走路有节奏的样子。　济济：态度从容端庄的样子。朱熹《诗集传》：
　　"跄跄济济，群臣有威仪貌。"

26 俾：使。　筵：铺在地上坐的席。这里用如动词，指登席。　几：古代席地
　　而坐时依靠或放食物的小桌。这里指靠着几。

27 依：靠。

28 造：三家诗作"告"，告祭。　曹：褿之假借，祭猪神。

29 执：捉。　牢：猪圈。

30 酌：斟酒。　之：指众宾。　匏：葫芦。葫芦一剖为二作酒器，称匏爵。

31 君、宗：二字均用作动词，君，指当君主；宗，指当族主。

笃公刘	既溥既长	忠实厚道的公刘	开垦豳地广又长
既景迺冈³²	相其阴阳³³	看了平原又上山	山南山北勘察忙
观其流泉	其军三单³⁴	查明水源和流向	组织军队分三班
度其隰原³⁵	彻田为粮³⁶	测量土地扎营房	开垦田亩为种粮
度其夕阳³⁷	豳居允荒³⁸	又到山西去丈量	豳地确实大又广

笃公刘	于豳斯馆³⁹	忠实厚道的公刘	营建宫室在豳原
涉渭为乱⁴⁰	取厉取锻⁴¹	横渡渭水开石料	捶石磨石都采全

32 景：古与"竟"同音通用，今作"境"。

33 相：视察。 阴：山北。 阳：山南。

34 单：通"禅"，轮流代替的意思。分军为三，只用一军服役，轮流代替，节用民力。《毛传》："三单，相袭也。"

35 度：测量。 隰原：低平之地。

36 彻：治，指开垦荒地。

37 夕阳：指山的西面。《尔雅·释山》："山西曰夕阳。"

38 允：确实。 荒：大。

39 馆：用如动词，指建筑房屋。

40 渭：渭水。 为：作用同"而"。 乱：横流而渡。

41 厉：同"砺"，粗糙坚硬的磨石。 锻：捶物的大石。

止基迺理 ⁴²　爰众爰有 ⁴³　　　基地既定治田地　　民康物阜笑语欢

夹其皇涧 ⁴⁴　溯其过涧 ⁴⁵　　　住在皇涧两岸边　　面向过涧住处宽

止旅乃密 ⁴⁶　芮鞫之即 ⁴⁷　　　移民定居人口密　　河岸两边都住满

42　止：既。　基：基地。　理：治理。

43　爰：助词。　众：指人多。　有：指富有。

44　皇涧：豳地涧名。

45　溯：面向。　过涧：涧名。

46　旅：寄居。　密：众多。

47　芮：通"汭"，水边向内凹处。　鞫：水边向外凸处。二者连用，泛指水边。
　　之：这，指芮、鞫。　即：往就。

泂 酌

【题解】

这是歌颂统治者能得民心的诗。具体指的是谁，史无确证。

^{jiǒng} 泂酌彼行潦¹ ^{lǎo} 挹彼注兹²		远舀路边积水潭	把这水缸都装满
^{fēn chì} 可以饙馏³		可以蒸菜也蒸饭	
^{kǎi tì} 岂弟君子⁴ 民之父母		君子品德真高尚	好比百姓父母般

泂酌彼行潦 挹彼注兹		远舀路边积水坑	舀来倒进我水缸
^{zhuó} 可以濯罍⁵		可把酒壶洗清爽	
岂弟君子 民之攸归⁶		君子品德真高尚	百姓归附心向往

1 泂：远。 行潦：路边的积水。

2 挹：舀。 彼：指行潦。 注：灌。 兹：此，指盛水的器皿。

3 饙：蒸。 馏：酒食。

4 岂弟：这里不作和气、平易近人解，训为"德行高大"（从《吕氏春秋》说）。

5 濯：洗。 罍：古代酒器，形似壶而大。

6 攸：所。

泂酌彼行潦　　挹彼注兹　　　远舀路边积水洼　舀进水瓮抱回家

可以濯溉[7]　　　　　　　　可供洗涤和抹擦

岂弟君子　　民之攸墍[8]　　君子品德真高尚　百姓归附爱戴他

7　溉：清。濯溉，《孔疏》："谓洗之使清洁。"有人说，溉当读为概，是盛酒的漆
　　器，亦通。

8　墍：归附。

卷 阿

【题解】

这是周王出游卷阿，诗人陈诗答王的歌。诗里歌颂周王礼贤求士，写了君臣出游、群臣献诗的盛况。旧说作者是召康公，周王是成王，姑从之。

梧桐

梧桐　　落叶乔木。种子可食，亦可榨油，供制皂或润滑油用。木质轻而韧，可制家具及乐器。古代以为是凤凰栖止之木。

有卷者阿¹　飘风自南²　　曲折丘陵风光好　旋风南来声怒号

岂弟君子　来游来歌　　　和气近人的君子　至此遨游歌载道

以矢其音³　　　　　大家献诗兴致高

伴奂尔游矣⁴　优游尔休矣⁵　江山如画任你游　悠闲自得且暂休

岂弟君子　俾尔弥尔性⁶　和气近人的君子　终生辛劳何所求

似先公酋矣⁷　　　　　继承祖业功千秋

尔土宇昄章⁸　亦孔之厚矣⁹　你的版图和封疆　一望无际遍海内

1　卷：曲。有卷，即卷卷。　阿：大的丘陵。《汲冢纪年》："成王三十三年，游于卷阿，召康公从。"

2　飘风：旋风。

3　矢：陈。

4　伴奂：纵弛、尽情的意思。

5　优游：闲暇自得的样子。

6　俾：使。　尔：你，指周王。　弥：终，尽。　性：音义同"生"，指生命（从林义光《诗经通解》说）。

7　似：通"嗣"，继承。　先公：先君，指文王、武王。　酋：完成，成就。

8　土宇：封疆。　昄：音义同"版"。昄章，犹版图（从朱熹《诗集传》引"或曰"说）。

9　厚：广大辽阔。

岂弟君子	俾尔弥尔性	和气近人的君子	终生辛劳有作为
百神尔主矣[10]		主祭百神最相配	

尔受命长矣	莆禄尔康矣[11]	你受天命长又久	福禄安康样样有
岂弟君子	俾尔弥尔性	和气近人的君子	终生辛劳百年寿
纯嘏尔常矣[12]		天赐洪福永享受	

 píng

有冯有翼[13]	有孝有德	贤才良士辅佐你	品德崇高有权威
以引以翼[14]	岂弟君子	匡扶相济功绩伟	和气近人的君子
四方为则		垂范天下万民随	

10 主：指主祭者。

11 莆禄：即福禄。 康：安。

12 纯：大。 嘏：福。

13 冯：辅。 翼：助。

14 引：引导。 翼：护助。

yóngyóngángáng
颙颙卬卬[15]　如圭如璋[16]　　　贤臣肃敬志高昂　品德纯洁如圭璋

令闻令望[17]　岂弟君子　　　　名声威望传四方　和气近人的君子

四方为纲　　　　　　　　　　　天下诸侯好榜样

　　　　　　　　huì huì
凤皇于飞　　翙翙其羽[18]　　　高高青天凤凰飞　百鸟展翅紧相随

亦集爰止[19]　蔼蔼王多吉士[20]　凤停树上百鸟陪　周王身边贤士萃

维君子使[21]　媚于天子[22]　　　任您驱使献智慧　爱戴天子不敢违

　　　　　　　　huì huì
凤皇于飞　　翙翙其羽　　　　　青天高高凤凰飞　百鸟纷纷紧相随

15　颙颙：庄重恭敬的样子。　卬卬：气概轩昂的样子。

16　圭、璋：古代玉制礼器。

17　令：好。

18　翙翙：众多的样子。　羽：鸟的代称。

19　爰：于。爰止，指凤凰所停止的地方。

20　蔼蔼：众多的样子。　吉士：善士。指群臣。

21　维：通"惟"。

22　媚：爱戴。

亦傅于天[23]　蔼蔼王多吉人[24]　　直上晴空迎朝晖　周王身边贤士萃

维君子命　媚于庶人[25]　　听您命令不辞累　爱护人民行无亏

凤凰鸣矣　于彼高冈　　凤凰鸣叫示吉祥　停在那边高山冈

梧桐生矣　于彼朝阳[26]　　高冈上面生梧桐　面向东方迎朝阳

běngběng
菶菶萋萋[27]　雝雝喈喈[28]　　枝叶茂盛郁苍苍　凤凰和鸣声悠扬

君子之车　既庶且多[29]　　迎送贤臣马车备　车子既多又华美

君子之马　既闲且驰[30]　　迎送贤臣有好马　奔驰熟练快如飞

矢诗不多[31]　维以遂歌[32]　　贤臣献诗真不少　为答周王唱歌会

23 傅：至。

24 吉人：犹吉士。

25 庶人：平民。

26 朝阳：指山的东面，因早晨被太阳所照，故称朝阳。

27 菶菶萋萋：形容梧桐枝叶茂盛的样子。

28 雝雝喈喈：形容凤凰鸣声和谐的样子。

29 多：通"侈"，车饰侈丽的意思（从俞樾说）。

30 闲：熟练。

31 不多："不"是语词，无义。《毛传》："不多，多也。"

32 遂：对，答。

民 劳

【题解】

这是诗人劝告厉王安民防奸的诗。厉王是成王的七世孙，为政暴虐，徭役繁重，人民不堪其苦，终于起来造反，厉王出奔于彘（今山西霍州），国人推共伯和行天子事。这就是《民劳》这首诗的时代背景。

民亦劳止[1] 汔可小康[2]	人民劳累真苦死 要求稍稍喘口气
惠此中国[3] 以绥四方[4]	国家搞好京师富 安抚诸侯不费力
无纵诡随[5] 以谨无良[6]	别听狡诈欺骗话 不良之辈要警惕
式遏寇虐[7] 憯不畏明[8]	制止暴虐与劫掠 胆大妄为违法纪
柔远能迩[9] 以定我王	爱民不分远和近 国王安定心中喜

1 亦、止：都是语助词。

2 汔：通"乞"，求。 康：安居。

3 惠：爱。 中国：指西周王朝直接统治的区域，即王畿，因四方都有诸侯，故称为中国。

4 绥：安。 四方：指各诸侯国。

5 纵：应作从，"听从"的意思。 诡随：狡诈欺骗的人。

6 谨：慎，小心提防。

7 式：发语词。 遏：制止。 寇虐：指掠夺残害人民的人。

8 憯：犹曾、乃。 明：法。陈奂《毛诗传疏》："明，犹法也。"

9 柔：安抚。 远：指住在远处的人们。 能：亲善。 迩：近。指住在近处的人们。

民亦劳止	汔可小休	人民劳苦莫提起	要求稍稍得休息
惠此中国	以为民逑[10]	国家搞好京师富	人民才能心满意
无纵诡随	以谨惽恢[11] ^{náo}	别听狡诈欺骗话	争权夺利要警惕
式遏寇虐	无俾民忧	制止暴虐与劫掠	莫使人民心悲凄
无弃尔劳[12]	以为王休[13]	从前功劳休抛弃	成就国王好名气

民亦劳止	汔可小息	人民劳苦莫提起	要求稍稍松口气
惠此京师[14]	以绥四国	国家搞好京师富	安抚诸侯就顺利
无纵诡随	以谨罔极[15]	别听狡诈欺骗话	两面三刀要警惕
式遏寇虐	无俾作慝[16] ^{tè}	制止暴虐与劫掠	不使作恶把人欺

10 逑：聚合。民逑，指人民欢聚安居乐业。

11 惽恢：喧扰争吵。

12 尔：指当时在位者。 劳：功劳。

13 休：美。

14 京师：都城，即此诗其他章节中的"中国"。

15 罔极：行为不正，没有准则。

16 慝：邪恶。

敬慎威仪¹⁷　以近有德　　　立身端正讲礼节　亲近贤德勤学习

民亦劳止　　汔可小愒¹⁸　　　人民劳苦莫提起　要求稍为歇歇力

惠此中国　　俾民忧泄¹⁹　　　国家搞好京师富　使民消忧除怨气

无纵诡随　　以谨丑厉²⁰　　　别听狡诈欺骗话　险恶之人要警惕

式遏寇虐　　无俾正败²¹　　　制止暴虐与劫掠　莫使政局生危机

戎虽小子²²　而式弘大²³　　你虽是个年轻人　作用很大当估计

民亦劳止　　汔可小安　　　　人民劳苦莫提起　要求稍稍得安逸

惠此中国　　国无有残²⁴　　　国家搞好京师富　社会安定好风气

17　敬慎：严肃谨慎。　威仪：容貌举止礼节。

18　愒：休息。

19　泄：发泄，消除。

20　丑厉：恶人。

21　正：通"政"。

22　戎：你。　小子：年轻人。指周王。

23　式：作用。　弘：大。

24　残：害。

无纵诡随	以谨缱绻[25]	别听狡诈欺骗话	结党营私要警惕
式遏寇虐	无俾正反[26]	制止暴虐与劫掠	莫将政权轻丧弃
王欲玉女[27]	是用大谏[28]	我王贪财爱美女	所以深深规劝你

25　缱绻：固结不解的意思。这里指结党营私。

26　正反：政事颠覆。

27　玉：指金玉财宝。　女：指女色。林义光《诗经通解》："玉女，谓财货与女色也。"阮元释"玉女"为畜女、爱汝，亦通。

28　是用：因此。　大谏：深切劝告。

板

【题解】

　　这是诗人假托劝告同事、实际上是劝告厉王的诗。旧说是周公的后代凡伯所作。有人考证凡伯就是共伯和，世称他修德行，好贤仁。周厉王失政逃亡到彘地时，诸侯就立他为周王。后人对这首诗是他所作并无异议。

上帝板板[1]	下民卒瘅[2]（cuì dǎn）	上帝发疯不正常	下界人民都遭殃
出话不然[3]	为犹不远[4]	话儿说得不合理	政策订来没眼光
靡圣管管[5]	不实于亶[6]	不靠圣人太自用	光说不做真荒唐
犹之未远	是用大谏	执政丝毫没远见	所以作诗劝我王

天之方难[7]	无然宪宪[8]	老天正把灾难降	不要这般喜洋洋

1　上帝：喻周厉王。　板板：乖戾、不正常的样子。

2　卒瘅：疲病。卒为悴的省借，亦作"瘁"，《韩诗外传》引这句诗作"瘁瘅"。

3　不然：不对。

4　犹：同"猷"，谋，政策。　不远：无远见。

5　靡圣：眼里没有圣人。　管管：没有依据，自以为是的样子。

6　不实：不实行。　亶：诚信。

7　方：正在。　难：灾难。

8　无然：不要这样。　宪宪：犹欣欣，喜悦的样子。

天之方蹶⁹	无然泄泄¹⁰	老天正在降骚乱	不要多嘴说短长
辞之辑矣¹¹	民之洽矣¹²	政令协调缓和了	民心协和国力强
辞之怿矣¹³	民之莫矣¹⁴	政令混乱败坏了	人民受害难安康

我虽异事¹⁵	及尔同寮¹⁶	你我职务虽不同	毕竟同事在官场
我即尔谋¹⁷	听我嚣嚣¹⁸	我到你处商国事	忠言逆耳白开腔
我言维服¹⁹	勿以为笑	我提建议为治国	切莫当作笑话讲
先民有言²⁰	"询于刍荛"²¹	古人有话说得好	"有事请教研柴郎"

天之方蹶 注音：yì yì（泄泄）

听我嚣嚣 注音：áo áo（嚣嚣）

9　蹶：动，扰乱。

10　泄泄：亦作呭呭，多嘴的样子。

11　辞：指政治教令。　辑：和缓协调。

12　洽：协和团结。

13　怿：借为"殬"，败坏。

14　莫：通"瘼"，病，疾苦。

15　异事：指职务不同。

16　及：和。　同寮：同事。

17　即：往就。　谋：商量。

18　嚣嚣：傲慢而不肯接受别人意见的样子。

19　维：是。　服：用，治。

20　先民：古人。

21　刍：草。　荛：柴。刍荛指割草砍柴者，即樵夫。

天之方虐²²　无然谑谑²³　　老天正把灾难降　切莫喜乐太放荡

老夫灌灌²⁴　小子蹻蹻²⁵　　老夫恳切尽忠诚　小子骄傲不像样

匪我言耄²⁶　尔用忧谑²⁷　　不是我说糊涂话　你开玩笑太轻狂

多将熇熇²⁸　不可救药　　多做坏事难收拾　不可救药国将亡
（hè hè）

天之方懠²⁹　无为夸毗³⁰　　老天正在生怒气　你别这副奴才相

威仪卒迷³¹　善人载尸³²　　君臣礼节都乱套　好人闭口不开腔

民之方殿屎³³　则莫我敢葵³⁴　　人民痛苦正呻吟　对我不敢妄猜想
（xī）

22 虐：暴虐。指降灾。

23 谑谑：嬉笑快乐的样子。

24 老夫：诗人自称。《礼记·曲礼》："大夫七十自称老夫。" 灌灌：犹款款，诚恳的样子。

25 小子：指厉王（从陈奂《毛诗传疏》说）。 蹻蹻：骄傲的样子。

26 匪：非。 耄：昏乱糊涂。

27 忧：借为"优"。忧谑，调笑（从俞樾《群经平议》说）。

28 将：行。多将，多做。 熇熇：火势炽盛的样子。这里指不可收拾。

29 懠：怒。

30 夸毗：卑躬屈膝，谄媚顺从。

31 威仪：这里指君臣之间的礼节。 卒：尽，都。 迷：迷乱。

32 载：则。 尸：神主。《孔疏》："尸，谓祭时之尸，以为神象，故终祭不言。贤人君子则如尸不复言语，畏政故也。"

33 殿屎：痛苦呻吟。

34 葵：通"揆"，猜疑。

丧乱蔑资³⁵　曾莫惠我师³⁶　　*社会纷乱国库空　抚恤群众谈不上*

天之牖民³⁷　如壎如篪³⁸　　*老天诱导众百姓　如吹壎篪和音响*

如璋如圭³⁹　如取如携⁴⁰　　*如像玄圭配玉璋　如提如携来相帮*

携无曰益⁴¹　牖民孔易　　*培育扶植不设防　因势利导很顺当*

民之多辟⁴²　无自立辟⁴³　　*如今民间多乱子　枉自立法没用场*

价人维藩⁴⁴　大师维垣⁴⁵　　*好人好比是藩篱　大众好比是围墙*

35　蔑：无，没有。　资：资财。

36　惠：施恩。　师：指民众。

37　牖：通"诱"，诱导。

38　壎：古代陶制的椭圆形吹奏乐器。　篪：古代竹制的一种管乐器。

39　璋、圭：都是玉制的礼器，圭为长条形薄版，上端三角形。《孔疏》："半圭为璋，合二璋则成圭。"

40　携：提。

41　曰：语助词，无义。　益：通"隘"，阻碍。无益，即不阻碍。

42　辟：通"僻"，邪僻。

43　辟：法。立辟，立法。

44　价：音义同"介"，善。　维：是。　藩：篱笆。

45　大师：大众。　垣：墙。

大邦维屏⁴⁶　大宗维翰⁴⁷　　　大国好比是屏障　同族好比是栋梁

怀德维宁⁴⁸　宗子维城⁴⁹　　　关心人民国安泰　宗子就像是城墙

无俾城坏　无独斯畏⁵⁰　　　别让城墙受破坏　不要孤立自遭殃

敬天之怒⁵¹　无敢戏豫⁵²　　　老天发怒要敬畏　不敢嬉戏太放荡

敬天之渝⁵³　无敢驰驱⁵⁴　　　老天灾变要敬畏　不敢任性太狂放

昊天曰明⁵⁵　及尔出王⁵⁶　　　老天眼睛最明亮　和你一起同来往

昊天曰旦⁵⁷　及尔游衍⁵⁸　　　老天眼睛最明朗　和你一起共游逛

46　大邦：指诸侯中的大国。　屏：屏障。

47　大宗：周王同姓的宗族。　翰：桢干，栋梁。

48　怀德：有好的德行。　宁：指国家安宁。

49　宗子：周王的嫡子。

50　独：孤立。　斯：此，这。　畏：可怕。

51　敬：敬畏。《鲁诗》作"畏"。

52　无：同"毋"。《鲁诗》作"不"。　戏豫：嬉戏娱乐。

53　渝：变。指天灾。

54　驰驱：指任性放纵。

55　曰：语助词。　明：光明。

56　及：与。　王：通"往"。出王，进出来往。

57　旦：和"明"同义。

58　游衍：游逛。

荡

【题解】

这是诗人哀伤厉王无道、周室将亡的诗。全诗借托文王指斥殷纣王的手法以刺厉王，这种托古刺今的表现手法，可算是咏史诗的滥觞。

蜩　　即蝉，俗称知了，昆虫类。夏秋间由幼虫蜕化而成，吸树汁为生。雄的腹部有发声器，能连续
　　发声。种类很多。

荡荡上帝[1]　下民之辟[2]　　　上帝骄纵又放荡　他是下民的君王

疾威上帝[3]　其命多辟[4]　　　上帝贪心又暴虐　政令邪僻太反常

天生烝民[5]　其命匪谌[6]　　　上天生养众百姓　政令无信尽撒谎

靡不有初[7]　鲜克有终[8]　　　万事开头讲得好　很少能有好收场

文王曰咨[9]　咨女殷商[10]　　　文王开口叹声长　叹你殷商末代王

曾是强御[11]　曾是掊克[12]　　　多少凶暴强横贼　敲骨吸髓又贪赃

1　荡荡：任意骄纵、不守法制的样子。　上帝：托指周王。

2　辟：君主。

3　疾威：贪暴。

4　命：政令。　辟：通"僻"，邪僻。

5　烝：众。

6　谌：诚。匪谌，不诚，不守信用。

7　靡：无。

8　鲜：少。　克：能。

9　咨：嗟叹声。

10　女：汝。当时厉王暴虐，作者不敢批评他，假托文王批评殷纣，来抒发自己的意见。

11　曾：乃。　是：这样。　强御：凶暴。这里作名词用，指凶暴的臣子。

12　掊克：聚敛。这里指搜括人民的臣子。

曾是在位¹³　曾是在服¹⁴　　　窃据高位享厚禄　有权有势太猖狂

天降慆德¹⁵　女兴是力¹⁶　　　天降这些不法臣　助长国王逞强梁

文王曰咨　　咨女殷商　　　　文王开口叹声长　叹你殷商末代王

而秉义类¹⁷　强御多怼¹⁸　　　你任善良以职位　凶暴奸臣心怏怏
　　　　　　　　（duì）

流言以对¹⁹　寇攘式内²⁰　　　面进谗言来诽谤　强横窃据朝廷上

侯作侯祝²¹　靡届靡究²²　　　诅咒贤臣害忠良　没完没了造祸殃

13 在位：指处于统治地位。

14 服：任。在服和在位对文，在位是有职无权的官，在服是有职有权的官（从陈奂《毛诗传疏》说）。

15 慆：通"滔"，和荡荡同义。慆德，指强御、掊克等不法臣子而言（从方玉润《诗经原始》说）。

16 女：汝。指不法之臣。　兴：助长。　力：勤。

17 而：通"尔"，你。　秉：操持，用。　义类：善类。

18 怼：怨恨。

19 流言：谣言。

20 寇攘：盗窃国家资财。　式：于，在。　内：指朝廷内。

21 侯：有。　作：借为诅。　祝：通"咒"字。诅咒，祈求鬼神加祸于敌对的人。

22 届：尽。　究：穷。

文王曰咨　　咨女殷商　　　　文王开口叹声长　　叹你殷商末代王

女烋^{páoxiāo}然于中国²³　敛怨以为德²⁴　跋扈天下太狂妄　却把恶人当忠良

不明尔德²⁵　时无背无侧²⁶　知人之明你没有　不知叛臣结朋党

尔德不明　　以无陪无卿²⁷　知人之明你没有　不知公卿谁能当

文王曰咨　　咨女殷商　　　　文王开口叹声长　　叹你殷商末代王

天不湎尔以酒²⁸　不义从式²⁹　上天未让你酗酒　也未让你用匪帮

既愆尔止^{qiān 30}　靡明靡晦　　礼节举止全不顾　没日没夜灌黄汤

式号式呼³¹　俾昼作夜　　　狂呼乱叫不像样　日夜颠倒政事荒

23　女：汝，影射厉王。　烋然：亦作咆哮，怒吼。

24　敛：聚集。　怨：可恨的人。

25　不明：没有知人之明，不辨善恶。

26　时：《韩诗》作"以"，所以。　背：背叛。　侧：不正派。

27　陪：辅佐。　卿：卿大夫。

28　湎：沉溺于酒。

29　从：听从。　式：任用。

30　愆：过失，错误。　止：容止，行为。

31　式：助词。

文王曰咨　　咨女殷商　　　文王开口叹声长　　叹你殷商末代王

如蜩如螗[32]　如沸如羹[33]　　百姓悲叹如蝉鸣　　恰如落进沸水汤

小大近丧[34]　人尚乎由行[35]　大小事儿都不济　　你却还是老模样

内奰于中国[36]　覃及鬼方[37]　全国人民怒气生　　怒火蔓延到远方

文王曰咨　　咨女殷商　　　文王开口叹声长　　叹你殷商末代王

匪上帝不时[38]　殷不用旧[39]　不是上帝心不好　　是你不守旧规章

虽无老成人[40]　尚有典刑[41]　虽然身边没老臣　　还有成法可依傍

32 蜩：蝉。　螗：蝉的一种，亦名蝘。

33 羹：菜汤。

34 小大：指大小事。　丧：失败。

35 人：指厉王。　由行：照老样子做。

36 奰：怒。

37 覃：延。　鬼方：远方。

38 不时：不好。

39 旧：指旧的典章制度。

40 老成人：旧臣，意指诗人自己。

41 典刑：旧法。

曾是莫听[42]	大命以倾[43]	这样不听人劝告	命将转移国将亡
文王曰咨	咨女殷商	文王开口叹声长	叹你殷商末代王
人亦有言	"颠沛之揭[44]	古人有话不可忘	"大树拔倒根出土
枝叶未有害	本实先拨"[45]	树叶虽然暂不伤	树根已坏难久长"
殷鉴不远[46]	在夏后之世	殷商镜子并不远	应知夏桀啥下场

42 曾：乃，可是。　是：这些。指上面所说的话。

43 大命：指国家的命运。

44 颠沛：跌倒。这里指被拔倒的树木。　揭：高举。指树木倒地后根部翻出。

45 拨：败的假借字，《列女传》引这句诗作"败"。

46 鉴：同"镜"。

抑

【题解】

这是周王朝一位老臣劝告、讽刺周王的诗。诗可能是西周末年一位元老所作，有人说是卫国的武公，他劝告周王守礼修德，谨言慎行；刺他昏庸骄满，愚昧无知。反映了当时统治者的腐朽无能、社会面临崩溃的情况。

抑抑威仪¹　维德之隅²　　仪表堂堂礼彬彬　为人品德很端正

人亦有言　"靡哲不愚"³　　古人有句老俗话　"智者看来像愚笨"

庶人之愚⁴　亦职维疾⁵　　常人显得不聪明　那是本身有毛病

哲人之愚　亦维斯戾⁶　　智者看似不聪明　那是装傻避罪刑

无竞维人⁷　四方其训之⁸　有了贤人国强盛　四方诸侯来归诚

1　抑抑：慎密。　威仪：容止礼节。

2　隅：本义是屋角，引申为方正。

3　哲：指聪明而知识丰富的人。

4　庶人：众民，一般人。

5　亦：语首助词。　职：主要。　维：是。　疾：毛病。

6　戾：罪。欺戾，避罪。

7　无：发语词。　竞：强。　维：亦作惟，由于。　人：指贤人。

8　训：顺从。

有觉德行⁹　四国顺之　　　君子德行正又直　诸侯顺从庆升平

訏谟定命¹⁰　远犹辰告¹¹　　建国大计定方针　长远国策告群臣
（xū）

敬慎威仪　　维民之则　　　举止行为要谨慎　人民以此为标准

其在于今　　兴迷乱于政¹²　如今天下乱纷纷　国政混乱不堪论

颠覆厥德¹³　荒湛于酒¹⁴　　你的德行已败坏　沉湎酒色醉醺醺
（dān）

女虽湛乐从¹⁵　弗念厥绍¹⁶　只知吃喝和玩乐　继承帝业不关心

罔敷求先王¹⁷　克共明刑¹⁸　先王治道不广求　怎能明法利众民

9　觉：通"桷"，高大、正直的样子。《礼记·缁衣》引诗作"梏"。

10　訏：大。　谟：谋。

11　犹：同"猷"，谋略。　辰：时。

12　兴：语首助词。

13　颠覆：败坏。　厥：其，指周王。

14　荒湛：沉湎。

15　女：汝，指周王。　虽：与"惟"通，只。　湛乐：吃喝玩乐。　从：从事。

16　绍：继，继承先人传统。

17　罔：无，不。　敷：广。　先王：指先王的治国之道。

18　克：能。　共：通"拱"，执行。　刑：法。

肆皇天弗尚 [19]	如彼泉流	皇天不肯来保佑	好比泉水空自流
无沦胥以亡 [20]	夙兴夜寐	君臣相率一齐休	应该起早又睡晚
洒埽廷内 [21]	维民之章 [22]	里外洒扫除尘垢	为民表率要带头
修尔车马	弓矢戎兵 [23]	整治你的车和马	弓箭武器认真修
用戒戎作 [24]	用逖蛮方 [25]	防备一旦战事起	征服国外众蛮酋

质尔人民 [26]	谨尔侯度 [27]	安定你的老百姓	谨守法度莫任性
用戒不虞 [28]	慎尔出话	以防祸事突然生	说话开口要谨慎

19 肆：发声词。有人训为"故今"，亦通。 尚：保佑。

20 无：发声词（从王引之《经义述闻》说）。 沦：率。 胥：相。沦胥，相率。 以：而。

21 埽：同"扫"。 廷：通"庭"，庭院。 内：室内。

22 维：为。 章：法则，模范。

23 戎兵：指武器。

24 戒：准备。 戎：战事。 作：起。

25 逖：剪除，治服。 蛮方：指远方异族。

26 质：安定。

27 侯：语助词。 度：法度。

28 不虞：不测。

敬尔威仪　　无不柔嘉 ²⁹　　　行为举止要端正　处处温和又可敬

白圭之玷 ³⁰　　尚可磨也　　　　白玉上面有污点　尚可琢磨除干净

斯言之玷　　不可为也　　　　　　开口说话出毛病　再要挽回也不成

无易由言 ³¹　　无曰"苟矣 ³²　　不要随口把话吐　莫道"说话可马虎

莫扪朕舌" ³³　言不可逝矣 ³⁴　没人把我舌头捂"　一言既出难弥补

无言不雠 ³⁵　　无德不报　　　　没有出言无反应　施德总能得福禄

惠于朋友 ³⁶　　庶民小子　　　　朋友群臣要爱护　百姓子弟多安抚

子孙绳绳 ³⁷　　万民靡不承 ³⁸　子子孙孙要谨慎　人民没有不顺服

29　柔嘉：柔和妥善。

30　玷：玉上的斑点。

31　易：轻易。　由：于。

32　苟：苟且，随便。

33　扪：执持。　朕：我。上古一般人多自称为朕，到秦始皇才定朕为皇帝的自称。

34　逝：及，追。刘向《说苑·丛谈篇》说："口者，关也；舌者，机也。出言不当，四马不能追也。"

35　雠：答。

36　朋友：指在朝的群臣。

37　绳绳：谨慎的样子。

38　承：顺从。

视尔友君子³⁹　辑柔尔颜⁴⁰　看你招待贵族们　和颜悦色笑盈盈

不遐有愆⁴¹　相在尔室⁴²　小心过失莫发生　看你独自处室内

尚不愧于屋漏⁴³　无曰"不显⁴⁴　做事无愧于神明　休道"室内光线暗

莫予云觏"⁴⁵　神之格思⁴⁶　没人能把我看清"　神明来去难预测

不可度思⁴⁷　矧可射思⁴⁸　不知何时忽降临　怎可厌倦自遭惩

辟尔为德⁴⁹　俾臧俾嘉⁵⁰　修明德行养情操　使它高尚更美好

39 友：这里作动词"招待"用。　君子：指在朝的群臣。

40 辑：和。

41 遐：何。　愆：过错。

42 相：看。

43 屋漏：白天屋里日光从天窗漏入（《孔疏》引孙炎说）。一说指神明。王先谦《诗三家义集疏》引黄山云："不愧屋漏，即言不愧于神明。"

44 无：同"毋"。

45 云：语助词。　觏：看见。

46 格：至。　思：语助词。

47 度：揣测。

48 矧：况且。　射：通"斁"，讨厌。

49 辟：修明。　为：语助词。

50 臧、嘉：善。

淑慎尔止⁵¹	不愆于仪	举止谨慎行为美	仪容端正有礼貌
不僭不贼⁵²	鲜不为则⁵³	不犯过错不害人	很少不被人仿效
投我以桃	报之以李	人家送我一篮桃	我把李子来相报
彼童而角⁵⁴	实虹小子⁵⁵	胡说秃羊头生角	实是乱你周王朝

荏染柔木⁵⁶	言缗之丝⁵⁷	又坚又韧好木料	制作琴瑟丝弦调
温温恭人	维德之基	温和谨慎老好人	根基深厚品德高
其维哲人	告之话言⁵⁸	如果你是明智人	古代名言来奉告
顺德之行	其维愚人	马上实行当作宝	如果你是糊涂虫
覆谓我僭⁵⁹	民各有心	反说我错不讨好	人心各异难诱导

51 淑：美好。　止：举止，行为。

52 僭：差错。　贼：残害。

53 鲜：少。　则：法则。

54 童：秃，指无角的羊。　而：以。而角，以……为有角。

55 虹：通"讧"，溃乱。　小子：指年青的周王。《郑笺》："天子未除丧称小子。"

56 荏染：坚韧。　柔木：指椅、桐、梓、漆等做琴瑟乐器的树木。

57 言：语首助词。　缗：按上。　丝：指琴瑟的丝弦。

58 话言：经陈奂《毛诗传疏》考证，认为话言恐为"诂言"之误。诂言，古老话。

59 覆：反而。　僭：错。

^{wū}於乎小子⁶⁰	未知臧否^{pǐ 61}	可叹少爷太年青	不知好歹与重轻
匪手携之⁶²	言示之事⁶³	非但挽你互谈心	也曾教你办事情
匪面命之⁶⁴	言提其耳	非但当面教导你	还拎你耳要你听
借曰未知⁶⁵	亦既抱子	假使说你不懂事	也已抱子有儿婴
民之靡盈⁶⁶	谁夙知而莫成⁶⁷	人们虽然有缺点	谁会早慧却晚成

昊天孔昭	我生靡乐	苍天在上最明白	我这一生没愉快
视尔梦梦⁶⁸	我心惨惨⁶⁹	看你那种糊涂样	我心烦闷又悲哀
诲尔谆谆⁷⁰	听我藐藐⁷¹	反复耐心教导你	你既不听也不睬

60 於乎：即呜呼，叹词。

61 否：恶。

62 匪：非但，不但。　携：挽着。

63 示：指点。

64 面：当面。　命：教导。

65 借曰：假如说。　未知：没有知识。

66 民：泛指人。　盈：盈满。含有没有缺点样样都好的意思。

67 夙：早。夙知，早慧。　莫：音义同"暮"。莫成，晚成。

68 梦梦：昏昏，糊涂。

69 惨惨：忧愁烦闷的样子。

70 谆谆：教诲不倦的样子。

71 藐藐：轻视而听不进的样子。

匪用为教　　覆用为虐⁷²　　不知教你为你好　　反当笑话来编排

借曰未知　　亦聿既耄⁷³　　如果说你不懂事　　怎会骂我是老迈

於乎小子　　告尔旧止⁷⁴　　叹你少爷年幼王　　听我告你旧典章

听用我谋　　庶无大悔⁷⁵　　你若听用我主张　　不致大错太荒唐

天方艰难⁷⁶　　曰丧厥国⁷⁷　　上天正把灾难降　　只怕国家要灭亡

取譬不远　　昊天不忒⁷⁸　　让我就近打比方　　上天赏罚不冤枉

回遹其德⁷⁹　　俾民大棘⁸⁰　　如果邪僻性不改　　黎民百姓要遭殃

72　虐：谑的借字，戏谑，开玩笑。

73　聿：助词。　耄：老。

74　旧：指旧的典章制度。　止：语气词。有人说，旧止，指先王的礼法，亦通。

75　庶：幸，含有希望之意。

76　艰难：灾难。

77　曰：发语词。

78　忒：偏差。

79　回遹：邪僻。

80　棘：通"急"。

桑 柔

【题解】

　　这是周厉王的大臣芮良夫讽刺厉王的诗。诗中反映了周厉王时国政昏乱、君王无道、奸臣得宠、人民受难的情况。怨恨自己一片忠心得不到厉王重用。作者对"下民"的苦难抱同情态度，但对他们的反抗、暴动则加以诋毁。成诗的时间，过去有不同见解，似作于共和摄政一二年间之说较为正确。

菀彼桑柔[1] 　其下侯旬[2] 　　青青桑叶密又嫩　桑树下面一片荫
（wǎn）

捋采其刘[3] 　瘼此下民[4] 　　采完桑叶剩枝根　害苦百姓难遮身

不殄心忧[5] 　仓兄填兮[6] 　　愁思绵绵缠我心　社会凄凉乱纷纷
（tiǎn）

倬彼昊天[7] 　宁不我矜[8] 　　皇天能把善恶分　怎么不怜我老臣

四牡骙骙[9] 　旟旐有翩[10] 　　四马驾车不住奔　旌旗翻飞各逃生
（kuí kuí）　（yú zhào）

1　菀：茂盛的样子。　桑柔：即柔桑。

2　侯：维，是。　旬：树荫遍布。

3　刘：剥落稀疏。指桑树被采后稀疏无叶。

4　瘼：病，害。

5　殄：断绝。

6　仓兄：同"怆怳"，凄凉纷乱的样子。　填：久。

7　倬彼：倬倬，光明的样子。

8　宁：何。　不我矜：不矜我的倒文。矜，怜。

9　骙骙：马强壮的样子。

10　旟、旐：画有鹰隼龟蛇的旗。　有翩：翩翩，形容旌旗翻飞的样子。

乱生不夷[11]	靡国不泯[12]	祸乱发生不太平	到处纷乱难安宁
民靡有黎[13]	具祸以烬[14]	百姓死亡人稀少	全都遭难变灰烬
於乎有哀	国步斯频[15]	长叹一声心悲痛	国运艰危势将倾
国步蔑资[16]	天不我将[17]	民穷财尽国运紧	老天不助我人民
靡所止疑[18]	云徂何往[19]	没有地方可安身	想走不知去何村
君子实维[20]	秉心无竞[21]	君子扪心自思忖	没有争权夺利心
谁生厉阶[22]	至今为梗[23]	谁是产生祸乱根	至今作梗害人们

11 夷：平定。
12 泯：乱。
13 黎：众。
14 具：通"俱"。 以：通"而"。
15 国步：国运。 斯：这样。 频：危急。
16 蔑：无。 资：财。
17 将：扶助。
18 疑：通"凝"，定。止疑，停息。
19 云：发语词。 徂：往。
20 君子：指当时贵族们（包括作者在内）。 维：通"惟"，想。
21 秉心：存心。 无竞：无争。
22 厉阶：祸端。
23 梗：灾害。

忧心殷殷²⁴　念我土宇²⁵　　　隐隐作痛心忧伤　　想念故土旧家乡

我生不辰²⁶　逢天僤怒²⁷　　　生不逢时真不幸　　碰上老天怒火旺

自西徂东　　靡所定处　　　　　从西到东天地宽　　没有安居好地方

多我觏痻²⁸　孔棘我圉²⁹　　　灾难遭到一连串　　再加敌寇侵边疆

为谋为毖³⁰　乱况斯削³¹　　　谋划国事要谨慎　　祸乱状况会减轻

告尔忧恤³²　诲尔序爵³³　　　你们应当忧国事　　合理授官任贤能

谁能执热³⁴　逝不以濯³⁵　　　好比谁想驱炎热　　不去洗澡行不行

其何能淑　　载胥及溺³⁶　　　　国事如果不办好　　大家淹死都丧命

24　殷殷：心痛的样子。

25　土宇：土地房屋。

26　辰：时。

27　僤：大。

28　觏：遇。　痻：病，灾难。

29　棘：通"急"。　圉：边疆。

30　毖：谨慎。

31　斯：则，乃。　削：减少。

32　尔：指周王及当时执政的大臣。

33　序：次序。这里用如动词，合理安排。　爵：官爵。

34　执热：解救炎热。

35　逝：发语词。　濯：沐浴。

36　载：则，就。　胥：皆，都。

如彼溯风[37]	亦孔之僾[38]	好比顶着大风跑	呼吸困难心发跳
民有肃心[39]	俾云不逮[40]	人民空有进取心	形势使他难效劳
好是稼穑[41]	力民代食[42]	重视春种和秋收	百姓劳动官吃饱
稼穑维宝	代食维好	农业生产是个宝	官吏坐吃是正道

天降丧乱	灭我立王[43]	死亡祸乱从天降	要灭我们所立王
降此蟊贼[44]	稼穑卒痒[45]	降下害虫和蟊贼	大田庄稼全吃光
哀恫中国[46]	具赘卒荒[47]	哀痛我们全中国	绵延田地一片荒
靡有旅力[48]	以念穹苍[49]	大家没有尽力干	怎能感动那上苍

37 溯：逆。

38 亦、之：都是语助词。 僾：呼吸不舒畅的样子。

39 肃心：进取的心。

40 俾：使。 云：有。 不逮：不及。

41 稼穑：这里泛指农业劳动。

42 力民：使人民出力劳动。 代食：指不劳动的官僚坐吃粮食。

43 灭我立王：指周厉王被国人赶跑，流放于彘的事。

44 蟊：吃苗根的害虫。 贼：吃苗节的害虫（图见《小雅·大田》）。

45 卒：完全。 痒：病。

46 恫：痛。

47 赘：通"缀"，连属。

48 旅：通"膂"。旅力，体力。

49 念：感动。

维此惠君[50]	民人所瞻	通情达理好君王	人民对他就景仰
秉心宣犹[51]	考慎其相[52]	心地光明善治国	慎重考察择宰相
维彼不顺	自独俾臧	君主违理不顺民	只管自己把福享
自有肺肠	俾民卒狂	别有一副怪心肠	使民迷惑而放荡

瞻彼中林	牲牲其鹿 shēnshēn [53]	看那野外有树林	鹿儿成群多相亲
朋友已譖 jiàn [54]	不胥以穀[55]	朋友互相反欺骗	不能置腹又推心
人亦有言	"进退维谷"[56]	人们经常这样说	"进退两难真苦闷"

维此圣人	瞻言百里[57]	只有圣人有眼力	目光远大望百里

50 惠：顺。

51 宣：明。 犹：通"猷"，道。宣犹，明道。

52 考慎：慎重考察。 相：辅佐大臣。

53 牲牲：同"莘莘"，众多的样子。

54 譖：通"僭"，相欺而不相信。

55 胥：相。 以：同"与"。 穀：善。

56 维：是。 谷：穷。阮元以"谷"为"穀"的假借字，训善；嫌二穀相并为韵，是诗人义同字变之例。可备一说。

57 言：句中助词。

维彼愚人	覆狂以喜⁵⁸	只有蠢人眼近视	反而狂妄瞎欢喜
匪言不能⁵⁹	胡斯畏忌⁶⁰	并非有口不能言	为啥害怕有顾忌
维此良人⁶¹	弗求弗迪⁶²	这位君主心善良	不求名位不争王
维彼忍心	是顾是复	那位君主太残忍	反复无常理不讲
民之贪乱	宁为荼毒⁶³	百姓为啥要作乱	因遭暴政苦难挡
大风有隧⁶⁴	有空大谷	天上呼呼刮大风	峡谷从来是空空
维此良人	作为式穀⁶⁵	这位君主心善良	多做好事人歌颂

58 覆：反而。

59 匪：非。这句是"非不能言"的倒文。

60 斯：这样。

61 良人：指共伯和。《鲁连子》："共伯，名和。好行仁义，诸侯贤之。厉王奔彘，诸侯奉和以行天子事。"

62 迪：进。《庄子》郭象注："共和者，周王之孙也。怀道抱德，食封于共。厉王之难，诸侯立之。宣王立，乃废。立之不喜，废之不怒。"

63 宁：乃。 荼毒：残害。

64 有隧：隧隧，风疾速的样子。

65 式：句中助词。

维彼不顺	征以中垢⁶⁶	那位君主不讲理	日夜荒淫不出宫

大风有隧	贪人败类⁶⁷	天上大风呼呼吹	贪利小人是败类
听言则对⁶⁸	诵言如醉⁶⁹	顺从话儿你答对	一听忠谏装酒醉
匪用其良	覆俾我悖⁷⁰	忠臣良言不采用	反而说我老背晦

嗟尔朋友	予岂不知而作⁷¹	叫声朋友听我说	我岂不知你所作
如彼飞虫⁷²	时亦弋获⁷³	好比天空飞翔鸟	有时射中也被捉
既之阴女⁷⁴	反予来赫⁷⁵	你的底细我掌握	如今反来恐吓我

66 征：往。 以：而。 中：内。指宫内。 垢：污秽。中垢，指宫廷秽闻。

67 贪人：贪财犯法的人。指荣夷公之流。《史记·周本纪》："厉王即位三十年，好利，近荣夷公。" 败类：残害同类。亦有人训类为"善"。

68 听言：顺从的话。 对：答话。

69 诵言：劝告的话。

70 悖：违理。

71 予：芮良夫自称。 而：你。

72 飞虫：指飞鸟。

73 时：有时。 弋获：射中捉住。

74 既：已经。 之：语助词。 阴：通"谙"，熟悉，了解。 女：汝。

75 赫：通"吓"。

民之罔极 76	职凉善背 77	人心不正好作乱	主张刻薄搞反叛
为民不利	如云不克 78	你做不利人民事	好像还嫌不凶残
民之回遹 yù 79	职竞用力 80	人民要走邪僻路	竞用暴力解苦难
民之未戾 81	职盗为寇	人民不把好事做	主张为盗结成伙
凉曰不可 82	覆背善詈 83	诚恳告你行不通	你反背地咒骂我
虽曰匪予 84	既作尔歌 85	虽然被你来诽谤	终究为你把诗作

76　罔极：无法则。

77　职：主张（下二章同）。　凉：刻薄。　善背：惯于背叛统治者。

78　云：句中助词。　克：胜。

79　回遹：邪僻。

80　用力：指专用暴力。

81　戾：善。马瑞辰《毛诗传笺通释》：“《广雅·释诂》：‘戾，善也。’”

82　凉：通“谅”，诚恳。

83　背：背后。

84　曰：语中助词。　匪：通“诽”，诽谤（从林义光《诗经通解》说）。

85　既：终。　作尔歌：为你作歌。

云 汉

【题解】

这是周宣王求神祈雨的诗。旧说作者是大夫仍叔，但也有人怀疑此说。

倬彼云汉[1]	昭回于天[2]	浩浩银河天上横	星光灿烂转不停
王曰於乎[3]	何辜今之人[4]	国王仰天长叹息	百姓今有啥罪行
天降丧乱	饥馑荐臻[5]	上天降下死亡祸	饥荒灾难接连生
靡神不举[6]	靡爱斯牲[7]	哪位神灵没祭祀	何曾吝惜用牺牲
圭璧既卒[8]	宁莫我听[9]	祭神圭璧已用尽	为啥祷告天不听

[1] 倬彼：倬倬，浩大。 云汉：银河。

[2] 昭：明。指天河的光。 回：旋转。

[3] 王：指周宣王，厉王子，名静。他修明内政，南征北伐，号称周室中兴。在位四十六年。 於乎：即呜呼，叹词。

[4] 辜：罪。

[5] 荐：再，屡次。 臻：至。

[6] 靡：无。 举：祭祀。

[7] 爱：吝惜。 斯：这些。 牲：祭祀用的牛、羊、猪等。

[8] 圭、璧：都是玉器，周人用它祭神。祭天神就堆柴烧玉，祭山神、地神就在山脚或地里埋玉，祭水神就沉玉，祭人鬼则藏玉。 卒：尽。

[9] 宁：何。 我听：即听我。

旱既大甚[10]　蕴隆虫虫[11]　　　旱情已经很严重　酷暑闷热如火熏

不殄禋祀[12]　自郊徂宫　　　　不断祭祀求降雨　从那郊外到庙寝

上下奠瘞[13]　靡神不宗[14]　　　上祭天神下祭地　任何神灵都敬尊

后稷不克　　上帝不临　　　　后稷不能止灾情　上帝圣威不降临

耗斁下土[15]　宁丁我躬[16]　　　天下田地尽遭害　灾难恰恰落我身

旱既大甚　　则不可推[17]　　　旱灾已经很不轻　想要消除不可能

兢兢业业[18]　如霆如雷　　　　整天提心又吊胆　如防霹雳和雷霆

10　大：音义同"太"。　甚：过。

11　蕴：通"煴"，闷热。　隆：盛。　虫虫：通"爞爞"，热气熏蒸的样子。

12　殄：断。　禋祀：古代祭天的礼节，先烧柴升烟，再加牲体和玉帛在柴上焚烧。这里泛指祭祀。

13　上：指天。　下：指地。　奠：陈列祭品以祭天神。　瘗：埋，将祭品埋在地下祭地神。

14　宗：尊敬。

15　耗：损耗。　斁：败坏。

16　丁：遭逢。　躬：身。

17　推：排除。

18　兢兢业业：恐惧而小心的样子。

周余黎民¹⁹	靡有孑遗²⁰	周地剩余老百姓	将要全部死干净
昊天上帝	则不我遗^{wèi 21}	皇天上帝心好狠	不肯赐食把善行
胡不相畏	先祖于摧²²	祖先怎么不害怕	子孙死绝祭不成

旱既大甚	则不可沮²³	旱情严重无活路	没有办法可止住
赫赫炎炎²⁴	云我无所²⁵	烈日炎炎如火烧	哪里还有遮阴处
大命近止²⁶	靡瞻靡顾	大限已到命将亡	神灵仍旧不看顾
群公先正²⁷	则不我助	诸侯公卿众神灵	不肯降临来帮助
父母先祖	胡宁忍予²⁸	父母祖先在天上	为啥忍心看我苦

19 黎民:人民。

20 孑遗:剩余,遗留。

21 遗:赠送;指赐给食物。有人训遗为"存问",亦通。

22 于:而。 摧:灭。

23 沮:止。

24 赫赫:阳光明亮耀目的样子。

25 云:荫,遮蔽。

26 大命:生命。 止:指死亡。

27 群公:指前代的诸侯。 先正:前代的贤臣。

28 忍予:对我忍心。

旱既大甚	涤涤山川²⁹	旱灾来势很凶暴	山秃河干草木焦

旱既大甚　　涤涤山川²⁹　　　旱灾来势很凶暴　　山秃河干草木焦

旱魃为虐³⁰（bá）　如惔如焚³¹　　旱魔为害太猖狂　　好像遍地大火烧

我心惮暑　　忧心如熏　　　　长期酷热令人畏　　忧心如焚受煎熬

群公先正　　则不我闻³²　　　诸侯公卿众神灵　　毫不过问怎么好

昊天上帝　　宁俾我遁³³　　　叫声上帝叫声天　　难道要我脱身逃

旱既大甚　　黾勉畏去³⁴（mǐn）　旱灾来势虽凶暴　　勉力在位不辞劳

胡宁瘨我以旱³⁵（diān）　憯不知其故³⁶（cǎn）　为啥降旱害我们　　不知缘由真心焦

祈年孔夙³⁷　方社不莫³⁸　　　祈年祭祀不算晚　　祭方祭社也很早

29　涤涤：指山无草木，川无滴水，光秃干枯的样子。

30　旱魃：古代传说中的旱魔。

31　惔：火烧。

32　闻：借为问，过问。

33　宁：岂，难道。　遁：逃。

34　黾勉：勉力。　畏去：不敢离去君位。

35　瘨：病，害。　以：用。

36　憯：曾。

37　祈年：向神祈求丰年。　孔夙：很早。

38　方：祭四方之神。　社：祭土神。　莫：古暮字，晚。

昊天上帝	则不我虞³⁹	皇天上帝太狠心	不佑助我不宽饶
敬恭明神⁴⁰	宜无悔怒⁴¹	一向恭敬诸神明	想来神明不会恼

旱既大甚	散无友纪⁴²	旱情严重总不已	人人散漫无法纪
鞠哉庶正⁴³	疚哉冢宰⁴⁴	公卿百官都技穷	宰相盼雨空焦虑
趣马师氏⁴⁵	膳夫左右⁴⁶	趣马师氏都祈雨	膳夫大臣来助祭
靡人不周⁴⁷	无不能止	没有一人不出力	没人停下喘口气
瞻卬昊天⁴⁸	云如何里⁴⁹	仰望晴空无片云	我心忧愁何时止

鞠 jū

39　虞：助。

40　敬恭：即恭敬。　明神：即神明。

41　宜：应该。　悔：恨。

42　散：散漫。　友：有的假借字。　纪：法纪。

43　鞠：穷困。　正：百官。

44　疚：忧虑。　冢宰：官员，如后世宰相。

45　趣马：掌管国王马匹的官。　师氏：掌管教育的长官。

46　膳夫：主管国王等饮食的官。　左右：指周王左右的大臣。

47　周：赒的假借字，救助。

48　卬：通"仰"。瞻卬，仰望。

49　云：发语词。　里：通"悝"，忧伤。

瞻卬昊天　　有嘒其星[50]　　仰望高空万里晴　　微光闪闪满天星

大夫君子　　昭假无赢[51]　　大夫君子很虔诚　　祈祷神灵没私情

大命近止　　无弃尔成　　　　大限虽近将死亡　　继续祈祷不要停

何求为我　　以戾庶正[52]　　祈雨不是为自己　　是为安定众公卿

瞻卬昊天　　曷惠其宁[53]　　仰望皇天默默祷　　何时赐我民安宁

50　有嘒：嘒嘒，微小而众多的样子。

51　昭：祷。　假：通"格"，到。指神被祭者的虔诚所感而降临。　无赢：没有
　　私心（从《孔疏》引王肃说）。

52　戾：安定。

53　曷：何。指什么时候。　惠：赐。

崧 高

【题解】

　　这是尹吉甫赠送申伯的诗。申伯是厉王妻申后之弟，宣王的母舅。周宣王时，申伯来朝，久留不归。宣王优待母舅，增加他的封地，派召虎带领人员，给申伯建筑谢城和宗庙，治理田地、边界，储备粮食。让傅御代迁家人。临行并赐申伯车马、介圭，饯行于郿，然后他才回到本国。宣王的大臣尹吉甫为此作了这首歌，赠给申伯。

崧高维岳[1]	骏极于天[2]	五岳居中是嵩山	巍巍高耸入云天
维岳降神[3]	生甫及申[4]	中岳嵩山降神灵	吕侯申伯生人间
维申及甫	维周之翰[5]	申家伯爵吕家侯	辅佐周朝是中坚
四国于蕃[6]	四方于宣[7]	诸侯靠他作屏障	天下靠他作墙垣

1　崧：《韩诗外传》作"嵩"。嵩高，即嵩山，在今河南登封。　维：是。　岳：高大的山。嵩山是五岳之中岳。

2　骏：峻的假借字，高大。《初学记》《艺文类聚》《太平御览》引这二句诗均作"峻"。　极：至。

3　维：发语词。

4　甫：读作吕，国名。此指吕侯。其地在今河南南阳西。　申：国名，指申伯。此其地在今河南南阳北。

5　翰：辅佐，栋梁。

6　于：为，是。　蕃：通"藩"，藩篱，屏障。

7　宣：垣的假借，围墙（从马瑞辰《毛诗传笺通释》说）。

wěi wěi
亹亹申伯[8]　　王缵之事[9]　　　　申伯勤勉美名扬　　继承祖业佐周王

于邑于谢[10]　　南国是式[11]　　　　赐封于谢建新都　　南国诸侯有榜样

王命召伯[12]　　定申伯之宅[13]　　　周王命令召伯虎　　去为申伯建住房

登是南邦[14]　　世执其功[15]　　　　建成南方一邦国　　子孙世守国祚长

王命申伯　　　"式是南邦　　　　　王对申伯下令讲　　"要在南国当榜样

因是谢人[16]　　以作尔庸"[17]　　　依靠谢地众百姓　　建筑你国新城墙"

8　亹亹：勤勉的样子。

9　王：指周宣王。　缵：继承；在这里是使动用法。　之：指申伯。

10　前"于"字：为，建。　谢：地名。《孔疏》："申伯先封于申，本国近谢；今命
　　为州牧，故改邑于谢。"其地当在今河南唐河县南。

11　南国：谢在周之南，南国指周南一带诸侯。　式：法。

12　召伯：名虎，亦称召穆公，周宣王大臣。

13　定：确定。

14　登：《尔雅》："登，成也。"　南邦：谢邑。

15　执：守。　功：事业。

16　因：依靠。　是：这。

17　庸：通"墉"，城。

| 王命召伯 | 彻申伯土田[18] | 周王命令召伯虎 | 治理申伯新封疆 |
| 王命傅御[19] | 迁其私人[20] | 命令太傅和侍御 | 助他家臣迁谢邦 |

申伯之功[21]	召伯是营[22]	申伯谢邑工已竣	全靠召伯苦经营
有俶其城[23]	寝庙既成[24]	峨峨谢城坚又厚	寝庙也已建筑成
既成藐藐[25]	王锡申伯[26]	雕栏画栋院宇深	王赐申伯好礼品
四牡跻跻[27]	钩膺濯濯[28]	骏马四匹蹄儿轻	黄铜钩膺亮晶晶

18 彻：治理，开发。

19 傅：太傅，官员。　御：侍御，侍候周王的官。

20 私人：家臣。

21 功：事。指治土田、筑谢城等工作。

22 营：经营，办理。

23 有俶：俶俶。《说文》："俶，善也。"

24 寝庙：周代宗庙的建筑有庙和寝两部分，合称寝庙。《月令》郑注："凡庙，前曰庙，后曰寝。"

25 藐藐：华丽的样子。

26 锡：赐。

27 跻跻：强壮的样子。

28 钩膺：套在马胸前颈上的带饰。　濯濯：光泽的样子。

王遣申伯²⁹　路车乘马³⁰　　　王遣申伯赴谢城　高车驷马快启程

"我图尔居³¹　莫如南土　　　　"我细考虑你住处　莫如南土最相称

锡尔介圭³²　以作尔宝　　　　　赐你大圭好礼物　作为国宝永保存

往迈王舅³³　南土是保"　　　　叫声娘舅放心去　确保南土扎下根"

申伯信迈³⁴　王饯于郿³⁵　　　申伯决定要动身　王到郿郊来饯行

申伯还南　谢于诚归³⁶　　　　申伯要回南方去　决心南下住谢城

王命召伯　彻申伯土疆　　　　　周王命令召伯虎　申伯疆界要划定

以峙其粮³⁷　式遄其行³⁸　　　沿途粮草备充盈　一路顺风不留停

29　遣：送走。

30　路车：诸侯坐的一种车。　乘马：四匹马。

31　我：作者代宣王自称。　图：考虑。　尔：指申伯。

32　介：亦作玠，大。　圭：古代玉制的礼器，诸侯执此以朝见周王。

33　迈：语助词，犹哉。

34　信：真。　迈：行。

35　饯：备酒食送行。　郿：地名，在今陕西眉县东北。

36　谢于诚归：即诚归于谢。

37　以：乃，就。　峙：储备。　粮：粮食。

38　式：用。　遄：迅速。

申伯番番^{bō bō} ³⁹ 既入于谢　　申伯威武气昂昂　进入谢城好排场

徒御啴啴^{tān tān} ⁴⁰ 周邦咸喜⁴¹　　步骑车御列成行　全城人民喜洋洋

戎有良翰⁴² 不显申伯⁴³　　从此国家有栋梁　高贵显赫的申伯

王之元舅⁴⁴ 文武是宪⁴⁵　　周王大舅不寻常　能文能武是榜样

申伯之德 柔惠且直⁴⁶　　申伯美德众口扬　和顺正直且温良

揉此万邦⁴⁷ 闻于四国　　安定诸侯达万国　赫赫声誉传四方

吉甫作诵⁴⁸ 其诗孔硕　　吉甫作了这首歌　含义深切篇幅长

其风肆好⁴⁹ 以赠申伯　　曲调优美音锵锵　赠别申伯诉衷肠

39　番番：武勇的样子。

40　徒：步兵。　御：车夫。　啴啴：众多的样子。

41　周：遍。　邦：指谢邑。

42　戎：你。

43　不：通"丕"，大。　显：显赫。

44　元：大。

45　宪：法式，模范。

46　惠：和顺。

47　揉：亦作柔，安（从马瑞辰《通释》说）。

48　吉甫：尹吉甫，周宣王大臣，官卿士，伐猃狁有功。　诵：歌。

49　风：曲调。　肆好：极好。

烝 民

【题解】

这是尹吉甫送别仲山甫的诗。周宣王派仲山甫筑城于齐，在他临行时，尹吉甫作了这首诗赠他。诗中赞扬仲山甫的美德和他辅佐宣王的政绩。

天生烝民[1]	有物有则[2]	天生众人性相合	万物本来有法则
民之秉彝[3]	好是懿德[4]	人心自然赋常情	全都喜爱好品德
天监有周[5]	昭假于下[6]	上帝审察我周朝	周王祈祷意诚恪
保兹天子	生仲山甫[7]	为保天子能中兴	生下山甫辅君侧

仲山甫之德	柔嘉维则	山甫天生好品德	和气善良有原则
令仪令色[8]	小心翼翼	仪表堂堂脸带笑	办事谨慎不出格

1　烝：众。

2　物：事物。　则：法则。

3　秉：禀赋。　彝：常理。民之秉彝，即人之常理。

4　懿德：美德。

5　监：观察。　有：词头。

6　昭假：祈祷降神。

7　仲山甫：宣王时大臣，封于樊（今河南济源），排行第二，故亦称樊仲、樊仲山甫或樊穆仲。

8　令：善。　仪：仪容，态度。

古训是式[9]	威仪是力[10]	遵循古训无差错	尽力做到礼节合
天子是若[11]	明命使赋[12]	处处承顺天子意	颁布命令贯政策

王命仲山甫	式是百辟	周王命令仲山甫	要作诸侯好榜样
缵戎祖考[13]	王躬是保	祖先事业你继承	辅佐天子立纪纲
出纳王命	王之喉舌[14]	受命司令你掌管	作王喉舌代宣讲
赋政于外[15]	四方爰发[16]	颁布政令达各地	贯彻执行到四方

肃肃王命[17]	仲山甫将之[18]	王命严肃不可抗	山甫执行很顺当

9　式：效法，榜样。

10　威仪：礼节。　力：勤，勉力做到。

11　若：顺。

12　明命：指政令。　赋：颁布。

13　缵：继承。　戎：你。

14　喉舌：代言人。周代担任周王代言人的，可能是内史的官职，略同于唐虞时的纳言，秦汉时的尚书。

15　赋政：颁布政令。

16　爰：乃。　发：执行（从马瑞辰《毛诗传笺通释》说）。

17　肃肃：严肃。

18　将：《毛传》："将，行也。"

邦国若否¹⁹　仲山甫明之　　　全国政事好和坏　山甫心里最明亮

既明且哲　　以保其身　　　　　知识渊博又明理　保全节操永流芳

夙夜匪解²⁰　以事一人²¹　　　日夜工作不松懈　全心全意侍周王

人亦有言　　"柔则茹之²²　　　有句老话经常讲　"东西要拣软的吃

刚则吐之"　　维仲山甫²³　　　硬的吐出放一旁"　只有这位仲山甫

柔亦不茹　　刚亦不吐　　　　　软的东西他不吃　硬的不吐真坚强

不侮矜寡²⁴　不畏强御²⁵　　　见了鳏寡不欺侮　遇到强暴不退让

人亦有言　　"德辀如毛²⁶　　　有句老话人常道　"品德即使轻如毛

19　邦国：指国内政事。　若：《尔雅·释诂》："若，善也。"　否：恶。若否，好坏。

20　夙夜：早晚。　匪：不。　解：通"懈"，怠惰。

21　事：侍候。　一人：指周宣王。

22　茹：吃。

23　维：同"惟"，只有。

24　矜：《左传》昭公元年引作"鳏"。鳏，老而无妻。　寡：老而无夫。

25　强御：《汉书·王莽传》引作"强圉"，强悍，刚暴。

26　辀：轻。

民鲜克举之"	我仪图之²⁷	很少有人举得高"	细细揣摩暗思考
维仲山甫举之	爱莫助之	只有山甫能做到	无力帮他表倾倒
衮职有阙²⁸	维仲山甫补之	周王破了衮龙袍	只有山甫能补好

（衮 gǔn）

仲山甫出祖²⁹	四牡业业³⁰	山甫远出祭路神	四马雄壮如飞奔
征夫捷捷³¹	每怀靡及³²	左右随从很勤快	惦念任务还在身
四牡彭彭³³	八鸾锵锵³⁴	四马蹄声得得响	八铃锵锵车轮滚
王命仲山甫	城彼东方³⁵	周王命令仲山甫	筑城东方立功勋

27 仪、图：二字同义，揣度。

28 衮：古代王侯所穿绣有龙纹的礼服。 职：与"适"通，偶然。 阙：缺破。

29 出：出差。 祖：祭祀道路的神。

30 业业：马高大的样子。

31 捷捷：勤快敏捷的样子。

32 每怀靡及：常念事情尚未办完。

33 彭彭：马不停蹄的样子。

34 鸾：通"銮"，车铃。一马二铃，四马八铃。 锵锵：铃声。

35 城：筑城。 东方：指齐国，齐在镐京之东。

四牡骙骙³⁶　八鸾喈喈³⁷　　　四匹骏马奔跑忙　八只铜铃响叮当

仲山甫徂齐³⁸　式遄其归³⁹　　　山甫到齐去平乱　望他早日回故乡

吉甫作诵　　穆如清风⁴⁰　　　　吉甫作歌赠老友　和如清风吹人爽

仲山甫永怀⁴¹　以慰其心　　　山甫临行顾虑多　唱诗安慰望心广

36　骙骙：马不停蹄的样子。有人训为壮健，亦通。

37　喈喈：铃声和谐。

38　徂：往。　齐：据《史记·齐世家》：齐厉公暴虐，齐人杀厉公及胡公诸子等
七十人。事在宣王之世，筑城之命，疑在斯时，盖出定齐乱也。

39　式：用。指用这些车马。　遄：快速。

40　穆：和美。

41　永怀：长思。

韩 奕

【题解】

这是一位诗人歌颂韩侯的诗。春秋前有二韩：一受封于武王之世，在今陕西韩城南，春秋时被晋国所并。一受封于成王之世，武王子封于此。在今河北固安东南，即此诗的韩侯（据陈奂的考证）。诗的作者，旧说是尹吉甫，但没有根据，实际上已不可考。诗里叙述韩侯朝周，受王册命，周王赏赐他许多贵重物品。离开镐京后，路经屠邑，抵达蹶里，与韩姞结婚。还描写了韩地物产丰富，韩姞乐得其所。最后周王任命韩侯为统率北方诸侯的方伯。

笋　　即竹笋。竹子初从土里长出的嫩芽，味鲜美。

奕奕梁山[1]　维禹甸之[2]　　　巍巍高耸梁山冈　大禹治水到此方

有倬其道[3]　韩侯受命[4]　　　一条大路通周邦　韩侯入朝受册命

王亲命之　"缵戎祖考[5]　　　周王亲自对他讲　"祖先事业你继承

无废朕命　夙夜匪解[6]　　　我的命令切莫忘　早夜工作别松懈

虔共尔位[7]　朕命不易[8]　　　忠诚职守勿疏荒　我的册命不轻发

榦不庭方[9]　以佐戎辟"[10]　　望你伐叛正纪纲　以此辅佐你君王"

四牡奕奕　孔修且张[11]　　　四匹公马真肥壮　又高又大气昂昂

韩侯入觐[12]　以其介圭[13]　　　韩侯入周来朝见　手捧大圭上朝堂

1　奕奕：高大的样子。　梁山：在今河北固安县附近。

2　甸：治。

3　有倬：即倬倬，广大。

4　受命：受周王的册命（将周王封侯之令，写在简册上）。韩侯的父亲死了，他
　　继位初立，来朝干周。周王在宗庙中举行册命之礼。

5　缵：继承。　戎：你。

6　夙夜：早晚。　解：通"懈"。

7　虔：恭敬而有诚意。　共：奉行。

8　不易：不是轻易给的。

9　榦：正；正通"征"，征伐。　不庭：不来朝见周王。　方：方国。

10　辟：君王。

11　修：长。　张：大。

12　觐：朝见。

13　介圭：大圭，玉制的礼器。

猫　　哺乳动物类。面部略圆，耳小眼大。瞳孔随光线强弱而变化，四肢较短，掌部有肉垫，行动敏捷，善跳跃，能捕鼠。诗中所云为山猫。

入觐于王　　王锡韩侯　　　　俯伏丹墀拜周王　　王赐礼物示嘉奖

淑旂绥章[14]　簟茀错衡[15]　　锦绣龙旗彩羽装　　缕金彩绘车一辆

玄衮赤舄[16]　钩膺镂钖[17]　　黑色龙袍大红靴　　铜制马饰雕文章
　　（xì）　　　　（yáng）

鞹鞃浅幭[18]　鞗革金厄[19]　　浅色虎皮蒙轼上　　马辔马轭闪金光
（kuòhóng miè）（tiáo）

韩侯出祖[20]　出宿于屠[21]　　韩侯离朝祭路神　　路上住宿在屠城

显父饯之[22]　清酒百壶　　　　显父设宴为饯行　　美酒百壶醇又清

其殽维何[23]　炰鳖鲜鱼[24]　　席上荤菜是什么　　清蒸大鳖鲜鱼羹
　　　　　　　（páo）

14　淑：美。　旂：画有蛟龙的旗。　绥章：指旗竿头上有染色的羽毛。

15　簟茀：遮蔽车厢的竹席。　错衡：画上花纹或涂上金色的车辕前端的横木。
　　按簟茀和错衡都是诸侯所坐的路车装饰。

16　玄衮：黑色画有龙纹的礼服。　赤舄：贵族穿的红鞋。

17　钩膺：套在马胸前颈上的带饰。　镂：刻。　钖：马额上的金属装饰物。

18　鞹：去毛的兽皮。　鞃：车厢前供人依靠的横木上所盖的兽皮。　浅幭：车
　　轼上虎皮制的覆盖物。

19　鞗革：马笼头。　厄：通"轭"，饰辔首的金环。

20　出祖：出行时祭道路之神。

21　屠：地名。即鄠县之杜陵，在今陕西西安东。

22　显父：人名，余不可考。　饯：设宴送行。

23　殽：荤菜。　维：是。

24　炰：烹煮。

其蔌^{sù}维何²⁵	维笋及蒲	席上素菜是什么	嫩蒲烧汤竹笋丁
其赠维何	乘马路车²⁶	临行赠品是什么	高车驷马垂红缨
笾豆有且^{jū 27}	侯氏燕胥²⁸	七盘八碗筵丰盛	韩侯宴饮真高兴
韩侯取妻	汾王之甥²⁹	韩侯结婚娶妻房	她的舅父是厉王
蹶^{guì fǔ}父之子³⁰	韩侯迎止³¹	司马蹶父小女郎	韩侯驾车去亲迎
于蹶之里	百两彭彭³²	蹶邑大街闹洋洋	百辆新车挤路上
八鸾锵锵³³	不显其光³⁴	车铃串串响丁当	荣耀显赫真辉煌
诸娣从之³⁵	祁祁如云³⁶	陪嫁众妾紧相随	多如彩云巧梳妆

25 蔌：蔬菜。

26 乘马：四匹马。

27 笾：盛干果的竹器。 豆：盛菜的器，高足。 且：多的样子。

28 侯氏：指韩侯。陈奂《诗毛氏传疏》："凡诸侯觐王曰侯氏。" 燕胥：安乐。

29 汾王：即厉王。厉王被国人赶跑，流亡于彘，彘地在汾水旁，所以时人称他为汾王。 甥：韩侯之妻是厉王的外甥女。

30 蹶父：周宣王时的卿士，姓姞。

31 迎：亲迎。 止：语气词。

32 两：辆的假借字。 彭彭：众多的样子。

33 鸾：车铃。

34 不：通"丕"，大。

35 娣：古代诸侯嫁女，以同姓诸女陪嫁做妾，叫做娣。

36 祁祁：众多的样子。

韩侯顾之 ³⁷　烂其盈门 ³⁸　　　韩侯举行三顾礼　满门灿烂又堂皇

蹶父孔武 ³⁹　靡国不到 ⁴⁰　　　蹶父威武又雄壮　出使各国游历广

为韩姞相攸 ⁴¹　莫如韩乐　　　他替女儿找婆家　莫如韩国最理想

孔乐韩土　川泽訏訏 ⁴²　　　住在韩地欢乐多　河川水泊很宽广

鲂鱮甫甫 ⁴³　麀鹿噳噳 ⁴⁴　　　鳊鱼鲢鱼多肥大　母鹿公鹿满山冈

有熊有罴　有猫有虎 ⁴⁵　　　深林有熊又有罴　山猫猛虎幽谷藏

庆既令居 ⁴⁶　韩姞燕誉 ⁴⁷　　　欢庆得了好地方　韩姞安乐心舒畅

37　顾：曲顾。古代贵族男子到女家亲迎，有三次回顾的礼节（从《孔疏》说）。

38　烂其：烂烂，灿烂有光彩的样子。

39　孔武：很威武。据说蹶父担任周司马的官职，掌管军队国防，所以说他"孔武"（从陈乔枞《三家诗遗说考》）。

40　靡：没有。

41　韩姞：即韩侯之妻。她姓姞，嫁韩侯，故称韩姞。　相：看。　攸：住所。

42　訏訏：广大的样子。

43　鲂：鳊鱼。　鱮：鲢鱼。　甫甫：《齐诗》作"诩诩"。鱼大的样子。

44　麀：母鹿。　鹿：指公鹿。　噳噳：群鹿相聚的样子。

45　猫：《毛传》："似虎，浅毛者也。"据后人考证，即今之山猫，其形似虎而小。

46　既：取得。　令居：好住处。

47　燕：安。　誉：通"豫"，乐。

溥彼韩城[48]	燕师所完[49]	韩国城邑宽又广	功程完竣靠燕邦
以先祖受命[50]	因时百蛮[51]	韩国祖先受王命	节制蛮族控北方
王锡韩侯	其追其貊[52]	王赐韩侯复祖业	追貊两族由你掌
奄受北国[53]	因以其伯[54]	包括北方诸小国	你为方伯位居上
实墉实壑[55]	实亩实籍[56]	城墙城壕替他筑	垦田收税样样帮
献其貔皮[57]	赤豹黄罴	他们贡献白狐皮	赤豹黄熊好皮张

48 溥：大。

49 燕：周有二燕：一为南燕，在河南汲县，国君姓姞，传说为黄帝之后；一为北燕，在河北大兴，国君姓姬，召公奭始封于此。此指北燕。

50 以：因为。 先祖：指韩国祖先。 受命：接受周王的册命为诸侯。

51 因：依靠。 时：通"是"，这。 百蛮：指北狄诸部。

52 追、貊：北狄国名。

53 奄：包括。

54 以：为。 伯：长。一方诸侯之长称方伯。

55 实：是。 墉：城。 壑：城壕。

56 亩：开垦田地。 籍：定收赋税。

57 貔：一种猛兽，狸类，亦名白狐。

江 汉

【题解】

　　这是一位诗人叙述周宣王命令召虎带兵讨伐淮夷的诗。诗的最后叙写召虎作簋记事，因此有的人怀疑诗本身就是古器物簋的铭文，作者就是召虎。关于这个问题，还有待进一步探讨。

江汉浮浮[1]	武夫滔滔[2]	长江汉水流滔滔	壮士出征逞英豪
匪安匪游[3]	淮夷来求[4]	不贪安逸非游遨	誓把淮夷来征讨
既出我车	既设我旟[5]	驾起戎车如飞跑	树起战旗随风飘
匪安匪舒	淮夷来铺[6]	不求安逸不辞劳	陈师淮夷除凶暴

江汉汤汤 shāngshāng[7]	武夫洸洸 guāngguāng[8]	长江汉水流浩荡	壮士勇猛世无双

[1] 江：长江。　汉：汉水。　浮浮：《鲁诗》作"陶陶"，水流盛长的样子。

[2] 武夫：指出征淮夷的士卒。　滔滔：顺流的样子。王引之、陈奂都认为这二句"当作'江汉滔滔，武夫浮浮'。……滔滔，广大貌；浮浮，众强貌"。

[3] 匪：不。

[4] 淮夷：当时住在淮水南部的沿岸和近海地方的夷族。　来：语助词，含有"是"意（从王引之说）。　求：诛求，讨伐。

[5] 设：树起。　旟：画有鸟隼的旗。

[6] 铺：陈列军队。朱熹《诗集传》："铺，陈也。陈师以伐之也。"有人训铺为"止"，停止在淮夷的阵地上。亦通。

[7] 汤汤：水势浩大的样子。

[8] 洸洸：威武的样子。

经营四方[9]	告成于王	讨伐四方叛乱国	捷报飞来告周王
四方既平	王国庶定[10]	四方叛国已平定	周邦方得保安康
时靡有争	王心载宁[11]	时局平定无征战	周王安宁心舒畅

江汉之浒[12]	王命召虎[13]	长江边啊汉水旁	王命召虎为大将
"式辟四方[14]	彻我疆土[15]	"为我开辟四方地	为我治理好土疆
匪疚匪棘[16]	王国来极[17]	施政宽缓莫扰民	一切准则学中央
于疆于理[18]	至于南海"[19]	划定边界治国土	直到南海蛮夷乡"

9　经营：指征伐叛逆。

10　庶：庶几。

11　载：则，就。

12　浒：水边。

13　召虎：召伯，名虎，谥召穆公。

14　式：发语词。　辟：闢的借字，开辟。

15　彻：治。

16　疚：病，害。　棘：通"急"。

17　极：准则。

18　于：往。　疆：划分边界。　理：治理土地。

19　南海：泛指南方近海蛮族所居之地。

王命召虎²⁰　来旬来宣²¹　　宣王册命任召虎　宗庙当中告百官

"文武受命²²　召公维翰²³　　"文王武王受天命　召公辅政立朝班

无曰予小子²⁴　召公是似²⁵　　不要说我还年轻　召公事业你接管

肇敏戎公²⁶　用锡尔祉"²⁷　　速立大功来报效　赐你福禄示恩眷

厘尔圭瓒²⁸　秬鬯一卣²⁹
_{jù chàng　yǒu}
　　赏你玉杓世世传　黍酒一壶香又甜

告于文人³⁰　锡山土田³¹　　祭告你的祖先神　先王曾赐山和田

20　命：册命。

21　来：是。　旬：通"徇"，当众宣示。古时册命大臣于宗庙中进行，并向百官
　　宣示。

22　文武：文王和武王。

23　召公：指召虎之先祖召公奭，姬姓，封于召，助武王灭商有功。　翰：桢干，
　　辅佐。

24　无曰：你不要说。　予小子：宣王自称。

25　似：通"嗣"，继承。

26　肇：创建。　敏：速。　戎：大。　公：通"功"。

27　祉：福。

28　厘：通"赉"，赏赐。　圭瓒：用玉做柄的酒勺。

29　秬：黑黍。　鬯：郁金香草。秬鬯，用秬(黑黍)和鬯酿成的香酒。　卣：有
　　柄的酒壶。

30　文人：指召虎祖先有文德的人。

31　锡：赐。

于周受命³²	自召祖命"³³	你到岐周受册命	仪式按照你祖先"
虎拜稽首³⁴	"天子万年"	召虎拜谢又叩头	"恭祝天子寿万年"
虎拜稽首	"对扬王休³⁵	召虎拜谢又叩头	"为报王赐礼物厚
作召公考³⁶	天子万寿	特铸青铜召公簋	恭祝天子万年寿
明明天子³⁷	令闻不已³⁸	勤勉不倦周天子	名垂千古永不朽
矢其文德³⁹	洽此四国"⁴⁰	施行德政惠万民	协和四方众诸侯"

32 于周受命：在周王朝接受册命。

33 召祖：召虎的祖先，指召公奭。 命：册命的典礼。

34 稽首：叩头。

35 对：报答。 扬：颂扬。 休：美。这里指美厚的礼物。

36 考：簋之假借字（从郭沫若说）。簋，古代食器。圆口、圈足、无耳或有两耳，也有四耳、方座，或带盖的。青铜或陶制。盛行于商、周时。

37 明明：犹勉勉，勤勉。

38 令闻：美誉。

39 矢：通"施"，施行。

40 洽：《礼记·孔子闲居》引这句诗作"协"，协和。

常　武

【题解】

　　这是赞美宣王平定徐国叛乱的诗。这次战役，宣王是否亲征，旧说不一，很难确定。还有认为诗是召穆公（召虎）所作的，更无确据。诗篇为什么名"常武"，后世也有不同的解释。王质《诗总闻》认为"自南仲以来，累世著武，故曰常武"，其说近是。

赫赫明明[1]	王命卿士[2]	威武英明周宣王	命令卿士征徐方
南仲大祖[3]	大师皇父[4]	太庙之中命南仲	太师皇父同听讲
"整我六师[5]	以修我戎[6]	"整顿六军振士气	修理弓箭和刀枪
既敬既戒[7]	惠此南国"[8]	告诫士卒勿扰民	平定徐国惠南邦"

1　赫赫：显耀盛大的样子。　明明：明智昭察的样子。

2　卿士：西周掌管中央各官署和地方的高级官员。

3　南仲：人名，周宣王的大臣。《汉书·古今人表》作南中，列于宣王时，为大将。　大祖：指太祖庙。

4　大师：即太师，官名，西周执政大臣之一，总管军事。　皇父：人名，周宣王的大臣。

5　六师：即六军。《周礼·夏官》司马："凡制军，万有二千五百人为军，王六军，大国三军，次国二军，小国一军。"

6　戎：兵器。

7　敬：通"儆"，和戒同义，警戒。

8　惠：施恩。　南国：南方诸国。

王谓尹氏[9]　命程伯休父[10]　　　王令尹氏传下话　策命休父任司马

"左右陈行[11]　戒我师旅[12]　　　"士卒左右列好队　训诫六军早出发

率彼淮浦[13]　省此徐土[14]　　　循那淮水岸边行　须对徐国细巡察

不留不处[15]　三事就绪"[16]　　　大军不必久居留　任毕三卿便回家"

赫赫业业[17]　有严天子[18]　　　威仪堂堂气概昂　神圣庄严周宣王

王舒保作[19]　匪绍匪游[20]　　　王师从容向前进　不敢延缓不游逛

9　尹氏：据马瑞辰《毛诗传笺通释》考证，即上章的皇父，也有认为即尹吉甫（孔颖达《正义》）或掌卿士之官（陈奂《毛诗传疏》）的。

10　程伯：封在程（今陕西省咸阳东）地的伯爵。　休父：程伯之名。

11　陈行：列队。

12　戒：告诫。

13　率：循，沿。　淮浦：淮水边。

14　省：巡视。　徐土：指徐国。故城在今安徽泗县北，亦称徐戎、徐州，属于淮夷中的一个大国。

15　处：居。

16　三事：三卿，即《十月之交》中的"择三有事"，《雨无正》中的"三事大夫"。就绪：安心各就其业。

17　业业：举止有威仪的样子。

18　有严：严严，威严的样子。

19　舒：徐缓。　保作：安行。

20　匪：非。　绍：缓。

徐方绎骚[21]　震惊徐方　　　徐国闻讯大骚动　　王师威力震徐邦

如雷如霆　　徐方震惊　　　声势恰似雷霆轰　　徐兵未战已惊慌

王奋厥武[22]　如震如怒　　　宣王奋发真威武　　就像天上雷霆怒

进厥虎臣[23]　阚如虓虎[24]　　冲锋兵车先进军　　吼声震天如猛虎
　　　　　　hǎn　xiāo

铺敦淮濆[25]　仍执丑虏[26]　　大军列阵淮水边　　捉获敌方众战俘
　fén

截彼淮浦[27]　王师之所　　　切断徐兵溃逃路　　王师就地把兵驻

王旅啴啴[28]　如飞如翰[29]　　王师势盛世无双　　行动神速如鸟翔
tān tān

21　绎骚：扰动。

22　奋：奋发，振起。　厥：其。

23　进：进军。　虎臣：古代战争的冲锋兵车，如后世的敢死队。

24　阚如：阚然，虎怒的样子。　虓：亦作哮，虎叫。

25　铺：布阵。　敦：通"顿"，整顿（从胡承珙《毛诗后笺》说）。　濆：治河的
　　高地。

26　仍：亦作"扔"，拉。　执：捉。　丑虏：对俘虏的蔑称。

27　截：绝。

28　啴啴：众盛的样子。

29　翰：高飞。

如江如汉	如山之苞 ³⁰	好比江汉水流长	好比青山难摇撼
如川之流	绵绵翼翼 ³¹	好比洪流不可挡	连绵不断声威壮
不测不克 ³²	濯征徐国 ³³	神出鬼没难估量	大征徐国定南方
王犹允塞 ³⁴	徐方既来	宣王计划真恰当	徐国已服来归降
徐方既同 ³⁵	天子之功	纳土称臣成一统	建立功勋是我王
四方既平	徐方来庭 ³⁶	四方诸侯既平靖	徐君朝拜王庭上
徐方不回 ³⁷	王曰还归	徐国从此不敢叛	王命班师回周邦

30 苞：茂。引申为攒聚。

31 绵绵：连绵不断的样子。 翼翼：壮盛的样子。

32 不测：不可测度。 不克：不可胜过。

33 濯：大。

34 犹：同"猷"，谋划。 允：真，确实。 塞：踏实(从王先谦《诗三家义集疏》说)。

35 同：一致，一统。

36 来庭：来朝。

37 回：违抗。

瞻　卬

【题解】

　　这是一位诗人讽刺幽王宠幸褒姒、斥逐贤良，以致乱政病民，国运濒危的诗。诗中"乱匪降自天，生自妇人"的说法，反映了当时歧视女性的社会意识。

蚕　　　昆虫类。幼虫能吐丝、结茧。有家蚕、柞蚕等。茧丝为重要的纤维资源。

瞻卬昊天¹　　则不我惠²　　　仰望老天灰冥冥　老天对我没恩情

孔填^{chén}不宁³　　降此大厉⁴　　　天下很久不安宁　降下大祸真不轻

邦靡有定　　　士民其瘵^{zhài}⁵　国家无处有安定　害苦士卒和百姓

蟊贼蟊疾⁶　　靡有夷届⁷　　　好比害虫吃庄稼　没完没了总不停

罪罟不收⁸　　靡有夷瘳^{chōu}⁹　滥罚酷刑不收敛　生灵涂炭无止境

人有土田　　　女反有之¹⁰　　别人如有好田地　你却侵占归自己

人有民人　　　女覆夺之¹¹　　别人田里人民多　你却夺来做奴隶

1　卬：通"仰"。　昊天：指周幽王。《毛传》："斥王也。"

2　惠：爱。

3　填：通"尘"，长久。

4　厉：祸患。

5　士民：士卒和人民。　瘵：病。

6　蟊贼：吃庄稼的害虫。　疾：害。蟊疾，啃害庄稼的害虫。

7　夷：语助词。　届：终极。

8　罟：网。罪罟，指条目繁多的酷刑。

9　瘳：病愈。

10　女：你。　有：《广雅·释诂》："有，取也。"

11　覆：反。

此宜无罪	女反收之 [12]	这些本是无辜人	你却捕他不讲理
彼宜有罪	女覆说之 [13]	那些本是有罪人	你却开脱去包庇
哲夫成城 [14]	哲妇倾城 [15]	男子有才能立国	妇女有才毁社稷

懿厥哲妇 [16]	为枭为鸱 [17]	可叹此妇太逞能	她是恶枭猫头鹰
妇有长舌	维厉之阶 [18]	妇有长舌爱多嘴	灾难根源从她生
乱匪降自天	生自妇人	祸乱不是从天降	出自妇人真不幸
匪教匪诲 [19]	时维妇寺 [20]	没人教王施暴政	女人内侍话太听

12 收：拘捕。

13 说：通"脱"，开脱。

14 哲夫：才能见识超越常人的男子。　城：指国。成城，立国。

15 哲妇：指幽王的宠妃褒姒。

16 懿：通"噫"，叹词。有人训懿为美，亦通。

17 枭：相传长大后食母的恶鸟。　鸱：猫头鹰。古人认为猫头鹰是不祥之鸟。

18 维：是。　阶：阶梯，含有根源的意思。

19 匪教匪诲：指并非另外有人教诲幽王做坏事。

20 时：是。　维：只。　妇：指褒姒。　寺：通"侍"。指周王的近侍。

鞫人忮忒²¹（tè）　譖始竟背²²（zèn）　专门诬告陷害人　说话前后相矛盾

岂曰不极²³　伊胡为慝²⁴　难道她还不凶狠　为啥喜欢这妇人

如贾三倍²⁵（gǔ）　君子是识²⁶　好比商人会赚钱　叫他参政难胜任

妇无公事²⁷　休其蚕织²⁸　妇女不该管国事　她却蚕织不躬亲

天何以刺²⁹　何神不富³⁰　上天为啥罚我苦　神明为啥不赐福

舍尔介狄³¹　维予胥忌³²　放任武装夷狄人　只是对我很厌恶

21　鞫人：告人。林义光《诗经通解》："鞫读为告，告、鞫古同音。"　忮：亦作伎，害人。　忒：差错。

22　譖：进谗言。　始：开始。　竟：终。　背：违背，自相矛盾。

23　极：狠。

24　伊：发语词。　胡：何。　慝：通"嫣"，悦，欢喜（据《韩诗》）。

25　贾：商人。　三倍：指得三倍的利润。

26　君子：指贵族从政者。　识：通"职"。林义光《诗经通解》："言如贾利三倍之人而主君子之事。"

27　公事：政事。林义光《诗经通解》："盖商贾之不能参预政事，与蚕织者不能参预政事，其理正同也。"

28　休：停止。　蚕织：蚕桑纺织。

29　天：指幽王，下同。　刺：责罚。

30　富：借为福。

31　介：甲。介狄，披甲的夷狄。有人训介为大，亦通。

32　维：同"惟"，只。　胥：相。　忌：恨。

不吊不祥³³　威仪不类³⁴　　人们遭难不抚恤　礼节不修走邪路

人之云亡³⁵　邦国殄瘁³⁶　　良臣贤士都跑光　国运艰危将倾覆
　　　　　　　tiǎn

天之降罔³⁷　维其优矣³⁸　　上天把那刑罚降　多如牛毛不胜防

人之云亡　　心之忧矣　　　良臣贤士都逃光　心中忧伤对谁讲

天之降罔　　维其几矣³⁹　　上天无情降法网　国家危险人心慌

人之云亡　　心之悲矣　　　良臣贤士都逃光　回天乏术心悲伤

觱沸槛泉⁴⁰　维其深矣　　　泉水翻腾往外喷　源头一定非常深
bì

心之忧矣　　宁自今矣⁴¹　　我心忧伤由来久　难道只是始于今

33　吊：慰问抚恤。　不祥：指天灾人祸。

34　威仪：礼节。　类：善。

35　人：指贤人。　云：助词。　亡：逃亡。

36　殄瘁：困病，憔悴。

37　罔：同"网"。降罔，下网，加人罪之意。

38　优：厚，多。

39　几：《毛传》："几，危也。"

40　觱沸：泉水翻腾上涌的样子。　槛：滥的借字，泛滥。

41　宁：岂，难道。

不自我先　　不自我后　　　　　祸乱不先也不后　恰恰与我同时辰

藐藐昊天⁴²　无不克巩⁴³　　　老天浩茫又高远　约束万物定乾坤

无忝皇祖⁴⁴　式救尔后⁴⁵　　　不要辱没你祖先　匡救王朝为子孙

42　藐藐：高远的样子。

43　克：能。　巩：巩固，约束。

44　忝：辱没，有愧于。

45　式：用。　后：指子孙后代。

召 旻

【题解】

这是一位老臣讽刺幽王任用奸邪，朝政昏乱，以致外患严重，国土日削，即将灭亡的诗。作者可能是一位不得志的官吏。诗以"召旻"名篇，后世解者不一。比较合理的说法是最后一章提到召公，所以取名"召旻"，以别于《小旻》。

旻天疾威¹　天笃降丧²　　　老天暴虐难提防　接二连三降灾荒

瘨我饥馑³　民卒流亡⁴　　　饥馑遍地灾情重　十室九空尽流亡

我居圉卒荒⁵　　　　　　　国土荒芜生榛莽

天降罪罟　蟊贼内讧⁶　　　天降罪网真严重　蟊贼相争起内讧

昏椓靡共⁷　溃溃回遹⁸　　　谗言乱政职不供　昏溃邪僻肆逞凶

1　旻天：《尔雅·释天》："秋为旻天。"这里是泛指上天。《郑笺》："天，斥王也。"
　　疾威：暴虐。

2　笃：厚，严重。

3　瘨：降灾，灾害。

4　卒：尽，全。

5　居：朱熹《诗集传》："居，国中也。"圉：边疆。

6　内讧：内部自相争斗。

7　昏：乱。　椓：通"诼"，谗毁。　共：通"供"，供职。

8　溃溃：昏乱的样子。　回遹：邪僻。

实靖夷我邦[9]   想把国家来断送

皋皋讹讹[10]   曾不知其玷[11]   欺诈攻击心藏奸   却不自知有污点

兢兢业业   孔填不宁[12]   君子兢兢又业业   对此早就心不安

我位孔贬[13]   可惜职位太低贱

如彼岁旱   草不溃茂[14]   好比干旱年头到   地里百草不丰茂

如彼栖苴[15]   我相此邦[16]   像那枯草歪又倒   看看国家这个样

无不溃止[17]   崩溃灭亡免不了

9   实：是。   靖：图谋。   夷：灭。

10   皋皋：通"谣谣"，欺诈的样子。   讹讹：毁谤的样子。

11   玷：玉上的斑点。借指人的污点。

12   填：久。

13   贬：低下。

14   溃茂：溃和茂同义，丰茂。《郑笺》："溃茂之溃当作汇。汇，茂貌也。"

15   栖：指草偃伏在地如栖息。   苴：枯草。

16   相：看。

17   溃：崩溃。   止：陷，沦陷（从胡承珙《毛诗后笺》说）。有人训止为语气词，
     亦通。

维昔之富不如时 [18]　　从前富裕今天穷

维今之疚不如兹 [19]　　时弊莫如此地凶

彼疏斯稗 [20]（bài）　胡不自替 [21]　　人吃粗粮他白米　何占茅房不出恭

职兄斯引 [22]　　情况越来越严重

池之竭矣 [23]　不云自频 [24]　　池水枯竭非一天　岂不开始在边沿

泉之竭矣　不云自中　　泉水枯竭源头断　岂不开始在中间

溥斯害矣 [25]　职兄斯弘 [26]　　这场灾害太普遍　这种情况在发展

不烖我躬 [27]　　难道我不受牵连

18　维：发语词。　时：是，指今时。

19　疚：《释文》："疚，音救，病也。字或作疢。"《说文》："疢，贫病也。"　兹：此，指此地。

20　疏：稷，高粱（从程瑶田《九谷考》说）。　斯：此。　稗：精米。

21　替：废弃。

22　职：主，含有"此"意。　兄：同"况"，情况。　斯：语助词。　引：延长。

23　竭：干涸。

24　云：语助词。　频：《鲁诗》作"滨"，水边。

25　溥：通"普"，普遍。　斯：此。指上述周王无贤臣辅佐及王朝内部的腐败。

26　弘：大。

27　烖：同"灾"。　躬：身。

昔先王受命²⁸　有如召公²⁹　　　先王受命昔为君　有像召公辅佐臣

日辟国百里³⁰　　　　　　　当初日辟百里地

今也日蹙国百里³¹　　　　　如今土地日瓜分

於乎哀哉³²　维今之人　　　可叹可悲真痛心　不知如今满朝人

不尚有旧³³　　　　　　　　是否还有旧忠臣

28　先王：《郑笺》："谓文王、武王时也。"　受命：承受天命为王。

29　召公：召康公，亦称召公奭，文王、武王、成王时的大臣。

30　日：一天；夸张之词。　辟：开辟。

31　今也：指幽王时。　蹙：缩小。指犬戎入侵，诸侯外叛。

32　於乎：即呜呼。

33　尚：犹，还。　旧：指先朝旧臣。

颂

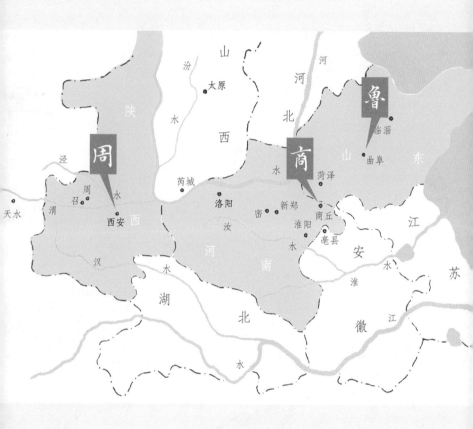

商颂　鲁颂　周颂

　　颂四十篇，其中《周颂》三十一篇，《鲁颂》四篇，《商颂》五篇。颂是宗庙祭祀的乐歌，不但配合乐器，用的是皇家的乐调，而且带有扮演、舞蹈的艺术。它和风、雅不同，风、雅只清唱，歌辞有韵，声音短促，叠章复唱。颂诗有一部分无韵，由于配合舞步，声音缓慢，也不分章。

　　《周颂》是《诗经》中最早的诗，据后人考证，作于武王、成王、康王、昭王时代大约一百多年间（公元前1100—前950年），都是西周初期的作品，其中以"大武舞歌"的《武》、《赉》、《桓》等为最早。其产生地是西周的首都镐京。

　　《鲁颂》的《閟宫》有"奚斯所作"一句，奚斯是鲁僖公时人（公元前650年左右）。《駉》篇《毛序》认为"史克作是颂"，史克是鲁襄公时人（公元前570年左右），可见《鲁颂》是春秋时代的作品，产生于春秋鲁国的首都（今山东曲阜）。

　　《商颂》即"宋颂"，是宋人正考父依据商的名颂改写的，用来歌颂宋襄公，所以它也是春秋时代作品，产生在春秋宋国首都河南商邱。

　　颂都是宣扬德威、粉饰太平的庙堂乐章，具有很大虚伪性。诗歌缺乏生动描写，艺术价值也不高。但其中少数篇章，如写农业生产的《载芟》、《良耜》，写畜牧、渔业生产的《駉》、《潜》，写古代各种乐器的《有瞽》，以及保存了关于殷商的神话和史实的《长发》、《玄鸟》等，作为史料都还有可取之处。

周颂

清 庙

【题解】

这是周统治者祭祀文王于宗庙的诗。

於^{wū}穆清庙¹　肃雝显相²　　啊，在那深沉清庙中　助祭端庄又雍容

济济多士³　秉文之德⁴　　众士祭祀行列齐　文王德教记在胸

对越在天⁵　骏奔走在庙⁶　遥对文王在天灵　奔走在庙疾如风

不显不承⁷　无射^{yì}于人斯⁸　光照上天延后世　人们仰慕无时穷

1　於：赞叹词。　穆：形容清庙深远的样子。一说为美。　清：清明。《郑笺》："清庙者，祭有清明之德者之宫也，谓祭文王也。"一说为清静。

2　肃雝：态度严肃雍容。　显：高贵显赫。　相：助祭的公侯。

3　济济：多而整齐的样子。　多士：众士，指参加祭祀的人。

4　秉：怀着。　文：周文王。

5　越：于。

6　骏：迅速。

7　不：同"丕"，发声词。　显：光明。　承：继承。

8　无射：不厌，没有厌足。　斯：语气词。

维天之命

【题解】

　　这也是周王祭祀文王的诗。关于成诗之时，郑玄认为在周公摄政五年之冬。而陈奂却考证说，诗当作于周公居摄的六年之末制礼作乐之后，即公元前1110年的时候。

维天之命¹　於^{wū}穆不已²　　想那天道在运行　庄严肃穆永不停

於^{wū}乎不显³　文王之德之纯　　啊，多么显赫多光明　文王品德真纯正

假以溢我⁴　我其收之　　仁政使我得安宁　我们一定要继承

骏惠我文王⁵　曾孙笃之⁶　　遵循文王踏过路　子子孙孙要力行

1　维：同"惟"，想。

2　於：赞叹词。　穆：肃敬。　不已：不停。

3　於乎：呜呼，赞叹词。　不显：即丕显，光明显赫。

4　假：嘉，善。指仁政。　溢：通"谥"，安宁，平静。

5　骏惠：驯顺。马瑞辰《毛诗传笺通释》："惠，顺也。骏，当为驯之假借，驯亦顺也。骏惠二字平列，皆为顺。"

6　曾孙：自孙以下均称曾孙。　笃：厚，即笃行的省略，专心诚意地实行。

维 清

【题解】

这篇也是周王祭祀文王的诗。文王在位七年，先将商纣的属国如密、崇等都消灭掉，孤立商纣，为武王灭纣的成功奠定基础。成王时，周公制礼作乐，作这首《维清》的歌舞诗祭祀文王，纪念他征伐的功绩。歌舞时，用人打扮成文王的样子，表演他击刺打仗之状。按古代舞有文、武二种，这首诗属于武舞。

维清缉熙¹　文王之典²　　　想我周朝政清明　因为文王善用兵

肇禋³　迄用有成⁴　　　　　由他始行祭天礼　直到武王才功成

维周之祯⁵　　　　　　　　这是我周的祥祯

1　维：想。　清：清明。　缉熙：光明的样子。

2　典：法。此指用兵之法。

3　肇：开始。　禋：祭天。

4　迄：至。

5　维：是。　祯：吉祥。

烈　文

【题解】

　　这是成王祭祀祖先时戒勉助祭诸侯的诗。关于诗的作者，有人认为是周公。

烈文辟公[1]　锡兹祉福[2]	功德双全诸侯公　赐给你们助祭荣
惠我无疆[3]　子孙保之	对我周朝永驯顺　子孙长保福无穷
无封靡于尔邦[4]　维王其崇之[5]	莫在你国造大孽　我王对你才尊重
念兹戎功[6]　继序其皇之[7]	应念你祖立战功　继承祖业更恢宏
无竞维人[8]　四方其训之[9]	强盛莫过得贤士　四方才会竞相从
不显维德[10]　百辟其刑之[11]	光明最是先王德　诸侯应该学此风
於乎，前王不忘	先王典范永铭胸

1　烈文：有功有德。　辟公：诸侯。
2　锡：赐。　祉：福。
3　惠：顺。
4　无：毋。　封靡：大罪。《毛传》："封，大也。靡，累也。"累即缧绁的意思，
　　引申为犯罪。
5　维：乃。　崇：尊重。
6　戎功：武功。
7　序：古和"叙"、"绪"通用，继序即继承的意思。　皇：光大。
8　无：含有莫的意思。　竞：强。　人：指贤人。
9　四方：指天下诸侯。　训：顺。
10　不显：大显。
11　百辟：众诸侯。　刑：通"型"，典范，效法。

天 作

【题解】

这是周统治者祭祀岐山的诗。

天作高山¹　大王荒之²	天生巍峨岐山冈　太王经营地更广
彼作矣³　文王康之⁴	上天在此生万物　文王安抚定周邦
彼徂矣⁵　岐有夷之行⁶	人心所向来归顺　岐山大道坦荡荡
子孙保之	子孙永保这地方

1　作：生。　高山：指岐山，在今陕西省岐山县东北。

2　大王：古公亶父，周文王的祖父。初居豳，为戎狄所侵，迁岐山，豳人皆从之，定国号曰周。武王时追尊为太王。　荒：扩大治理的意思。

3　彼：指上天。　作：生。

4　康：安乐。

5　彼：指人民。　徂：往，到。指归周。　矣：《后汉书·西南夷传》引此诗作"者"。

6　夷：平坦。　行：道路。按平坦的道路又含有政治清明之意。

昊天有成命

【题解】

这是祭祀成王的诗。诗的写作年代，当在康王之时。

昊天有成命[1]	二后受之[2]	天命昭昭自上苍	受命为君文武王
成王不敢康[3]	夙夜基命宥密[4]	成王不敢图安逸	日夜谋政志安邦
於缉熙[5]	单厥心[6]	啊，多么光明多辉煌	忠诚厚道热心肠
肆其靖之[7]		国家巩固民安康	

[1] 昊天：即苍天，皇天。 成命：明白的命令。马瑞辰《毛诗传笺通释》："古文明、成二字同义。"

[2] 后：君。二后，指文王、武王。

[3] 成王：武王子，名诵。即位时年幼，由叔周公旦摄政，七年后亲自执政。 康：安乐。

[4] 夙夜：早夜。 基：《尔雅·释诂》："基，谋也。" 命：政令。 宥：宽大。 密：安定。宥密，形容政教的宽大而又能安定人心。

[5] 於：叹美词。 缉熙：光明的样子。形容文王品德光明正大。

[6] 单：诚厚。 厥：其。

[7] 肆：巩固。 靖：安定。

我 将

【题解】

这篇是祭祀上帝、配祭文王的乐歌。

我将我享¹	维羊维牛²	我要祭祀先烹调	祭品牛羊不算少
维天其右之³	仪式刑文王之典⁴	上帝保佑好运道	典章制度效文王
日靖四方⁵	伊嘏文王⁶	治理天下日操劳	伟大神圣我文王
既右飨之	我其夙夜	享受祭祀神灵到	我要日夜勤祭祷
畏天之威	于时保之⁷	崇敬天威遵天道	这才能把天下保

1　将：烹的意思。　享：祭献。

2　维：是。维羊维牛，或作"维牛维羊"，恐系传写之误。

3　右：同"祐"。

4　仪、式、刑：三字同义，都是效法的意思。　典：典章制度。

5　靖：安定，治理。

6　伊：发语词。　嘏：伟大。

7　时：通"是"。　之：指国家。

时　迈

【题解】

这是武王巡视各诸侯国和祭祀山川的乐歌。旧说多认为周公所作。

时迈其邦[1]	昊天其子之[2]	出发巡视大小邦	上帝视我如儿郎
实右序有周[3]	薄言震之[4]	佑我大周国运昌	才始发兵讨纣王
莫不震叠[5]	怀柔百神[6]	天下诸侯皆惊慌	为悦众神备祭享
及河乔岳[7]	允王维后[8]	遍及河山及四望	武王不愧天下长
明昭有周[9]	式序在位[10]	大周昭明照四方	满朝称职尽贤良

1　时：是，语助词。　迈：行。指巡狩。

2　子之：视同儿子。

3　右：同"佑"。　序：助。　吴闿生《诗义会通》："右、序，皆助也。"

4　薄、言：都是语助词，薄还含有开始的意思。　震：指以武力震慑。

5　叠：通"慑"，恐惧。

6　怀柔：安抚，取悦。

7　乔岳：高山。

8　允：确实。　维：是。　后：君主。

9　明昭：光明显著。

10　式：发语词。　序在位：各称其职。

载戢干戈¹¹　载櫜弓矢¹²　　　收起干戈没用场　装好弓箭袋里藏

我求懿德¹³　肆于时夏¹⁴　　　我去访求有德士　遍施善政国兴旺

允王保之　　　　　　　　　　周王定能保封疆

11　载：则，就。　戢：收藏。

12　櫜：盛弓矢的袋。

13　懿德：指有美德的人。

14　肆：陈设，施行。　时：是，此。　夏：中国。

执 竞

【题解】

这是祭祀武王的诗。

执竞武王[1]	无竞维烈[2]	制服强梁称武王	克商功业世无双
不显成康[3]	上帝是皇[4]	功成名就国安康	上帝对他也赞赏
自彼成康[5]	奄有四方[6]	由于功成国安康	一统天下有四方
斤斤其明[7]	钟鼓喤喤[8]	武王英明坐朝堂	敲钟擂鼓咚咚响
磬筦将将[9] qiāngqiāng	降福穰穰[10] rǎngrǎng	击磬吹箫声锵锵	上天赐福降吉祥
降福简简[11]	威仪反反[12]	无边洪福从天降	祭礼隆重又端庄
既醉既饱	福禄来反[13]	武王神灵醉又饱	报你福禄绵绵长

1 执：服。 竞，强。执竞，指武王能制服强暴。
2 无竞：无比。 维：其。 烈：功业。指克商的功业。
3 康：安。 成康：成就安定的局面。
4 皇：美，嘉。
5 自：由于。
6 奄：覆盖，包括。
7 斤斤：昕昕的省借，精明的样子。
8 喤喤：锽的假借字，钟鼓声。
9 磬：古代的一种打击乐器。 筦：同"管"，指竹制的管乐器。 将将：同"锵锵"，象声词。
10 穰穰：众多。
11 简简：盛大的样子。
12 反反：昄昄的假借字，慎重的样子。
13 反：同"返"，还报。

思 文

【题解】

这是郊祀后稷以配天的乐歌。前人有认为是周公所作的,有认为是豳地之颂的。按周自后稷发明播种百谷后,公刘和古公亶父都是以农建国的人物,豳民作诗祭祀后稷,这是很可能的事。到周公时,加以润色配乐,定为祭祀后稷配天的乐章,也有此可能。

來

牟

牟　　通"麰"。即大麦。禾本科植物。一、二年生草本。叶子宽条形,子实的外壳有长芒。麦粒可食。麦芽可制啤酒和饴糖,麦杆可编草帽或其它用品。

来　　即小麦。一年生或二年生草本植物。茎直立,中空,叶片长披针形,子实椭圆形,腹面有沟。子实供制面粉,是主要粮食作物之一。

思文后稷[1]　克配彼天[2]　　想起后稷先王　功德能配上苍

立我烝民[3]　莫匪尔极[4]　　养育我们百姓　谁未受你恩赏

贻我来牟[5]　帝命率育[6]　　留给我们麦种　天命充民供养

无此疆尔界　陈常于时夏[7]　　农政不分疆界　全国普遍推广

[1] 思：想。有人训思为语助词，亦通。　文：有文德。文德对"武功"言，指建设国内的功德。

[2] 克：能。　克配彼天：能够配享那上帝。

[3] 立：当作粒。这里作动词，有养育的意思。　烝民：众民。《郑笺》："昔尧遭洪水，黎民阻饥。后稷播殖百谷，烝民乃粒，万邦作乂。"

[4] 极：最。指最大的好处。

[5] 贻：留下。　来牟："麦"的析声。来为小麦，牟为大麦。

[6] 率：用。　育：养。

[7] 陈：遍布。　常：常规；指农政。　时：此。　夏：中国。

臣 工

【题解】

这是周王耕种藉田并告诫农官的诗。所谓藉田，是周王拥有的一大片由农奴耕种的土地。每年春天，周王带领群臣到藉田上去耕几下，装装样子，以表示对农业的重视。然后祭祀土谷（社稷）之神。这首诗就是在藉田祭祀时所唱的乐歌。诗的产生年代，大约和成王时的《噫嘻》相去不远。

嗟嗟臣工[1]	敬尔在公[2]	群臣百官听我言	对待公事要谨严
王厘尔成[3]	来咨来茹[4]	周王赐你耕作法	你应考虑细钻研
嗟嗟保介[5]	维莫之春[6]	农官你要忠职守	暮春农事应早筹
亦又何求[7]	如何新畬^{yú}[8]	你们还有啥要求	如何对待新田畴

1　嗟嗟：发语词。　臣工：即臣官，通指诸侯卿大夫而言。

2　敬：慎。　尔：指群臣百官。　在公：指公职。

3　王：指周王。有人释王为"往"，亦通。　厘：通"赉"，赐。　成：成法。指耕种的成法。

4　来：是。　咨：商量，询问。　茹：忖度。

5　保介：田官，亦称田畯。郭沫若《由周代农事诗论到周代社会》："介者界之省，保介者保护田界之人。"

6　维：是。　莫：同"暮"。

7　亦：助词。　又：有。

8　新畬：开垦了三年的熟田。古时实行轮种，种过的田在休闲几年后再种，故称新畬。

於皇来牟⁹　将受厥明¹⁰　　美好麦籽壮又圆　秋来定能获丰收

明昭上帝¹¹　迄用康年¹²　　光明上帝真灵验　一直赐我丰收年

命我众人¹³　庤乃钱镈¹⁴　　就该命令众农夫　锄锹你要备齐全

奄观铚艾¹⁵　　　　　　　　他日一同看开镰

9　於：赞叹词。　皇：美好。指麦种壮实饱满。　来牟：麦。见《思文》"贻我
　来牟"注。

10　厥：其，它的。　明：成。指收成。

11　明昭：光明显赫。

12　迄：至。　用：以。　康年：乐岁丰年。

13　众人：指农人。

14　庤：储备。　乃：你。　钱：古农具名，似今之铁锹。　镈：锄头。

15　奄：同。　铚艾：收割。铚本义是割禾的短镰刀，这里作动词"割"用。
　艾，义的假借字，亦作刈，收割。

噫 嘻

【题解】

《噫嘻》疑是成王春天祈谷、祭祀上帝，告诫农官的诗。内容叙述成王既祀上帝，即令田官带领农夫播耕百谷，让农夫开垦田官的私田，号召他们大规模地参加劳动。旧说"春夏祈谷"，其实"夏"字并无着落。诗反映了周初农夫的劳动情况和公田、私田的制度。

噫嘻成王[1]	既昭假尔[2]	成王祈呼向苍穹 一片虔诚与神通
率时农夫[3]	播厥百谷	率领农夫同下地 安排农事快播种
骏发尔私[4]	终三十里[5]	迅速开发私邑田 三十里地尽完工
亦服尔耕[6]	十千维耦[7]	从事耕作须抓紧 万人耦耕齐劳动

1 噫嘻：祈祷天神时呼叫的声音。原句是"成王噫嘻"的倒文。

2 昭：明，表明。 假：格的假借字，至、达于。昭假，人的诚敬上达于天帝。《诗经》中凡言昭假，都是指祭祀上帝。 尔：语助词，同矣。

3 率：带领。 时：是，此。

4 骏：迅速。 发：开发。 尔：你，指田官。 私：程瑶田《沟洫考》证明这种大规模的万人耕种三十里的大田，并非井田，间接证明了这只是农官的私田。

5 终：尽。 三十里：指私田。据《郑笺》的说法，万人所耕之田，共三十三平方里面积挂零。此处的三十里，但举成数而已。

6 亦：发声词。 服：从事。 尔：指田官。有人说，诗中三个"尔"字，都是指先王先公。有人说都是指田官。可参考。

7 十千：一万人。 维：其。 耦：两人并肩用犁耕地。

振 鹭

【题解】

《振鹭》疑是殷商后代宋微子来周助祭时的乐歌。姚际恒对此有较详的论述（见《诗经通论》），可以参考。

振鹭于飞[1]　于彼西雝[2]　　白鹭成群展翅翔　在那西边大泽上

我客戾止[3]　亦有斯容　　　我有贵客喜光临　也穿高洁白衣裳

在彼无恶[4]　在此无斁[5]　　他在本国无人怨　很受欢迎到我邦

庶几夙夜[6]　以永终誉[7]　　望您日夜多勤勉　众口交誉美名扬

1　振：群飞的样子。　鹭：白鹭。

2　雝：水泽。

3　戾：至。　止：语尾助词。

4　无恶，没有人怨恨。

5　斁：厌。无斁：没有人讨厌。

6　夙夜：早夜。

7　终：众的假借字。马瑞辰《毛诗传笺通释》："终与众古通用。《后汉书·崔骃传》：'岂可不庶几夙夜，以永众誉。'义本三家诗。"

丰 年

【题解】

这篇是秋收以后祭祀祖先时所唱的乐歌。诗中"百礼",后人对它的解释有三：一、指用酒以合飨（祭死人）、燕（宴生人）等各种礼节（陈奂说）。二、指以酒配合牲、玉、币、帛之类的祭品（《孔疏》说）。三、指用酒合祭上帝百神的各种仪式（胡承珙说）。三说均可通。由于古礼已废,祭祀制度不易考实,从文义揣之,似当以孔说为近。

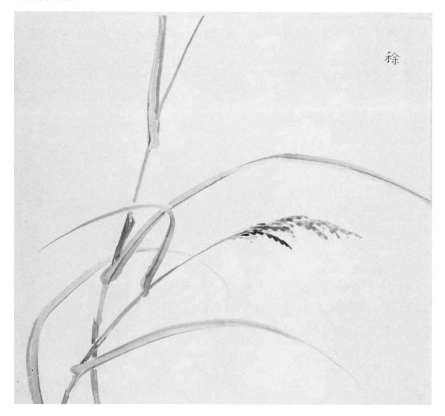

稌

稌　即稻。特指糯稻。禾木科稻属,一年生草本。茎高约一尺,中空有节。叶细长而尖,有平行脉,互生。秋月开花,穗状花序。米富黏性,供食用、制糕及酿酒用。

丰年多黍多稌^{tú}¹　亦有高廪²　　丰年多产糜和稻　粮仓堆得高又高

万亿及秭^{zǐ}³　为酒为醴⁴　　万斛亿斛真不少　酿成醇酒和甜醪

烝畀祖妣^{bì}⁵　以洽百礼⁶　　献给先妣与先考　牺牲玉帛同敬孝

降福孔皆⁷　　　　　　　　恩泽普降福星照

1　黍：糜子，小米。　稌：稻谷。

2　亦：语首助词。　廪：粮仓。

3　亿：周代十万为亿。　秭：《尔雅》："秭，数也。"郭注："今以十亿为秭。"

4　醴：一种甜酒。

5　烝：进献。　畀：给予。　祖妣：男女祖先。

6　洽：配合。　百礼：指以酒配合牲、玉、币、帛之类的祭品（从《孔疏》说）。

7　孔：很，甚。　皆：普遍。

有 瞽

【题解】

这是一首合乐祭祖的诗。

有瞽有瞽[1]	在周之庭	盲乐师啊盲乐师	排列宗庙大庭上
设业设虡[2]	崇牙树羽[3]	钟架鼓架都摆好	架上钩子彩羽装
应田县鼓[4]	鞉磬柷圉[5]	小鼓大鼓悬挂起	鞉磬柷圉列成行
既备乃奏	箫管备举[6]	乐器齐备就演奏	箫管并吹音绕梁
喤喤厥声[7]	肃雝和鸣[8]	众乐同发声洪亮	肃穆和谐调悠扬
先祖是听		祖宗神灵来欣赏	
我客戾止	永观厥成[9]	我有贵宾也光临	曲终不觉奏时长

（jù 于"设业设虡"；táo zhù yǔ 于"鞉磬柷圉"；huáng huáng 于"喤喤厥声"）

1 瞽：盲人。周代常以盲人充任乐官。

2 业：悬钟、磬的木架横梁上面的大版，刻如锯齿状。 虡：悬钟、磬的直木架。

3 崇牙：业上突出的木钉，弯曲高耸，用它挂乐器。 树羽：植立五彩的羽毛作为崇牙的装饰。

4 应田：小鼓名。《郑笺》："田当作朄，朄，小鼓，在大鼓旁。应，鞞之属也。" 县：即悬。县鼓，一种悬挂而击的大鼓。

5 鞉：有柄有二耳的摇鼓。 磬：玉石制的版状打击乐器。 柷：乐器名。击柷表示奏乐的开始。 圉：形如伏虎，乐章奏毕时击以止乐。

6 箫、管：竹制乐器。古箫是排箫，一种编管乐器。管，如笛。

7 喤喤：形容乐声洪亮和谐。

8 肃雝：形容乐声的徐缓肃穆。

9 成：指一曲奏毕。

潜

【题解】

这是周王用鱼献祭于宗庙时所唱的乐歌。

鲦　　白鲦鱼。体小，侧线紧靠腹部。性活泼，善跳跃，常在水面结群往来，迅速游动。生活在淡水中。明李时珍《本草纲目》："鲦生江湖中小鱼也。长仅数寸，形狭而扁，状如柳叶，鳞细而整，洁白可爱，性好群游。"

猗与漆沮¹　潜有多鱼²　　　啊，在那漆沮二水中　鱼儿繁多藏柴丛

有鳣有鲔³　鲦鲿鰋鲤⁴　　　也有鳣鱼也有鲔　鲦鲿鲇鲤多品种
　shàn　wěi

以享以祀　以介景福⁵　　　用来祭祀供祖宗　求降洪福永无穷

1　猗与：赞叹词。　漆、沮：周二水名。漆水源出陕西大神山，西南流至耀县会
　沮水。沮水出陕西分水岭，东南流会漆水。两水合流入渭水。

2　潜：通"椮"，放在水中供鱼栖息的柴堆。一说潜为潜藏在水中，亦通。

3　鳣：鳇鱼。　鲔：鲟鱼。

4　鲦：白条鱼。　鲿：亦名黄鲿鱼。　鰋：鲇鱼。

5　介：助。　景：大。

雝

【题解】

这是武王祭文王的诗。据说，是在祭毕撤去祭品时唱的。

有来雝雝[1]	至止肃肃[2]	来时节雍容和睦	到此地恭敬严肃
相维辟公[3]	天子穆穆[4]	助祭是诸侯群公	周天子端庄静穆
於荐广牡[5]	相予肆祀[6]	献一口肥大公畜	相助我办好"肆祀"
假哉皇考[7]	绥予孝子[8]	伟大啊光荣先父	您安抚我这孝子
宣哲维人[9]	文武维后[10]	用贤臣聪明仁智	圣主兼武功文治

1 雝雝：和睦的样子。

2 肃肃：严肃恭敬的样子。

3 相：助祭。 维：是。 辟公：指诸侯。

4 天子：指周武王。 穆穆：容止端庄肃穆的样子。

5 於：赞叹词。 荐：献祭。 广：大。

6 相：助。 予：周王自称。 肆：陈列。肆祀，祭名。

7 假：嘉。假哉：美哉，赞美之词。 皇考：对已死父亲的美称。指文王。

8 绥：安抚。 孝子：武王自称。

9 宣哲：明智。 维人：是臣。

10 后：君。

燕及皇天[11]　克昌厥后[12]　　　安周邦上及皇天　能昌盛子孙后世

绥我眉寿[13]　介以繁祉[14]　　　赐与我长命百岁　又助我大福大祉

既右烈考[15]　亦右文母[16]　　　既拜请父饮一杯　又敬请先母太姒

11　燕：安。

12　克：能。　昌：昌盛。　厥后：其后代。

13　绥：赐。　眉寿：长寿。

14　介：助。　繁祉：多福。

15　右：通"侑"，劝侑。拜劝神灵吃祭物。　烈：光明。烈考，光明的先父。指
　　文王。

16　文母：有文德的母亲，指文王的妻大姒。王引之《经义述闻》:"《传》以上文
　　皇考是文王，则文母当为大姒。非谓因文王而称文母也。"

载　见

【题解】

这是诸侯来朝，助祭周武王时所唱的乐歌。

载见辟王[1]	曰求厥章[2]	诸侯始来朝周王	求赐车服众典章
龙旂阳阳[3]	和铃央央[4]	龙纹旗子真漂亮	车上和铃响叮当
鞗革有鸧[5]	休有烈光[6]	辔头装饰金辉煌	华丽耀目亮晃晃
率见昭考[7]	以孝以享[8]	率领你们祭武王	隆重献祭在庙堂
以介眉寿	永言保之[9]	祈求赐我寿无疆	保佑天命永久长

1　载：始。　辟王：君王。指成王。

2　曰：语首助词。　章：指车、服的典章制度。

3　阳阳：文采美丽的样子。

4　和铃：挂在车轼上的铃称和，挂在车衡上的铃称铃。　央央：铃声。

5　鞗革：马缰绳。　有鸧：即鸧鸧，形容马缰绳上金饰美盛的样子。

6　休：美。　烈光：光明。

7　率：带领。　昭考：指武王。周代宗庙制度，始祖的庙居中，其他祖宗依次左右排列，左称为昭，右称为穆。周武王的庙在左，故称昭考。

8　孝、享：二字同义，都是献祭的意思。

9　言：助词。

思皇多祜¹⁰　烈文辟公¹¹　　　成王得福又吉祥　英明有德诸侯公

绥以多福¹²　　　　　　　　　君王受福靠你帮

俾缉熙于纯嘏^{gǔ 13}　　　　　　使他前程光明福无量

10　思：语首助词。　皇：君。指成王。　多祜：多福。

11　烈文：光明而有文德。

12　绥：安。

13　俾：使。　缉熙：光明。　纯嘏：大福。

有 客

【题解】

这是宋微子朝周，周王设宴饯行时所唱的乐歌。

有客有客[1]	亦白其马[2]	远方客人来我家	跨着一匹白骏马
有萋有且[3]	敦琢其旅[4]	随从人员一大串	个个品德无疵瑕
有客宿宿[5]	有客信信[6]	客人头夜这儿宿	二夜三夜再留下
言授之絷[7]	以絷其马[8]	最好拿根绳索来	把他马儿四蹄扎
薄言追之[9]	左右绥之[10]	我为客人来饯行	群臣百官欢送他
既有淫威[11]	降福孔夷[12]	客人既然受优待	天赐福禄会更大

1　客：指宋微子。《左传》僖二十四年：“皇武子曰：宋先代之后也，于周为客。”

2　亦：语助词。

3　有萋有且：即萋萋且且，形容随从众多的样子。

4　敦琢：即雕琢，引申有选择之意。　旅：通“侣”，伴侣。指微子的随从众臣。

5　宿：住一夜。

6　信：住二夜。信信，用叠字形容客人住了几天的意思。

7　言：语首助词。　絷：绳索。

8　絷：用作动词，用绳绊住马足。

9　薄言：语助词。　追：饯送。　之：指微子。下句同。

10　左右：指周王左右群臣。　绥：安抚。

11　淫威：大德，引申为优待。《毛传》：“淫，大。威，则。”《郑笺》：“既有大则，谓用殷正朔行其礼乐，如天子也。”其说亦通。

12　夷：大。

武

【题解】

这是叙述武王克商的《大武》乐歌，据《吕氏春秋》，为周公所作。《左传》宣十二年："武王克商，作《武》，其卒章曰'耆定尔功'。"有人根据诗有"於皇武王"之句，认为不是武王时代作品。据王国维和郭沫若的考证，周代尚无谥法，文、武、成、康都是生时称号，到战国时才规定谥法。因此可定为是武王时代的作品。

於皇武王[1] 无竞维烈[2]	赞叹伟大周武王	他的功业世无双
允文文王[3] 克开厥后[4]	诚信有德周文王	能为子孙把业创
嗣武受之[5] 胜殷遏刘[6]	嗣子武王承遗业	战胜敌人灭殷商
耆定尔功[7]	巩固政权功辉煌	

1 於：赞叹词。 皇：伟大。

2 竞：强。无竞，莫强。 维：其。 烈，功绩。维烈，指伐商诛纣的功绩。

3 允：诚信。 文：文德。指文王所施行的政教。

4 克：能。 厥后：他的后代子孙。

5 武：指武王。有人训嗣为继，训武为道，说亦可通。

6 遏刘：二字同义，消灭的意思。

7 耆：致使，达到。

闵予小子

【题解】

　　这是成王遭武王之丧告于祖庙的诗。有人疑这篇和以下三篇都是成王所自作。有人说可能是周公托为成王之词以进谏的诗。

闵予小子[1]	遭家不造[2]	念我嗣位年纪轻	家中遭难真不幸
嬛嬛在疚[3] qióngqióng		整天忧伤叹孤零	
於乎皇考	永世克孝	放声赞我先父亲	能尽孝道终其生
念兹皇祖[4]	陟降庭止[5]	想我祖父国初兴	任用群臣很公平
维予小子	夙夜敬止	我今嗣位未成丁	日夜勤劳坐朝廷
於乎皇王	继序思不忘[6]	叫声先祖听我禀	誓继遗业永记铭

1　闵：通"悯"，怜念。　予小子：成王自称。

2　不造：不善。即不祥、不幸的意思。

3　嬛嬛：《说文》及《汉书·匡衡传》引此诗均作"茕茕"，孤独无依。　疚：忧伤。

4　皇祖：指文王。

5　陟：升。陟降：上下，即提升和降级的意思。　庭：亦作"廷"，公正。　止：语助词。

6　序：绪。即事业。　思：语助词。

访 落

【题解】

这是成王朝武王庙和群臣商议国政的诗。

访予落止[1] 率时昭考[2] 　　即位始初须计议　遵循先王志不移

於乎悠哉[3] 朕未有艾[4] 　　真是任重道远啊　我少经验水平低

将予就之[5] 继犹判涣[6] 　　助我遵行先王法　继承宏业定大计

维予小子 未堪家多难[7] 　　想我如今年纪轻　家国多难担不起

绍庭上下[8] 陟降厥家[9] 　　先父善将祖道承　用人得当国康熙

休矣皇考[10] 以保明其身[11] 　　想我皇父多英明　以此保身勉自己

1　访：谋，商讨。　落：始。

2　率：遵循。　时：是。　昭考：指武王。

3　悠：远。

4　朕：我，成王自称。　艾：阅历。《尔雅·释诂》："艾，历也。"

5　将：助。　就：因袭。　之：指先人的法典。

6　犹：通"猷"，图谋，计划。　判涣：大。马瑞辰《毛诗传笺通释》："判涣，叠韵，字当读与《卷阿》诗'伴奂尔游矣'同。伴、奂皆大也。"

7　多难：指遭父武王之丧及管叔、蔡叔、武庚叛乱和淮夷之难。

8　绍：继。指武王继承文王。　庭：公正。　上下：即升降官吏。

9　陟降厥家：即正确地任免臣下以安定家国。

10　休：美。　皇考：指武王。

11　明：勉。

敬 之

【题解】

这是成王自诫并告群臣的诗。林义光《诗经通解》："按诗言'维予小子'，又言'示我显德行'，则是嗣王告群臣，非群臣戒嗣王也。"

敬之敬之[1]	天维显思[2]	为人处事常警惕	天理昭彰不可欺
命不易哉[3]	无曰高高在上	保全国运实不易	莫说苍天高高在上
陟降厥士	日监在兹[4]	升黜群臣即天意	每天监视在此地
维予小子	不聪敬止	我刚即位年纪轻	不明不戒受蒙蔽
日就月将[5]	学有缉熙于光明[6]	日积月累常学习	由浅入深明事理
佛时仔肩[7] bì	示我显德行[8]	众臣辅我担重任	美德向我多启示

1 敬：警戒。

2 显：明著。 思：语助词。

3 命：天命。指国运。

4 日：天天。 监：监视。 兹：此。指人间。

5 就：久。《广雅》："就，久也。" 将：长。

6 缉熙：积渐广大，犹今云深广。与《昊天有成命》的"缉熙"训"光明"不同义。

7 佛：弼的假借字，辅助。 时：是。 仔肩：责任。

8 显：光明。

小 毖

【题解】

这是成王诛管蔡、消灭武庚以后，自我惩戒并求助于群臣的诗。诗当作于武庚作乱、淮夷继叛的时候。诗句多用比喻，故较含蓄生动。后代常用的"惩前毖后"的成语，即出于此诗"予其惩而毖后患"。这句的标点，有人在"而"后断句。段玉裁《诗小笺》："《疏》于'而'字断句，各本皆云《小毖》一章八句。"胡承珙《毛诗后笺》以为《唐石经》中作"予其惩而毖彼后患"，故这句可能原作"予其惩而，毖彼后患"二句，否则各本不会说《小毖》一章八句。

蜂　　昆虫类。会飞，多有毒刺，能蜇人。有蜜蜂、熊蜂、胡蜂、细腰蜂等多种，喜群居。

予其惩而毖后患[1]　莫予荓蜂[2]　　惩前毖后不摔跤　缺少辅佐我心焦

自求辛螫[3]　肇允彼桃虫[4]　　　只能独自操辛劳　开始以为小鹪鹩

拚飞维鸟[5]　未堪家多难　　　　谁知飞出大海雕　家国多难受不了

予又集于蓼[6]　　　　　　　　　今陷困境更难熬

1　惩：警戒。　毖：谨慎。

2　荓蜂：牵引扶助的意思(从《孔疏》)。

3　螫：敕的假借字，勤劳。《尔雅·释诂》："敕，劳也。"

4　肇：始。　允：信。也有人说，允是语助词。　桃虫：即鹪鹩，一种极小的鸟。

5　拚：通"翻"，翻飞。二句比喻武庚开始很弱小，后来羽毛丰满，勾结管叔蔡
　叔起来叛乱。

6　蓼：水草名，其味苦辣。此句喻陷入困境。

桃虫　　　鹪鹩。形小，体长约三寸。羽毛赤褐色，略有黑褐色斑点。尾羽短，略向上翘。主要以昆虫为食。常取茅苇毛毳为巢，大如鸡卵，系以麻发，于一侧开一小洞出入，甚精巧，故俗称巧妇鸟，又名黄脰鸟、桃雀、桑飞等。

载 芟

【题解】

这是周王在春天藉田的时候，祭祀土神、谷神的舞歌。

载芟载柞¹ 其耕泽泽² 开始除草又砍树 用力耕地松泥土
shān zé shì shì

千耦其耘³ 徂隰徂畛⁴ 上千对人齐耕耘 走下洼地踏小路
zhěn

侯主侯伯⁵ 侯亚侯旅⁶ 田主带着大儿子 小儿晚辈也相助

侯强侯以⁷ 有嗿其馌⁸ 壮汉雇工同挥锄 大家吃饭声音响
tǎn yè

思媚其妇⁹ 有依其士¹⁰ 温顺柔美好农妇 她的儿子健如虎

1 载：开始。 芟：除草。 柞：砍伐树木。

2 泽泽：土松散的样子。

3 耦：二人并耕。

4 徂：往。 隰：低湿的田地。 畛：田边的小路。指田界。

5 侯：发语词。 主：家长。 伯：长子。

6 亚：次。指老二老三等。 旅：众。指晚辈。

7 强：指强壮有余力来助耕的人。 以：雇佣的劳动力。《孔疏》："以者，佣赁之人，以意驱用，故云用也。"

8 嗿：众饮食声。 馌：送到田间的饭菜。

9 思：发语词。 媚：美顺的样子。

10 依：通"殷"，壮盛的样子（从王引之《经义述闻》说）。 士：和上句的妇，都是送饭的人；士比喻儿子有如武士。

有略其耜[11]	俶载南亩[12]	犁头雪亮又锋利	先耕南面那块地
播厥百谷	实函斯活[13]	各色种子撒下去	颗颗粒粒含生气
驿驿其达[14]	有厌其杰[15]	苗儿不断冒出来	高大粗壮讨人喜
厌厌其苗[16]	绵绵其麃[17] biāo	庄稼茂盛一色齐	穗儿连绵把头低
载获济济[18]	有实其积[19]	开始收获丰硕果	场上粮食堆成垛
万亿及秭[20]	为酒为醴	千担万斛上亿箩	酿成美酒味醇和
烝畀祖妣[21] bì	以洽百礼	祖妣灵前先献酢	祭祀宴享礼节多
有飶其香[22] bì	邦家之光	黍稷热气真芬芳	家门荣幸国增光

11 略："畧"之假借，锋利。 耜：犁头。

12 俶：起土。 载：翻草。

13 实：指种子。 函：同"含"。 斯活：即活活，有生气的样子。

14 驿驿：亦作绎绎，接连不断的样子。 达：长出地面。

15 厌：美好的样子。 杰：特出。

16 厌厌：禾苗茂盛整齐的样子。

17 绵绵：连绵不断的样子。 麃：穮的借字，禾谷的梢末，即穗。

18 济济：众多的样子。

19 实：满。 积：指堆积在场上。

20 万亿及秭：周代十万为亿，十亿为秭。

21 烝：献。 畀：给。

22 飶：与苾、馤通用，形容黍稷的香气盛大。

有椒其馨[23]　胡考之宁[24]　　美酒醇厚真馨香　敬给老人得安康

匪且有且[25]　匪今斯今　　　耕作不从今日始　丰收并非破天荒

振古如兹[26]　　　　　　　　从古到今就这样

23　椒：与俶、淑通用，香气浓厚。　馨：传播很远的香气。

24　胡考：寿考。指老年人。

25　匪：非。　且：此。指耕种。

26　振古：自古。　兹：此。

良 耜

【题解】

这是周王在秋收以后祭祀土神谷神的乐歌。

蓼　　一年生或多年生草本。有水蓼、红蓼、刺蓼等，生长在水边或水中。味辛，又名辛菜，可作调味用。

畟畟良耜[1] 俶载南亩[2] 　犁头雪亮又锋利　先耕南亩那块地

播厥百谷 实函斯活[3] 　各色种子撒下去　颗颗粒粒含生气

或来瞻女 载筐及筥[4] 　那边有人来看你　背着方筐挎着筥

其饷伊黍[5] 其笠伊纠[6] 　送来米饭冒热气　头戴草编圆斗笠

其镈斯赵[7] 以薅荼蓼[8] 　挥锄翻土人心齐　除去杂草清田畦

荼蓼朽止[9] 黍稷茂止 　杂草腐烂在田里　庄稼长得更茂密

获之挃挃[10] 积之栗栗[11] 　挥舞镰刀刷刷响　场上粮食如山积

1　畟畟：形容快利的样子。　耜：犁头。

2　俶：起土。　载：翻草。

3　实：种子。　函：同"含"。　斯活：即活话，有生气的样子。

4　载：背。　筐、筥：都是竹制的盛器，筐形方，筥形圆。

5　饷：送食物。　伊：是。　黍：指小米饭。

6　笠：笠帽。　纠：编织。

7　镈：锄头。　赵：通"掘"，撬的意思。

8　薅：除草。　荼蓼：二种野草名。

9　朽：腐烂。　止：语气词。

10　挃挃：收割作物的声音。

11　栗栗：众多的样子。

其崇如墉¹²	其比如栉¹³	粮垛高高像城墙	栉比鳞次多又密
以开百室¹⁴		大小仓库都开启	
百室盈止	妇子宁止	仓库全部都装满	老婆孩子心安贴
杀时犉牡¹⁵	有捄其角¹⁶	杀了那头大公牛	双角弯弯美无比
以似以续¹⁷	续古之人¹⁸	用来祭祀社稷神	前人传统后人继

（"杀时犉牡"的"犉"字注音 rún）

12 崇：高。　墉：城墙。

13 比：密的意思。　栉：篦子。

14 室：指仓库。

15 时：是，这。　犉：牛长七尺为犉。

16 捄：觩的假借字，兽角弯曲的样子。

17 似：通"嗣"，与续同义，这里有每年不断祭祀之意。

18 古之人：指社稷之神。

丝 衣

【题解】

这是周王祭神的歌舞诗。所祭何神，很难确定，古说不一，皆无确证，只得存疑。

丝衣其紑¹	载弁俅俅²	身穿白衣是丝绸	漂亮帽子戴在头
自堂徂基³	自羊徂牛	庙堂直到门槛外	有的献羊有献牛
鼐鼎及鼒⁴	兕觥其觩⁵	大鼎中鼎加小鼎	兕角酒杯弯如钩
旨酒思柔⁶		美酒醇厚又和柔	
不吴不敖⁷	胡考之休⁸	轻声细语不骄傲	保佑我们都长寿

1 丝衣：装神受祭的尸所穿的衣服（见杜佑《通典》引刘向《五经通义》）。 其紑：紑紑，洁白鲜明的样子。

2 载：通"戴"。 弁：皮帽子。 俅俅：形容冠上修饰美丽的样子。《说文》："俅，冠饰貌。"

3 堂：庙堂。 徂：同"且"、"而"（从陈奂《毛诗传疏》说）。 基：畿的假借，门槛（从马瑞辰《通释》说）。

4 鼐：大鼎。 鼒：小鼎。都是古代的食器，下有三脚，旁有两耳。

5 兕觥：用兕牛角做的酒杯。 觩：兽角弯曲的样子。

6 旨酒：美酒。 思柔：即柔柔，指酒味柔和。

7 吴：大声说话。 敖：通"傲"。

8 胡考：老寿。 休：吉庆。

酌

【题解】

这是成王时《大武》乐歌之一。《大武》的乐章在春秋、战国时代还存在着，其数有六。陆侃如《诗史》说："据《左传》宣公十二年所载楚庄王的话，知道《武》、《桓》、《赉》三篇均在其中。但还有三篇呢？我们想大约即《我将》、《酌》、《般》三篇。"篇名为《酌》，王质《诗总闻》说："寻诗无酌字，亦无酌意，恐'铄'是'灼'字。陆（德明）氏：'酌亦作汋。'与'酌'同意，而与'灼'同形。恐初传是灼字，已而渐渐作汋，又渐渐作酌。"王质是从字的形体方面去说明"酌"的。《汉书·礼乐志》："周公作《勺》，'勺'言能酌先祖之道也。"班固是从意义方面去说明"酌"的。《礼·燕礼》："若舞则勺。"郑注："《勺》，颂篇。告成大武之乐歌也。万舞而奏之，所以美王侯，劝有功也。"可见《大武》都是歌舞剧。这首诗主要歌颂武王伐纣取得天下的功绩。

於铄王师[1] wū shuò	遵养时晦[2]	王师战绩多辉煌	挥兵东征灭殷商
时纯熙矣[3]	是用大介[4]	局势明朗国运昌	上天降下大吉祥
我龙受之[5]	蹻蹻王之造[6] jué jué	光宠先业我承受	归功英勇周武王
载用有嗣[7]	实维尔公允师[8]	后世子孙要牢记	先公是你好榜样

1 於：叹美词。 铄：通"烁"，辉煌的意思。
2 遵：率。指率兵。 养：取。 时：是，这。 晦：晦昧，糊涂。指昏聩的商纣。
3 纯：大。 熙：光明。
4 介：善。大介，大祥。
5 我：祭者成王自称。或云"我周"，亦通。 龙：宠的借字，光荣。 受：承受。
6 蹻蹻：勇武的样子。 造：为，事功。
7 载：则。 有：助词。 嗣：继承。
8 维：同"惟"，只有。 尔公：你的先公。指武王。 允：用，语助词（从马瑞辰《通释》说）。 师：师法，榜样。

桓

【题解】

　　这是歌颂武王克商以后，各国安定，年谷常丰，天下太平。它是《大武》的第六章。

绥万邦[1]　娄丰年[2]	平定天下万邦	连年丰收吉祥
天命匪解[3]	天命在周久长	
桓桓武王[4]　保有厥士[5]	武王英明威武	保有辽阔封疆
于以四方[6]　克定厥家	于是用武四方	齐家治国永昌
於昭于天　皇以间之[7]	啊，光辉照耀天上	君临天下代商

1　绥：安定。　万邦：指密、崇、奄等属国。

2　娄：同"屡"。

3　解：通"懈"。匪懈，不懈怠。

4　桓桓：威武的样子。

5　士：疑为"土"之误。马瑞辰《毛诗传笺通释》："士与土形近，古多互讹。……保土，犹言'保邦'也。作士者，盖以形近而讹。"

6　于：于是。　以：用。

7　皇：君王。　间：代。　之：指商。

赉

【题解】

这是武王克商还都，祭祀文王封功臣的乐歌。赉（lài）：赐予的意思，可能是指武王承文王赐予勤劳之德而得天下，而诸臣又承受周赐予封有功之命而言。这篇是《大武》的第三章。

文王既勤止¹　我应受之²　　文王一生多勤劳　我要继承治国道

敷时绎思³　我徂维求定⁴　　推广实行常思考　天下安定最紧要

时周之命⁵　於绎思⁶　　　　你们受封承周命　文王功德要记牢

1　止：语气词。

2　我：武王自称。　应：与"承"同义。应受，即承受。

3　敷：铺，《左传》引此诗作"铺"，布的意思。　时：是，这。指文王的勤劳。
　　绎：寻绎、不断的意思。　思：想。

4　徂：往。

5　时：与"承"通。

6　於：叹美词。

般

【题解】

这是周王巡狩祭祀山川的乐歌。它是《大武》的第四章。《般》的命名和《酌》、《桓》、《赉》很相像，都是以一字名篇。般是"昪"的假借字。《说文》："昪，喜乐也。"抒写普天之下都归服于周的喜乐。

於皇时周[1]	陟其高山	啊，多么壮丽我大周	登上高山望九州
隓山乔岳[2] ^{duò}	允犹翕河[3] ^{xì}	不论大山或小丘	与河合祭献旨酒
敷天之下[4]	裒时之对[5] ^{póu}	普天之下诸神灵	同聚合祭齐享受
时周之命		大周受命运长久	

1 於：叹美词。 皇：美。 时：是，这。

2 隓山：小山。 乔岳：大山。

3 允：语助词。 犹：还是。 翕：合，指合祭。

4 敷：同"普"。

5 裒：聚。 对：配。

鲁颂

駉

【题解】

　　这是歌颂鲁僖公养马众多，注意国家长远利益的诗。古代的国防力量，主要靠兵车，驾一辆兵车要四匹良马。国防力量的强弱，在很大程度上要看他有多少辆兵车和有多少匹良马。《卫风·定之方中》称赞文公"秉心塞渊，騋牝三千"。指出文公的深谋远虑，养了许多好马。它和这首诗的内容，都反映了春秋时代各国对国防建设的重视。诗的作者，前人多有争论，有的论者认为是稍后于鲁僖公的史克所作，似较可信。

馬

马　　哺乳动物类。头小面长，耳壳直立，颈上有鬣，尾有长毛，四肢强健，有蹄。性温驯善跑，是重要力畜之一。

駉駉牡马[1] 在坰之野[2]   群马雄健高又大   放牧远郊近水涯

薄言駉者[3] 有骄有皇[4]   要问是些什么马   骄马皇马毛带白

有骊有黄[5] 以车彭彭[6]   骊马黄马色相杂   用来驾车人人夸

思无疆 思马斯臧[7]   鲁公深谋又远虑   马儿骏美再无加

駉駉牡马 在坰之野   群马雄健高又大   放牧远郊近水涯

薄言駉者 有骓有駓[8]   要问是些什么马   黄白称骓灰白駓

有骍有骐[9] 以车伾伾[10]   青黑骐马赤黄骍   力大能把战车驾

思无期 思马斯才   鲁公思虑真到家   马儿成材实堪嘉

1 駉駉：马肥壮的样子。

2 坰：远。

3 薄言：语助词。

4 骄：黑马白胯。 皇：《鲁诗》作"騜"，黄白色的马。

5 骊：纯黑的马。 黄：黄赤色的马。

6 以车：驾车。 彭彭：马强壮有力的样子。

7 思：语首助词。 斯：其，那样。 臧：善。

8 骓：苍白杂毛的马。 駓：黄白杂毛的马。

9 骍：赤黄色的马。 骐：青黑色相间的马。

10 伾伾：有力的样子。

驷(jiōngjiōng)驷牡马　　在坰之野　　　　群马雄健大又高　　放牧原野在远郊

薄言驷(jiōng)者　　有骓(tuó)有骆[11]　　　请看骏马多么好　　骓马青色骆马白

有骝(liú)有雒(luò)[12]　以车绎绎[13]　　　骝马火赤雒乌焦　　用来驾车能快跑

思无斁[14]　思马斯作[15]　　　　鲁公不倦深思考　　马儿撒欢腾身跳

驷(jiōngjiōng)驷牡马　　在坰之野　　　　群马雄健大又高　　放牧原野在远郊

薄言驷(jiōng)者　　有骃(yīn)有騢(xiá)[16]　请看骏马多么好　　红色骃马灰白騢

有驒(diàn)有鱼[17]　以车祛祛(qū qū)[18]　黄脊驒马白眼鱼　　身高体壮把车套

思无邪　　思马斯徂　　　　　　鲁公思虑是正道　　马儿骏美能远跑

11 骓：青黑色而有白鳞花纹的马。　骆：白色黑鬣的马。

12 骝：赤身黑鬣的马。　雒：黑身白鬣的马。

13 绎绎：跑得快的样子。

14 斁：厌倦。

15 作：腾跃。

16 骃：浅黑和白色相杂的马。　騢：赤白杂毛的马。

17 驒：黑色黄脊的马。　鱼：两眼眶有白圈的马。

18 祛祛：《毛传》："祛祛，强健也。"

有　駜

【题解】

　　这是颂祷鲁僖公和群臣宴会饮酒的诗。鲁国多年饥荒，自从僖公才采取了一些措施，克服了自然灾害，获得了丰收。所以诗人写了这首诗。

有駜有駜¹　駜彼乘黄²	马儿强健又肥壮　强壮马儿四匹黄
夙夜在公　在公明明³	早夜办事在公堂　鞠躬尽瘁为公忙
振振鹭⁴　鹭于下⁵	手拿鹭羽起舞　好像白鹭飞过
鼓咽咽⁶　醉言舞⁷	咚咚不停击鼓　酒醉舞态婆娑
于胥乐兮⁸	上下人人都快活

1　駜：马肥壮力强的样子。

2　乘黄：四匹黄马。

3　明明：勉勉的假借。马瑞辰《毛诗传笺通释》：“明、勉一声之转，明明即勉勉之假借，谓其在公尽力也。《笺》训为‘明明德’，失之。”

4　振振：鸟群飞的样子。　鹭：鹭鸶。古人用它的羽毛作舞具，未舞时，持在手中。

5　于：同“曰”，语助词。

6　咽咽：有节奏的鼓声。

7　言：语助词。

8　于：发声词。　胥：皆，都。

有驳有驳　　驳彼乘牡　　　　马儿强健又肥壮　　四匹公马气昂昂

夙夜在公　　在公饮酒　　　　早夜办事在公堂　　公事之余饮酒浆

振振鹭　　鹭于飞　　　　　　手拿鹭羽舞蹈　　　好像白鹭翔翱

鼓咽咽　　醉言归　　　　　　鼓声咚咚狂敲　　　喝醉回家睡觉

于胥乐兮　　　　　　　　　　　上下人人齐欢笑

有驳有驳　　驳彼乘骃⁹　　　马儿强健又肥壮　　四匹青马真昂昂

夙夜在公　　在公载燕¹⁰　　　早夜办事在公堂　　公余宴饮齐举觞

自今以始¹¹　岁其有¹²　　　　打从今年开始　　　岁岁都是丰年

君子有榖¹³　诒孙子¹⁴　　　　君子做了好事　　　子孙后世相传

于胥乐兮　　　　　　　　　　　上下人人笑开颜

9　骃：铁青色的马。

10　载：则，就。　燕：通"宴"。

11　以：同"而"。

12　有：丰收。

13　君子：指僖公。　榖：善。

14　诒：留给。

泮　水

【题解】

　　这是赞美鲁僖公战胜淮夷以后，在泮宫祝捷庆功，宴请宾客的诗。

芹　　水芹。一年或二年生草本，夏天开白色花，茎叶可食用。

茆　　即凫葵。生于水中，嫩叶可食，又名莼菜。

思乐泮水¹　薄采其芹　　泮水那边喜气盈　人在水边采水芹

鲁侯戾止²　言观其旂³　　鲁侯大驾已光临　且看大旗绣龙纹

其旂茷茷⁴　鸾声哕哕　　绣龙旗帜迎风展　车铃声儿响叮叮

无小无大⁵　从公于迈⁶　　百官不论大和小　跟着鲁侯随驾行

思乐泮水　薄采其藻⁷　　泮水那边乐陶陶　人在水面采水藻

鲁侯戾止　其马蹻蹻⁸　　鲁侯大驾已来到　马儿强壮四蹄骄

其马蹻蹻　其音昭昭⁹　　马儿强壮四蹄骄　铃声清脆多热闹

载色载笑¹⁰　匪怒伊教¹¹　　鲁侯温和脸带笑　从不发怒善教导

1　思：发语词。　泮水：水名（从姚际恒《诗经通论》说）。

2　戾止：到达。

3　言：语助词。　旂：画有龙纹的旗。

4　茷茷：音义同旆旆，旗帜飘扬的样子。

5　无：无论。　小、大：指大小官员。

6　于：往。　迈：行。

7　藻：水藻。

8　蹻蹻：马强壮的样子。

9　昭昭：响亮。

10　载：又。　色：和颜悦色。

11　匪：不。　伊：是。

思乐泮水	薄采其茆 ¹²	泮水那边多愉快	人在水上采莼菜
鲁侯戾止	在泮饮酒	鲁侯大驾已到来	泮水岸上酒筵摆
既饮旨酒	永锡难老 ¹³	痛饮美酒真开怀	永赐不老春常在
顺彼长道 ¹⁴	屈此群丑 ¹⁵	沿着漫漫远征路	征服叛贼除灾害
穆穆鲁侯 ¹⁶	敬明其德	鲁侯威严又端庄	修明德行振朝纲
敬慎威仪	维民之则 ¹⁷	容貌举止也端方	确是人民好榜样
允文允武 ¹⁸	昭假烈祖 ¹⁹	又能文来又能武	英明能及众先王
靡有不孝 ²⁰	自求伊祜 ²¹	事事仿效祖宗法	自求福佑保吉祥

12 茆：莼菜。

13 锡：赐。 难老：长寿的意思。

14 长道：远路。

15 屈：征服。 群丑：对淮夷的蔑称。

16 穆穆：恭敬端庄的样子。

17 维：是。 则：法则，模范。

18 允：确实。

19 昭：明。 假：格，至。 烈祖：指鲁国有功的祖先，如周公、伯禽等。

20 孝：通"效"，效法。

21 伊：是，此。 祜：福。

明明鲁侯²²	克明其德	勤勤恳恳我鲁侯	能修品德使淳厚
既作泮宫²³	淮夷攸服²⁴	既已建起泮宫来	征服淮夷众小丑
矫矫虎臣²⁵	在泮献馘^{guó 26}	将帅英勇如猛虎	泮宫献耳诛敌首
淑问如皋陶^{yáo 27}	在泮献囚	法官善审如皋陶	泮宫献上阶下囚

济济多士²⁸	克广德心²⁹	百官济济人才多	鲁侯善意得远播
桓桓于征³⁰	狄彼东南^{tì 31}	三军威武去出征	治服东南除灾祸
烝烝皇皇³²	不吴不扬³³	军容壮观又盛大	肃静无哗列队过

22 明明：勉勉。

23 作：建筑。　泮宫：泮水边筑的宫名。

24 攸：语助词。有人训为"所"，亦通。

25 矫矫：勇武的样子。

26 馘：割下敌尸的左耳以计功。

27 淑问：善于审问。　皋陶：舜时有名掌刑狱的官。

28 济济：众多的样子。

29 德心：善意。

30 桓桓：威武的样子。

31 狄：治理。　东南：指淮夷。

32 烝烝皇皇：形容"多士"的美盛。

33 吴：喧哗。　扬：高声。

不告于讻³⁴	在泮献功	对待俘虏不严惩	泮宫献功赐玉帛

（上方"34"为非数学上标，按规则应作[34]）

不告于讻[34]　　在泮献功　　　　对待俘虏不严惩　　泮宫献功赐玉帛

角弓其觩[35]　　束矢其搜[36]　　　牛角雕弓硬又强　　众箭齐发嗖嗖响

戎车孔博[37]　　徒御无斁[38]　　　战车奔驰千百辆　　官兵上下斗志昂

既克淮夷　　　孔淑不逆　　　　　淮夷已经被征服　　俯首听命不违抗

式固尔犹[39]　　淮夷卒获　　　　　坚持执行好计谋　　终将淮夷全扫荡

翩彼飞鸮[40]（xiāo）　集于泮林　　　翩翩飞翔猫头鹰　　停在泮水岸边林

食我桑黮[41]（shèn）　怀我好音[42]　　吃罢我家紫桑葚　　给我唱出悦耳音

34　告：严厉治罪。　　讻：凶恶的敌人。

35　其觩：即觩觩，弓弯曲强硬的样子。

36　束矢：五十矢为一束。也有人说是百矢。　　其搜：即搜搜，箭一起发射时发出的声音。

37　戎车：兵车。　　博：多。

38　徒：步兵。　　御：驾车的官兵。　　无斁：不厌倦。

39　式：用，因为。　　固：坚定。　　犹：通"猷"，计谋。

40　鸮：猫头鹰。

41　黮：亦作"葚"，桑树的果实。

42　怀：给。

憬彼淮夷⁴³　来献其琛⁴⁴　　　淮夷悔悟有诚心　特地来献宝和珍

元龟象齿⁴⁵　大赂南金⁴⁶　　　呈上大龟和象牙　再加巨玉和南金

43　憬：觉悟的意思。

44　琛：珍宝。

45　元龟：大龟。

46　大赂：大璐的假借。俞樾《群经平议》："赂，借为璐，玉也。"　南金：南方出
　　产的金。

閟 宫

【题解】

　　这是歌颂鲁僖公能兴祖业、复疆土、建新庙的诗。全诗共九章，一百二十句，是《诗经》里最长的一首诗。诗的作者是奚斯，他的名字见于《左传》鲁闵公二年，和僖公是同时人，官大夫，亦名公子鱼。前人早已指出，《鲁颂》是媚上之词，它对后世文人替封建帝王歌功颂德的文章产生过消极的影响。

松　　松科植物的总称。常绿或落叶乔木，少数为灌木。树皮多为鳞片状，叶子针形，球果。材用很广，种子可食用、榨油，松脂可提取松香、松节油。

閟宫有侐（bì xù）[1]　　实实枚枚[2]　　肃穆清静姜嫄庙　　又高又大人稀到

赫赫姜嫄[3]　　其德不回[4]　　姜嫄光明又伟大　　品德纯正无瑕疵

上帝是依[5]　　无灾无害　　上帝凭依在她身　　无灾无害有妊娠

弥月不迟[6]　　是生后稷　　怀足十月没拖延　　后稷诞生她分娩

降之百福　　黍稷重穋（lù）[7]　　上天赐他百种福　　糜子高粱都丰足

稙稚菽麦（zhí）[8]　　　　　　豆麦先后播下土

奄有下国[9]　　俾民稼穑[10]　　后稷拥有普天下　　教会百姓种庄稼

有稷有黍　　有稻有秬（jù）[11]　　高粱小米长得好　　还种黑黍和香稻

奄有下土[12]　　缵禹之绪[13]　　四海都归后稷有　　继承大禹功业守

1　閟：音义同祕，神的意思。閟宫：神庙，指后稷母亲姜嫄的庙。　有侐：即侐侐，清净的样子。

2　实实：广大的样子。　枚枚：《释文》："枚枚，闲暇无人之貌也。"

3　赫赫：显耀。　姜嫄：后稷的母亲。传说中为有邰氏之女，帝喾之妃。

4　回：邪。

5　依：凭依。

6　弥：满。

7　黍：小米。　稷：高粱。　重：同"穜"，早种晚熟的谷。　穋：同"稑"，晚种早熟的谷。

8　稙：早种的谷物。　稚：晚种的谷物。

9　奄：包括。　下国：天下的意思。

10　俾：使。　稼穑：耕种。

11　秬：黑黍。

12　下土：和"下国"同义。

13　缵：继承。　绪：事业。

后稷之孙	实维大王[14]	说起后稷子孙旺	古公亶父谥太王
居岐之阳	实始翦商[15]	住在岐山向阳坡	开始准备灭殷商
至于文武	缵大王之绪	传到文王和武王	太王事业更发扬
致天之届[16]	于牧之野[17]	替天行道伐商纣	牧野一战商朝亡
"无贰无虞[18]	上帝临女"[19]	"莫怀二心莫欺诳	人人头顶有上苍"
敦商之旅[20]	克咸厥功[21]	集合商朝众俘虏	完成大业功辉煌
王曰"叔父[22]	建尔元子[23]	成王开口叫"叔父	立您长子为侯王
俾侯于鲁	大启尔宇[24]	封于鲁国守东方	开疆拓土大发展
为周室辅"		辅助周室作屏障"	

14 大王：即文王的祖父古公亶父。

15 翦：消灭。

16 致：招致。　届：同"殛"，诛戮。

17 牧之野：即牧野，在今河南淇县西南。

18 贰：有二心。　虞：误，欺骗。

19 临：临视。　女：汝。

20 敦：聚集。　旅：军队。

21 咸：完成。

22 王：指成王。　叔父：指周公。

23 建：立。　元子：长子，指周公长子伯禽。

24 宇：居。引申为领土之义。

乃命鲁公	俾侯于东	于是成王命鲁公	东鲁为侯要慎重
锡之山川	土田附庸 [25]	赐他山川和土地	还有小国作附庸
周公之孙 [26]	庄公之子	周公子孙鲁僖公	庄公之子建殊功
龙旂承祀 [27]	六辔耳耳 [28]	继承祭礼龙旗用	四马六缰青丝鞚
春秋匪解 [29]	享祀不忒 [30]	四时致祭不懈怠	玉帛牺牲按时供
皇皇后帝 [31]	皇祖后稷	光明伟大的上帝	先祖后稷神灵通
享以骍牺 [32] xīn	是飨是宜 [33]	赤色牺牲敬献上	飨祭宜祭典礼隆
降福既多		天降洪福千百种	
周公皇祖	亦其福女	伟大先祖周公旦	将福赐你真光荣

25 附庸：小国。朱熹《诗集传》："附庸，犹属城也。小国不能自达于天子，而附于大国也。"

26 周公之孙：指鲁僖公。周公传到庄公共十七君，古代自孙以下都称孙。庄公的儿子只有闵公和僖公。闵公早死，在位只二年。

27 龙旂：画着交龙的旗。古代诸侯祭天祭祖都用这种旗。　承祀：继承祭祀之礼。

28 耳耳：华丽的样子。

29 春秋：代表四时。　解：通"懈"。

30 享祀：祭祀。　忒：差错。

31 皇皇：光明。　后帝：指上帝。鲁国于夏历正月在南郊祭天，配以后稷，祈求农业的丰收。

32 骍：赤色。　牺：祭宗庙的牲口。周人崇尚赤色，故用赤色牲口祭神。

33 飨、宜：是两种祭名。

秋而载尝[34]	夏而楅衡[35]	秋天尝祭庆丰收	夏天设栏先养牛
白牡骍刚[36]	牺尊将将[37]	白猪赤牛养几头	牺杯相碰盛美酒
毛炰胾羹[38]	笾豆大房[39]	生烤乳猪肉汤稠	大盘大碗皆流油
万舞洋洋[40]	孝孙有庆[41]	场面盛大跳万舞	子孙祭祀神保佑
俾尔炽而昌[42]	俾尔寿而臧[43]	使你昌盛又兴旺	使你长寿且安康
保彼东方	鲁邦是常[44]	愿你安抚定东方	守住国土保鲁邦
不亏不崩	不震不腾[45]	如山永固不崩溃	如水长流不动荡
三寿作朋[46]	如冈如陵	寿比三老百年长	犹如巍巍南山冈

34 载：始。　尝：秋祭名。

35 楅衡：牛栏。

36 白牡：指白色的公猪。　刚：犅的假借字，公牛。

37 牺尊：状似卧牛的酒杯。　将将：器物相碰撞声。

38 毛炰：去毛的烤小猪。　胾羹：肉片汤。

39 笾：竹制高足碗，盛果类。　豆：木制高足碗，上有盖，盛肉类。　大房：一种盛大块肉的食器，形如高足盘。

40 万舞：一种舞蹈名称。　洋洋：形容盛大的样子。

41 孝：享。孝孙，祭祀的孙，指僖公。

42 炽：盛。

43 臧：善，好。

44 常：守。

45 腾：沸腾。

46 三寿：谓上寿、中寿、下寿。《文选》李善注引《养生经》："上寿百二十，中寿百年，下寿八十。"　朋：比。

公车千乘[47]　朱英绿縢[48]（téng）　　有车千辆鲁称雄　红缨长矛丝缠弓

二矛重弓[49]　公徒三万[50]　　弓矛成双待备用　鲁公步卒三万众

贝胄朱绲[51]（qīn）　烝徒增增[52]　　盔上镶贝垂红绒　排山倒海向前冲

戎狄是膺[53]　荆舒是惩[54]　　痛击北狄和西戎　严惩荆舒使知痛

则莫我敢承[55]　　谁人胆敢撄我锋

俾尔昌而炽　　俾尔寿而富　　使你兴旺又繁荣　使你长寿又年丰

黄发台背[56]　寿胥与试[57]　　鬓发变黄背生纹　高寿无比人中龙

俾尔昌而大　俾尔耆而艾[58]　　使你繁盛又兴隆　使你寿如不老松

万有千岁[59]　眉寿无有害　　千秋万岁寿无疆　长命百岁无病痛

47　车：兵车。当时所谓一乘是兵车一辆，配备甲士十人，步卒二十人（鲁国军制）。

48　朱英：指矛头的红缨。　绿縢：指缠在弓上的绿色丝绳。

49　二矛：夷矛和酋矛。　重弓：两张弓（其中一张是预备弓）。

50　徒：步卒。

51　贝：贝壳。　胄：头盔。　朱绲：红线。

52　烝：众。　增增：形容兵士蜂拥前进的样子。

53　戎：西戎。　狄：北狄。　膺：击。

54　荆：楚的别名。　舒：楚的属国，在今安徽庐江县。

55　承：抵当。

56　黄发台背：都是老人的征象。台，同"鮐"，鮐鱼背有黑纹。老人头发由白变
　　黄，皮肤消瘠，背像鮐鱼一样。

57　胥：相。　试：比。

58　耆、艾：都是长寿的意思。《礼·曲礼》："五十曰艾，六十曰耆。"按《说文》段
　　注，认为七十岁以上的人称"耆"，和《曲礼》不同。

59　有：又。

泰山岩岩[60]	鲁邦所詹[61]	泰山高峻接苍穹	鲁国对它最尊崇
奄有龟蒙[62]	遂荒大东[63]	龟山蒙山都属鲁	边境直到地极东
至于海邦[64]	淮夷来同[65]	沿海小国都附庸	淮夷带头来朝贡
莫不率从	鲁侯之功	没人胆敢不服从	这是鲁侯建大功

保有凫绎[66]	遂荒徐宅[67]	保有凫峄两山头	又把徐国拿到手
至于海邦	淮夷蛮貊[68]	沿海小国都归附	东南淮夷齐俯首
及彼南夷[69]	莫不率从	势力直达荆楚地	莫不顺服来相投
莫敢不诺[70]	鲁侯是若[71]	个个唯唯又诺诺	人人服帖尊鲁侯

60 岩岩：高峻的样子。

61 詹：瞻的假借字，瞻仰。

62 龟：龟山，在今山东省新泰县西南。　蒙：蒙山，亦名东山，在今山东蒙阴县南。

63 荒：有。　大东：极东。指鲁极东的边境。

64 海邦：鲁东境近海的小国。

65 来同：来朝。

66 凫：凫山，在山东邹县西南。　绎：绎山，亦作峄山、邹山，在邹县东南。

67 徐：徐戎，在今江苏徐州地方。　宅：居。徐宅，徐戎所居，指徐国。

68 淮夷：淮水流域的异族。　蛮貊：东南方的异族，亦指淮夷。

69 南夷：指荆楚。按僖公伐楚事，见《春秋》僖四年。

70 诺：答应，顺从。

71 若：顺。

天锡公纯嘏[72]　眉寿保鲁	天赐鲁公大吉祥　高龄长寿保鲁邦
居常与许[73]　复周公之宇[74]	收回国土常和许　恢复周公旧封疆
鲁侯燕喜[75]　令妻寿母[76]	鲁侯举办喜庆宴　贤妻良母受颂扬
宜大夫庶士[77]　邦国是有[78]	大夫诸臣尽和睦　国家始能保兴旺
既多受祉　黄发兒齿[79]	屡蒙上苍降福禄　冀发变黄新齿长
徂来之松[80]　新甫之柏[81]	徂徕山上千松栽　新甫岭头万棵柏
是断是度[82]　是寻是尺[83]	砍下树木又劈开　锯成长短栋梁材

72　纯嘏：大福。

73　常：在鲁国南境，曾被齐国侵占，到鲁庄公时才归还。　许：即许田，在鲁的西境，周公庙的地址，曾被郑国侵占。到僖公时归还鲁国。

74　宇：犹域，疆域。

75　燕：同"宴"。燕喜，即喜燕。

76　令：善。　妻：指僖公妻声姜。　寿：祝寿。　母：指僖公的母亲成风。

77　宜：和顺。　庶士：众士，指众臣。

78　有：保有。

79　兒：齯的假借字。《说文》："齯，老人齿也。"朱熹认为兒齿是老人齿落更生小者。

80　徂来：山名，亦作徂徕，在山东泰安县东南，山多松柏。

81　新甫：山名，亦名梁父，在泰山之旁。

82　度：劚字的省借。《广雅》："劚，分也。"即"劈开"的意思。

83　寻：八尺。

松桷有舄⁸⁴　路寝孔硕⁸⁵　　　松树屋椽粗又大　宫殿高敞好气派

新庙奕奕⁸⁶　奚斯所作　　　　新庙和它紧相挨　颂歌一曲奚斯唱

孔曼且硕　万民是若⁸⁷　　　　长篇巨制有文采　人人赞他好诗才

84　桷：亦作"榱"，方的椽子。　舄：大。
85　路寝：古代君主处理政事的宫室。
86　新庙：指鲁闵公庙。　奕奕：同"绎绎"，相连的样子。
87　若：善。"是若"即"若是"的倒文，马瑞辰《通释》："若，训善，谓善其作是诗也。"

商颂

那

【题解】

　　这是殷商的后代宋国祭祀商的始祖成汤的乐歌。关于《商颂》的写作年代，学者意见多不一致。《国语·鲁语》说："昔正考父校商之名颂十二篇于周太师，以《那》为首。"《史记·宋世家》说："襄公之时，修行仁义，欲为盟主，其大夫正考父美之，故追道契、汤、高宗，殷所以兴，作《商颂》。"王国维利用殷商的甲骨文字，证明《商颂》不是商代作品而是春秋时代的宋诗。反对者则列举种种理由，说《商颂》是成于商代的诗。我认为《国语》和《史记》的记载比较可靠。宋国保存有自己先代颂祖乐歌，这是很可能的；正考父据之改写成颂诗，来祭祀祖先、赞美宋襄公，并到周太师处校对音节、配合乐调。这和屈原据楚民间祭歌而作《九歌》的性质相似。正如《九歌》是战国时代屈原的作品一样，《商颂》的作者应是正考父，它实际上是《宋颂》（《左传》称"宋"或称"商"），是周代宋国的作品。

猗^ē与那^{nuó}与¹　　置我鞉^{táo}鼓²　　　　多盛大啊多繁富　堂上竖起拨浪鼓

奏鼓简简³　　衎^{kàn}我烈祖⁴　　　　击鼓咚咚响不停　以此娱乐我先祖

汤孙奏假⁵　　绥我思成⁶　　　　襄公祭祀祈神明　赐我顺利拓疆土

1　猗那：形容乐队美盛的样子。　与：通"欤"，叹美词。

2　置：通"植"，竖立的意思。　鞉鼓：一种摇鼓，似今之拨浪鼓。用它表示奏乐开始或终了。

3　鼓：指大鼓。　简简：鼓声。

4　衎：欢乐。　烈祖：光荣的祖先，指汤。

5　汤孙：商汤的子孙。此指宋襄公。　奏：进。　假：格，致，祭者致神的意思。

6　绥：赠予的意思。　思：句中语助词。　成：指生长成功的地方。

鞉鼓渊渊[7]	嘒嘒管声[8]	拨浪鼓儿声声响	竹管呜呜吹新声
既和且平	依我磬声[9]	曲调谐协音和平	玉磬一声众乐停
於赫汤孙[10]	穆穆厥声[11]	啊哈显赫宋襄公	他的乐队真动听
庸鼓有斁[12]	万舞有奕[13]	铿锵洪亮钟鼓鸣	洋洋万舞场面盛
我有嘉客[14]	亦不夷怿[15]	助祭嘉宾都光临	无不欢乐喜盈盈
自古在昔	先民有作	遥远古代先民们	早把祭礼安排定
温恭朝夕[16]	执事有恪[17]	态度温文又恭敬	管理祭祀需虔诚
顾予烝尝[18]	汤孙之将[19]	秋冬致祭请光临	襄公奉献表衷情

7 渊渊：鼓声。

8 嘒嘒：吹管的声音。　管：用大竹制成的一种吹奏乐器。

9 磬：玉制打击乐器。古乐队以磬声止众乐。

10 於：叹美词。　赫：显盛的样子。

11 穆穆：美好的样子。　声：指音乐。

12 庸：通"镛"，大钟。　有斁：即斁斁，形容乐器声音盛大的样子。

13 万舞：舞名。　有奕：即奕奕，形容舞蹈场面盛大的样子。

14 嘉客：指宋的同姓附庸小国都来助祭（从魏源《诗古微》说）。

15 夷：通"怡"。夷怿，喜悦。

16 温恭：温文恭敬的样子。　朝夕：早晚。

17 执事：办事人员。指管理祭祀食物的人员。　有恪：即恪恪，恭敬的样子。

18 顾：光顾。　予：襄公自称。　烝尝：冬祭曰烝，秋祭曰尝。

19 将：奉献。

烈　祖

【题解】

　　关于这首诗的主题，向有二说：有人认为它是祭中宗的乐歌，有人认为它是祭成汤的诗。就诗论诗，似以后说比较有理。

嗟嗟烈祖[1]	有秩斯祜[2]	赞叹先祖多荣光	齐天洪福不断降
申锡无疆[3]	及尔斯所[4]	无穷无尽重重赏	恩泽遍及宋封疆
既载清酤[5]	赉我思成[6] lài	供上清酒祭先祖	赐我疆土兴宋邦
亦有和羹[7]	既戒既平[8]	还有调匀美味汤	五味平正阵阵香
鬷假无言[9]	时靡有争	心中默默暗祷告	次序井井不争抢

1　嗟嗟：叹美词。　烈祖：光荣的祖先，指商汤。

2　有秩：即秩秩，福大的样子。　祜：福。

3　申：重，又。　锡：赐。

4　斯所：此处。指宋的国土。

5　载：陈，设置。　酤：酒。

6　赉：赐。　思：语助词。　成：指生长成功的地方。

7　和羹：调制好的汤。

8　戒：完备。指和羹必备五味。　平：和平。指羹味而言。

9　鬷：同“奏”，《礼记·中庸》引此诗作“奏假无言”。奏假，祭祷。

绥我眉寿¹⁰	黄耇无疆¹¹	赐我长命寿百年	满头黄发福无疆
约轵错衡¹²	八鸾鸧鸧¹³	彩绘车衡皮缠毂	四马八铃响叮当
以假以享¹⁴	我受命溥将¹⁵	宋君赴庙来致祭	受周之命封地广
自天降康	丰年穰穰¹⁶	安定康乐自天降	五谷丰登粮满仓
来假来飨	降福无疆	先祖降临来受飨	赐我福分大无量
顾予烝尝¹⁷	汤孙之将¹⁸	秋冬致祭请赏光	宋君奉献情意长

（qí，约轵）

（qiāngqiāng，鸧鸧）

（gé，假）

10 绥：赠予。

11 黄耇：黄发老人。

12 约：束，缠。　轵：车毂。　错：花纹。　衡：车辕前端的横木。

13 八鸾：车铃。　鸧鸧：铃声。

14 假：通"格"，祭者上致于神。　享：祭。

15 溥将：广大。

16 穰穰：禾黍众多的样子。

17 顾：光顾。　烝尝：冬祭曰烝，秋祭曰尝。

18 将：奉献。

玄 鸟

【题解】

　　这是写宋君祭祀殷高宗的乐歌。高宗即武丁。据《史记·殷本纪》，殷从盘庚中兴，到其弟小乙立，殷又衰微。小乙之子武丁立，用傅说为相，国家大治。伐鬼方、大彭、豕韦，取得胜利。氐、羌都来朝见，殷又复兴。在位五十九年。这首乐歌就是歌颂他中兴的事业。

天命玄鸟[1]　降而生商[2]	上天命令神燕降　降而生契始建商
宅殷土芒芒[3]　古帝命武汤[4]	住在殷土多宽广　当初上帝命成汤
正域彼四方[5]　方命厥后[6]	治理天下管四方　广施号令为君王
奄有九有[7]　商之先后[8]	九州尽入商封疆　殷商先君受天命

1　玄鸟：燕子。玄是黑色，燕色黑，故名玄鸟。

2　商：指商的始祖契。传说有娀氏之女简狄吞燕卵而怀孕生契，契建国于商（今河南商丘）。事见屈原《天问》、《吕氏春秋》、《史记》等。

3　宅：居住。　殷土：指商地。盘庚迁都前称商，盘庚迁殷（今河南安阳小屯村）后称殷。　芒芒：即茫茫，广大的样子。

4　古：从前。　帝：上帝。　武汤：成汤自号为武王。

5　正：治。　域：封疆。

6　方：通"旁"，普遍的意思。　后：君，指商汤。

7　奄：包括。　九有：九域的假借，即九州。

8　先后：先王。指商汤。

受命不殆⁹	在武丁孙子¹⁰	国运久长安无恙	全靠武丁是贤王
武丁孙子	武王靡不胜¹¹	后裔武丁是贤王	成汤大业他承当
龙旂十乘	大糦是承¹²	十辆马车插龙旗	满载酒食来祭享
邦畿千里¹³	维民所止¹⁴	领土辽阔上千里	人民定居这地方
肇域彼四海¹⁵	四海来假¹⁶	四海之内是封疆	四方夷狄来朝见
来假祁祁¹⁷	景员维河¹⁸	络绎不绝纷又攘	景山四周黄河绕
殷受命咸宜	百禄是何¹⁹	殷商受命治国邦	邀天之福永呈祥

9　殆：危险。

10　武丁：殷高宗。武丁孙子即孙子武丁的倒文，指成汤的子孙武丁。

11　胜：胜任。

12　糦：同"饎"，酒食。　承：供奉。

13　邦：封的假借。《文选·西京赋》注引这句诗作"封畿千里"，封畿二字都是疆界的意思。

14　维：是。　止：居。

15　肇：通"兆"。兆域，即疆域。　四海：《尔雅》："九夷、八狄、七戎、六蛮，谓之四海。"

16　假：至，来朝。　王肃说："殷道衰，四夷来侵，至高宗，然后始复以四海为境域也。"

17　祁祁：众多的样子。

18　景：景山，在今河南商丘，古称亳，商的都城。有人训景为大，亦通。　员：周围。

19　何：通"荷"，担负，蒙受。

长 发

【题解】

　　这也是宋君祭祀成汤的诗。诗叙述汤的祖先契、相土的奠定国基，次述汤受命有天下和伐桀的功绩，末叙伊尹相汤。

^{ruì}
浚哲维商¹　长发其祥²　　　　商朝世世有明王　上天常常示吉祥

洪水芒芒　禹敷下土方³　　　　远古洪水白茫茫　大禹治水定四方

外大国是疆⁴　幅陨既长⁵　　　　扩大夏朝拓封疆　幅员从此宽又广

^{sōng}
有娀方将⁶　帝立子生商⁷　　　　有娀氏国也兴旺　简狄为妃生玄王

1　浚：睿的假借字，明智的意思。《毛传》和《郑笺》都训浚为深，浚哲训为"深智"，亦通。　　维：是。

2　长：常。　　发：发现。

3　敷：治理的意思。　　方：四方。

4　大国：指夏。　　外大国：即夏朝统治区域以外。

5　幅陨：今作幅员，疆域。　　长：广大。

6　有娀：上古国名。在今山西运城蒲州。　　将：大。

7　帝：指传说中简狄的丈夫高辛氏。　　子：指有娀氏国的女子简狄。　　商：指契。契长大了，当尧的司徒，封于商，所以诗人用商代契。

玄王桓拨[8]	受小国是达[9]	商契威武又英明　受封小国令能行
受大国是达		受封大国能行令
率履不越[10]	遂视既发[11]	遵循礼制不越轨　遍加视察促实行
相土烈烈[12]	海外有截[13]	契孙相土真威武　海外诸侯齐听命
帝命不违	至于汤齐[14]	上帝之命不违抗　代代奉行至成汤
汤降不迟[15]	圣敬日跻[16]	汤王降生正当时　明慧谨慎日向上
昭假迟迟[17]	上帝是祗[18]	虔诚祈祷久不息　无限崇敬尊上苍

gé

8　玄王：契。《国语》《荀子》都称契为玄王。　桓：威武。　拨：韩诗作"发"，明的意思。

9　达：通。指契能通其教令于民。

10　率：循。　履：礼的假借字。王先谦《集疏》："三家履作礼。"　越：逾越。

11　视：视察。　发：实行。

12　相土：契的孙子。　烈烈：威武的样子。

13　有截：即截截，整齐的样子。

14　齐：齐一，一样。

15　降：出生。

16　圣：聪明智慧。　日跻：天天向上。

17　昭假：虔诚祈祷。　迟迟：形容长久的样子。

18　祗：敬。

帝命式于九围[19]　　　　　帝命九州齐效汤

受小球大球[20]　为下国缀旒[21]　　接受上天大小法　表率诸侯作典范

何天之休[22]　　　　　　蒙天之赐美名传

不竞不绒[23]　不刚不柔　　不相争也不急躁　不强硬也不柔软

敷政优优[24]　百禄是遒[25]　　施行政令很宽和　百样福禄集如山

受小共大共[26]　为下国骏厖[27]　接受上天大小法　各国诸侯受庇蒙

19 帝：上帝。　式：法式，榜样。　九围：即九域，九州的意思。

20 球：本作"捄"，法制。《广雅·释诂》："拱、捄，法也。"

21 下国：指诸侯。　缀旒：表率、榜样的意思。

22 何：通"荷"，蒙受。　休：指美誉。

23 绒：急躁。

24 敷政：施政。　优优：宽和的样子。

25 遒：聚。

26 共：拱的假借字，《鲁诗》作"拱"。《毛传》："共，法。"

27 骏厖：《荀子·荣辱篇》引作"骏蒙"，《大戴礼·卫将军文子篇》引作"恂蒙"，
覆庇保护的意思。

何天之龙²⁸ 　　　　　　　　　　蒙天赐与我荣宠

敷奏其勇²⁹　不震不动 　　大施神威奏战功　不震惊也不摇动

不戁不竦³⁰　百禄是总³¹ 　　不胆怯也不惶恐　百样福禄都聚拢
<small>nǎn sǒng</small>

武王载旆³²　有虔秉钺³³ 　　汤王出兵伐夏后　锋利大斧拿在手
　　　　　　<small>yuè</small>

如火烈烈　则莫我敢曷³⁴ 　　好比烈火熊熊燃　谁敢阻挡和我斗

苞有三蘖³⁵　莫遂莫达³⁶ 　　一颗树干三个杈　没有一株枝叶稠
　　<small>niè</small>

九有有截³⁷　韦顾既伐³⁸ 　　征服九州成一统　诛韦灭顾扫敌寇

28　龙：通"宠"，荣誉。

29　敷奏：施展。按这句可能是错简，和上章的句次比较，应在"不戁不竦"句后。

30　戁竦：二字同义，都是恐惧的意思。

31　总：聚。

32　武王：指汤。　载：始。　旆：发的假借字，出发。指出兵伐夏后桀。

33　有虔：即虔虔，坚固的样子。　秉：执，拿。　钺：大斧。

34　曷：通"遏"，害。

35　苞：树的本。指夏桀。　蘖：树的枝。三蘖，指韦、顾、昆吾三国。

36　遂、达：都是形容草木生长的样子。

37　九有：九州。

38　韦：亦名豕韦，夏的盟国，在今河南滑县东南。后为商汤所灭。　顾：夏的盟国，在今河南范县东南顾城。后为商汤所灭。

昆吾夏桀[39]   昆吾夏桀也不留

昔在中叶[40] 有震且业[41]   从前中期国兴旺 威力强大震四方

允也天子[42] 降于卿士[43]   汤为天子诚又信 卿士贤明自天降

实维阿衡[44] 实左右商王[45] 贤明卿士是阿衡 是他辅佐商汤王

39 昆吾：夏的盟国，在今河南许昌东。后为商汤所灭。 夏桀：夏朝末代君主，
  暴虐荒淫。汤起兵伐之，败之于鸣条，放之于南巢，夏亡。

40 中叶：中世，指汤的时候。

41 有震：即震震，威武的样子。 业：大。

42 允：诚信。 天子：指汤。

43 降于：天赐与。 卿士：官名。指伊尹，汤的大臣，名挚。

44 阿衡：伊尹的号。

45 左右：左右手，辅助的意思。 商王：指汤。

殷 武

【题解】

这是宋襄公祭祀赞美其父宋桓公的诗。据《春秋》僖公四年，鲁僖公会齐侯、宋公伐楚。诗反映的就是这件事。从诗的结构和文字方面看来，这首诗和前一首《长发》都分章，文字浅近，不像《周颂》的謷牙。这显然是模仿大小《雅》的形式，是春秋时代的作品。

挞彼殷武¹	奋伐荆楚²	殷商大军疾如风	讨伐楚国真奋勇
罙入其阻³	裒荆之旅^{póu}⁴	长驱深入险阻地	大败楚军擒敌众
有截其所⁵	汤孙之绪⁶	所到之处皆报捷	汤王子孙赫赫功
维女荆楚⁷	居国南乡⁸	荆楚之邦听端详	你们住在宋南方
昔有成汤	自彼氐羌^{dī}⁹	昔我远祖号成汤	即使遥远如氐羌

1 挞：迅疾的样子。　殷武：宋的武力。宋是殷的后代。故自称曰殷，殷武即宋武。
2 荆楚：指楚国。楚国在鲁僖公前都称荆，到僖公二年（公元前 658 年）后才称楚。荆楚二字连称，好像后人称殷也连称为"殷商"一样。
3 罙：深的本字。　阻：险要的地方。
4 裒：俘虏的意思。　旅：众。指兵士。
5 有截：整齐划一的样子。　其所：指楚地。
6 汤孙：指宋桓公。　绪：功业。
7 女：汝。
8 国：指宋国。
9 氐羌：古代两个民族。约分布在今陕西、甘肃、青海等省。

莫敢不来享[10]　莫敢不来王[11]　　谁敢不来献宝藏　谁敢不来朝汤王

曰商是常[12]　　　　　　　　　都说服从我殷商

天命多辟[13]　　设都于禹之绩[14]　天子下令诸侯听　禹治水处建都城

岁事来辟[15]　　勿予祸適[16]　　年终祭祀来朝见　不给你们加罪名

稼穑匪解[17]　　　　　　　　　但莫松懈误农耕

天命降监[18]　　下民有严[19]　　天子下令去视察　下民肃敬实可嘉

不僭不滥[20]　　不敢怠遑[21]　　不敢妄为违礼法　不敢松劲又拖拉

命于下国[22]　　封建厥福[23]　　天子下令我宋国　努力兴建福禄大

10　享：奉献。

11　来王：来朝见。

12　常：服从。

13　天：指周天子。　多辟：众诸侯。

14　绩：迹的假借字。禹之迹，指禹治水所经之处。

15　岁事：指每年年终的祭祀大典。　来辟：来王，即来朝。

16　祸：音义同过，罪过。　適：音义同谪，谴责，惩罚。

17　稼穑：指农业生产。　解：通"懈"。

18　监：视察。

19　有严：严严，肃敬庄重的样子。

20　僭：越礼。

21　怠：懒惰。　遑：闲暇。

22　命：指周天子的命令。　下国：宋国自称。

23　封：大。　建：建设。

商邑翼翼[24]	四方之极[25]	商都繁华又齐整	好给四方作标准
赫赫厥声[26]	濯濯厥灵[27]	他有赫赫好名声	光焰灿灿显威灵
寿考且宁	以保我后生[28]	他既长寿又安宁	保我子孙常昌盛

陟彼景山[29]	松柏丸丸[30]	登上高高景山巅	苍松翠柏参云天
是断是迁[31]	方斫是虔[32]	锯断松柏搬回去	又砍又削把屋建
松桷有梴[33] jué　chān	旅楹有闲[34]	松树椽子长又大	根根柱子粗而圆
寝成孔安[35]		寝庙建成神灵安	

24 翼翼：整齐繁盛的样子。

25 极：榜样。

26 赫赫：显著的样子。　声：名声。

27 濯濯：光明。　灵：神灵。

28 后：子孙后代。　生：语助词。

29 陟：登。　景山：在今河南商丘。周朝时在宋都内。

30 丸丸：光滑而笔直的样子。

31 断：砍伐。　迁：搬动。

32 方：是。　虔：虔刘，砍削。

33 桷：方的椽子。　有梴：即梴梴，木材长长的样子。

34 旅：众多。　楹：柱。　有闲：即闲闲，大的样子。

35 寝：寝庙，祭祖先的庙。